ヨーロッパ文学の読み方―近代篇

沼野充義・野崎　歓

ヨーロッパ文学の読み方―近代篇（'19）
©2019　沼野充義・野崎　歓

装丁・ブックデザイン：畑中　猛

まえがき

　21世紀に生きる私たちにとって，ヨーロッパ文学はどのような意味をもつのでしょう。

　「先進国」に追いつき，追い越すことをめざしてしゃにむに彼の地の文化を学び，吸収した明治大正の人たちにとって，ヨーロッパ文学は憧れをかきたててやまない対象だったのかもしれません。そしてまた，当時の翻訳家や外国文学者たちは，高山の峰を次々に踏破するようにして幾多の名作の翻訳，紹介に身を捧げました。読者も競いあってそれらの翻訳に読みふけったのです。

　そうした一時期はすでに過去のものとなりました。もはやわれわれはヨーロッパから学ぶものなど何もないと思っている人さえ，ひょっとするといるかもしれません。逆に，アニメや漫画を始めとして，日本の文化全般に寄せるヨーロッパの人たちの熱い想いや憧れの念が伝わってくる今日このごろです。

　そんな時代だからこそ，私たちはいまや臆することなくヨーロッパの文学の精髄を楽しみ，味わう余裕を持てるのではないでしょうか。生活面での「欧化」がとうに完了したかのような現在，私たちはヨーロッパ文学を自らの人生に直結するものとして受け止め，その豊かさのうちにゆったりと浸り切ることができるはずです。

　その際，英語やドイツ語，フランス語等々の言葉によく通じた人であれば，それらの言語で書かれた原書をひもとくこともできるでしょう。しかしながら，外国の文学作品をその国の言葉で読み，堪能するためには，かなりの語学力が必要であるのもまた確かなことです。ひょっとすると私たちにとって翻訳書がもつ有難味は，昔もいまもあまり変わって

いないのかもしれません。

　国と国のあいだを隔てる壁が低くなり，人や物の行き来がこれまでと比べ各段に活発になったグローバリゼーションの時代，文学についても国別に考えるのではなく，「世界文学」というスケールでとらえるべきだという議論が，このところ活発になされています。その場合，世界文学とは，各国の文学を他の国の言語に翻訳する営みがあってこそ存在できるものであることはいうまでもありません。近年注目を集めているアメリカの比較文学者，デイヴィッド・ダムロッシュは「世界文学とは，翻訳を通して豊かになる作品である」(『世界文学とは何か』秋草俊一郎他訳，国書刊行会，2011年)と述べています。彼によれば一つの作品は，それが書かれたもとの社会・文化とは別の社会・文化において新たな生命を得たときに初めて，世界文学として実りあるものとなったといえるのです。

　日本の文化，そして日本語という言葉が，翻訳をとおして世界文学を豊かに受容する術に長けていることは間違いありません。長きにわたる翻訳文化の蓄積をふまえつつ，近年の古典新訳ブームのなかで，『ドン・キホーテ』を始めとする名だたる傑作の数々が新たに訳し直され，鮮度を増した姿でみなさんとの出会いを待っています。本書がその出会いのきっかけとなり，そしてまた作品のより深い理解のための契機となりますよう，心から願っています。

　なお，本書ではヨーロッパ文学の枠を広く考え，ヨーロッパ文学を強く意識しながら発展したアメリカ文学をも対象として扱っていることをお断りしておきます。

　最後になりましたが，印刷教材の編集を担当してくださった杉山泰充さん，朗読をお引き受けくださった入船亭扇辰さん，濱中博久さん，収録現場で製作にあたられた草川康之ディレクターに，厚く御礼を申し上げます。

2018 年
沼野充義・野崎歓

目次

まえがき　03

1　スペイン　セルバンテス
『ドン・キホーテ』を読む　｜野谷文昭　11

1. アロンソ・キハーノの変身　11
2. 対話の力　14
3. 対話と相互浸透　19
4. 異端の問題とパロディ　23
5. ジャンルの混淆　25
6. 読者はなぜ感動するのか　27

2　イギリス（1）シェイクスピア
『ロミオとジュリエット』を読む
　　　　　　　　　　　　｜大橋洋一　30

1. ヘイトの季節　30
2. 反ペトラルカ：身体のほうへ　31
3. 5日間　35
4. 同性か異性か　38
5. ハイブリッドな愛　40
6. さらなるハイブリッドへ　41

3 | イギリス（2）スウィフト
『ガリヴァー旅行記』を読む　　大橋洋一　45

1. 理性　46
2. 空想から科学へ　47
3. 科学から空想へ　49
4. 馬々と人間たち　52
5. 馬はともだち　55

4 | イギリス（3）ブロンテ
『嵐が丘』を読む　　大橋洋一　61

1. 女性のファンタジー　61
2. 最初は悲劇，つぎには喜劇──『嵐が丘』の全容　62
3. わたしはヒースクリフ──同一化の欲望をめぐって　66
4. 所有の欲望と同一化の欲望　69
5. 破壊者と創造者　70
6. 開かれ　71

5 | ドイツ（1）ゲーテ
『若きヴェルターの悩み』を読む　　大宮勘一郎　77

1. 荒事の傑作　77
2. 読書　79
3. 自然　82
4. 子供，逸脱者　84
5. 「自由」という主題　87

6 ドイツ（2）トーマス・マン
『トーニオ・クレーガー』を読む
　　　　　　　　　　　　　　　　　　　　　| 大宮勘一郎　92

1. 物語の重層性と類型化への意志　92
2. 時間と方位の新たな意味づけ　97
3. 新たな現実──文芸世界の構築　103

7 フランス（1）ルソー
『告白』を読む
　　　　　　　　　　　　　　　　　　　　　| 野崎　歓　110

1. 空前の試み　110
2. 子ども時代の発見　113
3. 自己革命への道　115
4. 国王からの逃亡　118
5. 孤独の果ての幸福　121
6. ルソーからの挑戦　123

8 フランス（2）バルザック
『ゴリオ爺さん』を読む
　　　　　　　　　　　　　　　　　　　　　| 野崎　歓　127

1. 「バルザックは偉大だ！」　127
2. 都市小説のスリル　129
3. 三人三様の「父」たち　132
4. 父親の情熱と受難　135
5. 「父」なき時代を生きる　138

9 | フランス（3）プルースト
『スワンの恋』を読む　　　野崎 歓　143

1. 社交界の掟　143
2. 虚栄心と嘘　146
3. 想像力と嫉妬　148
4. 病としての恋愛　151
5. 失われた時と芸術　154

10 | ロシア（1）ドストエフスキー
『罪と罰』を読む　　　沼野充義　160

1. ドストエフスキーの現代性　161
2. 犯罪小説／思想小説としての『罪と罰』　163
3. 都市小説　166
4. 踏み越える力　168
5. 極端から極端へ揺れ動く精神の運動　171

11 | ロシア（2）トルストイ
『アンナ・カレーニナ』を読む　沼野充義　176

1. ぶよぶよ，ぶかぶかのモンスター？　177
2. 世界文学でもっとも魅力的なヒロイン　178
3. 要約を拒む小説美学　180
4. ハリネズミか，狐か？——思想小説としての矛盾　182
5. 世界的な影響力　185

12 ロシア（3）チェーホフ
短編小説と戯曲『かもめ』を読む
　　　　　　　　　　　　　　　　　　　　　｜ 沼野充義　189

1. 短編「せつない」——思いは伝わらない　189
2. 短編「ワーニカ」——手紙は届かない　192
3. 短編「かわいい」——聖女か, バカ女か？　195
4. 戯曲『かもめ』　200

13 アメリカ（1）ナサニエル・ホーソーン
『緋文字』を読む
　　　　　　　　　　　　　　　　　　　　　｜ 阿部公彦　205

1. ヘスター・プリンの出獄　205
2. アーサー・ディムズデールの苦悶と救い　208
3. イノセンスと罪　212
4. 時代背景　215

14 アメリカ（2）ヘンリー・ジェイムズ
『ねじの回転』「密林の獣」『黄金の杯』を読む
　　　　　　　　　　　　　　　　　　　　　｜ 阿部公彦　219

1. 『ねじの回転』　221
2. 「密林の獣」　223
3. 『黄金の杯』　226

15 ヨーロッパ近代文学を翻訳で読む楽しみ

　　　　　｜野崎 歓・阿部公彦・沼野充義　235

　1. 翻訳は「裏切り」ではない　　　　野崎　歓　235
　2. 20世紀文学と翻訳　　　　　　　　阿部公彦　242
　3. 日本人のヨーロッパ文学との出会い
　　　――小説という「波」　　　　　　沼野充義　249

索引　255

1 | スペイン　セルバンテス『ドン・キホーテ』を読む

野谷文昭

《目標・ポイント》『ドン・キホーテ』は近代小説の創始者セルバンテスの代表作で，前篇が1605年に出版されると作者の母国スペインでベストセラーとなり，さらに翻訳を通じて西欧諸国でも大きな人気を博した。後篇が出版されるのは十年後だが，それより前になんと贋作まで現れている。この小説は大衆的な娯楽小説としても読めるし，専門的な教養のある読者の読みにも耐えうる。この重層的性格を備えていることが，今日まで綿々と読み継がれてきた理由にちがいない。当初，騎士道物語の滑稽なパロディとして読まれたこの小説は，時代とともに読まれ方が変化する。とりわけ19世紀に詩人ハイネなどのドイツ・ロマン派やロシアの作家ツルゲーネフらによって再発見されると，世界文学としての『ドン・キホーテ』は解釈が大きく変わる。主人公の言動の喜劇性よりもむしろその理想主義や挫折の繰り返しにともなう悲劇性が評価されるのだ。そしてその解釈に基づく人物造形や，後篇においてさらに複雑化する技法が，後の19世紀小説などに多大な影響を及ぼすことになるのだが，この講義では敢えて原点に立ち返り，まずは前篇が多数の読者を獲得したのはなぜかを作品に即して考え，今日にも通じる面白さについて改めて考察する。
《キーワード》 作者，翻訳，騎士道物語，近代小説，ドン・キホーテとサンチョ，対話，友情，ことわざ，ガルシア・マルケス

1. アロンソ・キハーノの変身

　ヨーロッパの19世紀小説には名作が多いが，17世紀初頭に世に出たスペインの『ドン・キホーテ』のように，児童書，絵本はもとよりアニ

メになるまで世界中で広範な読者を獲得した作品は珍しい。背の高い痩せた老騎士と背が低い太鼓腹の従者という対照的なコンビのイメージは，日本でもよく知られている。また教養ある騎士と無学だが農民の知恵を備えた従者のなんともとぼけたやり取りがもたらすユーモアは，探偵小説の探偵と助手，あるいは漫才のコンビなどが，笑いを誘発するパターンとして今も盛んに用いている。

　ただし小説では，いきなりコンビが登場するわけではない。冒頭で語り手が，昔話を語るような調子で紹介するのは，ラ・マンチャ地方に住むアロンソ・キハーノという名の風采の上がらない初老の郷士つまり田舎貴族である。この人物は独身で，姪や家政婦と一緒に暮らしている。暇つぶしの趣味は狩ともうひとつ，騎士道物語を読むことだった。本の虫となった彼は朝から晩まで読書三昧。ついに「脳みそが干からびてしまい」，物語の出来事が実際にあったことだと思い込む。その結果，自分も颯爽たる騎士となって世の不正を正すために，遍歴の旅に出なければならないという考えにとりつかれ，とうとう屋敷にあった古びた武具を繕って身につけ，ロシナンテと名づけた痩せ馬に跨り旅に出るのだ。

　ここまでは主人公の単独行動が描写され，彼の考えはもっぱら独り言として語られる。だが，不都合を自己中心的に解釈して折り合いをつける様がなんとも可笑しく，あたかも落語の登場人物を思わせる。彼は常に正しく，間違っているのは現実のほうなのだ。これはいわば地球は動かず，天がそのまわりを巡っていると考えるのと同じ発想である。また，彼が考えることはオリジナルではなく，「どれもこれも本で読み覚えたものばかりで，言い回しもできる限り真似ていた」。何を見聞きしても騎士道物語と重ねて解釈し，いかにも英雄らしく聞こえるように自らドン・キホーテ・デ・ラ・マンチャと名乗ることにするのだ。

　そんな具合なので，彼はたどり着いた宿屋を城と，その亭主を騎士の

資格を持つ城主と思い込み、自分を正式の騎士に叙任してもらおうとする。周囲の人々は彼の精神状態が変だと見抜いているが、何をしでかすかわからないので、彼の言葉に合わせて行動する。ここに見られるドン・キホーテの認識の枠組みは、フランスの哲学者ミシェル・フーコーが指摘するように、似ているという理由で宿屋を城と見なす類の、中世の認識の枠組みである（『言葉と物』）。つまりドン・キホーテは中世人としていまを生きているのだ。ただし、ドン・キホーテの取り違えを、語り手は素っ気なく「いつもの病」と見なしている。それはともかく、騎士には愛する貴婦人がつきものであるという理由から、彼は早くも農家の娘アルドンサに白羽の矢を立て、ドゥルシネア・デル・トボソ姫と勝手に名づけていた。さて城（実は宿）で無事に騎士に叙任された（と思い込んでいる）彼に足りないのは従者だった。そこで近くに住む無学だが善良な農夫サンチョ・パンサを、冒険によって島が手に入ればその統治者にしてやると約束して、まんまと遍歴の旅に誘い出す。こうして物語の主役が揃うことになる。すなわち、ドン・キホーテ、ロシナンテ、ドゥルシネア、サンチョである。因みに、それらの名がセルバンテス没後400年の2016年に、セルバンテスという名の恒星の周りにある四つの惑星の名前に選ばれたことは記憶に新しい。それから、名前はないが、サンチョが愛するロバも仲間に加えておこう。

　面白いのはこの小説でロシナンテもまた主人公同様重要な役を担っていて、多くの読者に愛されていることだ。主人とともに何度となく転倒し、それでも不平ひとつもらさないこの馬に感情移入してしまう読者は少なくない。もっとも語り手は、主人のせいで災難に遭うロシナンテに触れて、「もしこの馬が口がきけて不平が言えたなら、その主もサンチョもたじたじだったに違いない」と述べている。ついでに言えば、物語が始まる前に、実はこの痩せた駄馬の中の駄馬ロシナンテと叙事詩に

歌われる英雄エル・シドが乗っていた名馬バビエカの対話というのが紹介されている。駄馬と名馬。セルバンテスのパロディ精神，皮肉とユーモアは早くもここからすでに始まっているのだ。

写真1-1　スペイン広場のドン・キホーテとサンチョ像（筆者撮影）

2. 対話の力

　さて，サンチョが付き従うことにより物語はがぜん活気づき，世に知られる遍歴の騎士と従者の珍道中が始まる。ドン・キホーテとサンチョの二人は絶えず衝突する。関係性において上位にある主人は従者の考えを認めず，従者は主人の考えを疑い，ここぞというところでツッコミを

入れる。一方は騎士，もう一方は農民と，異なる階級に属する二人の言説は相容れず，そのちぐはぐさも笑いを誘う。しかも理想主義者で気位の高いドン・キホーテはかなり気が短く，サンチョや出遭う人々に侮辱されたと思い込むとたちまち堪忍袋の緒が切れて，相手に暴力を振るったりする，危険な暴走老人でもある。ただし本人は自分が必ずしも老人ではなく，物語の英雄同様壮年あるいは青年の騎士だと思っている節がある。妄想のなかではそれは可能だ。しばしば無謀なことに走るのはそのせいかもしれない。ところが，そうしてひと騒動起こしては決まって自分自身も痛い目に遭う。前篇が出た当時は，彼がそれこそ叩きのめされるところで読者は大笑いしたという。一方，こうした暴力的場面が頻出することは物語の質という点で，批判の対象にもなったようだ。だが，後に主人公の内面に関心がもたれるようになると，こうした残酷さは必ずしも笑いの対象とはならなくなる。それをロシア出身の作家ウラジミール・ナボコフは『ナボコフのドン・キホーテ講義』で，滑稽で残酷な物語を上品にしてしまったと逆批判しているのが興味深い。ドン・キホーテが礫（つぶて）を浴びて目も当てられない顔になる場面がある。その顔をサンチョが「憂い顔」と形容した結果，彼は「憂い顔の騎士」と名乗ることになるのだが，これはいかにもロマン派的解釈だ。日本語訳も見事にはまっている。だが，果して無学無教養のサンチョが「憂い顔」と言うだろうか。いささか考えにくいのではないか。ナボコフもここは問題にしている。サンチョは主人の見掛けから「情けねえ顔」あるいは「情けねえ面（つら）」と言ったのではないか。スペイン語の形容詞はどちらも triste なのだ。内面を表す「憂い」と取ったのはドン・キホーテのほうだろう。おそらく彼は誤解したのだ。そして精神性を窺わせるこの言葉が気に入り，「憂い顔の騎士」と自ら名乗るようになると考えると，当初の滑稽小説という性格や読者の期待と符合する。もちろんこれは仮説

である。後の読者が読み替えた結果，今では「憂い顔」が一般的になっているが，サンチョのことを考えるとどうしても引っ掛かるところだ。

　さて，ここで主従の対話がどんな調子かを知るために，いくぶん長めではあるが，断片を引用してみよう。これは例によってドン・キホーテが城と取り違えた旅籠屋で，泊り客の馬方，その愛人の下働きの女，サンチョ，旅籠屋の亭主，駆けつけた警官とともに夜中にドタバタを演じたあげく叩きのめされてしまった後の場面である。

　このときにはドン・キホーテも昏睡から覚めていて，前日，〈棍棒の谷〉でこてんぱんにされて伸びてしまったときと同じ調子の声でサンチョに呼びかけた。
「我が友サンチョよ，眠っているのか？　眠っているのか，我が友サンチョよ？」
「眠ってるわけねえだろうが」とサンチョが悲痛な声で恨めしそうに応えた。「今夜は悪魔がどいつもこいつもみんなおれにとっついてんのとちがうかな？」
「もちろんそう考えて間違いなかろう」とドン・キホーテが言った。「私もよくわかっていなかったようだが，ここは魔法の城だったのだ。実はだな……だが待て，今からお前に打ち明けようと思うこのことは，私があの世に行くまでは秘密にしておくと誓うのだぞ」
「ああ，誓うとも」とサンチョが応える。
「お前に誓ってほしいのはだな」とドン・キホーテが言う。「私は他人の名誉を奪うのを何より嫌うからだ」
「だから誓うと言ってんのに」とサンチョがまた応える。「旦那が生きてるうちは黙っておくさ。だけど，できることなら明日にでもばらしちまいたいね」

「私にそれほど早く死んでほしいと願うほど」とドン・キホーテが返す。「私はお前をひどい目に遭わせたかな，サンチョ」

「そういうことじゃねえよ」とサンチョが言う。「そうじゃなく，おれは物をあれこれしまっとくのが何より嫌えだからさ。しまっといて腐らせちまうのが嫌なんだ」

「それはそれとしてだな」とドン・キホーテが言う。「私はお前が情に厚く礼儀をわきまえていると，しかと信じている。だからこそ打ち明けるのだが，今宵私に，またとない素晴らしい出来事が生じたのだ。手短に話すとこういうことだ。ほんの少し前に，この城の当主の姫君が私のもとを訪れた。それが実にあでやかで美しく，この世に二人といないほどの方だった。その身につけた飾りのなんと見事なことか。なんという頭の冴え。そのほかの秘められた事々のすばらしさについては，我が思い姫のドゥルシネア・デル・トボソに対する忠義のために，触れることなく黙しておこう。ただお前に伝えておきたいのは，私の手の中に善きものと幸運が到来したのを妬んだか，あるいは（これが最も確かなことなのだが），先に言ったごとく，この城が魔法の城であるからか，私が姫君とこの上なく甘美な睦言を交わしている最中に，人目に触れることもなくどこから入り込んだのかわからないが，桁外れに大きな巨人の腕が現れて，私の顎に拳固を食らわせたのだ。そのため口の中は血の海になった。向こうはさらに私を打ちのめし，昨日，ロシナンテの悪ふざけによって，お前も知るとおり，ヤングアス人どもの狼藉に遭ったときにも増して私を痛めつけおった。こうしたことからおもんぱかるに，あの美の至宝とも言うべき姫君は，どこかの魔法に掛かったモーロ人によって守られているに相違なく，私が目当てではなかったようだ」

「おれが目当てでもなさそうだね」とサンチョが口を挟んだ。「だってよ，おれなんか四百人じゃきかねえモーロ人にめった打ちにされたんだ

から。それを思えば，棍棒でぽこぽこに殴られたことなんて屁でもねえさ。だけど旦那，なんで今度のことをまたとないすばらしい出来事だなんて言ってんのかね，おれたちがこんなひでえことになっちまったっていうのによ。そりゃ旦那はいいさ，この世に二人といねえほどのべっぴんさんとかいうのを抱けたんだから。でもおれときたら，生きているうちにこれほどのことはねえだろうってくらいぶん殴られちまっただけだからね。まったく，情けねえったらありゃしねえ。こっちは遍歴の騎士でもなけりゃ，そんなものになる気もねえのに，不幸という不幸のほとんどがおれに降りかかるなんてよ！」
「ということは，お前も打ちのめされたのかな？」とドン・キホーテが応じる。
「ぶん殴られたって言っただろうが，まったく」とサンチョが言う。
「まあそう嘆くな，我が友サンチョよ」とドン・キホーテが返す。「今から私があっという間に痛みが消える特効薬を作ってみせるからな」
（野谷　Ⅰ-17-194〜197）

　スペインでは本書が書かれた当時，識字率はそんなに高くなかったはずだから，読者と言っても活字で読む人々はそんなに多かったわけではない。たとえばサンチョは読み書きができないと言っている。だから実際には，むしろ読み聞かせてもらうことでこの小説の面白さを味わった人々が相当いたはずである。つまりこの小説は耳で聞くことにも堪えうるのだ。それにすべてを説明してしまう魔法やけがを治す霊薬の存在は，物語にファンタジーの要素を付与し，娯楽性を高めている。セルバンテスはこうした要素を愛していたようだ。しかも，それは決して現実離れしてはいない。魔女裁判の最盛期は16世紀後半から17世紀にかけて訪れているからだ。だがドン・キホーテが魔法を信じているのに対

し，周囲の人々は必ずしも信じてはいないようである。だから逆にそれを利用して，郷士キハーノが騎士となって本格的な旅に出る前に，友人たちが狂ったキハーノの書斎の壁を塗り込め，書物がなくなったように見せかけるとき，彼らは魔法使いが本を持って行ってしまったとキハーノに信じ込ませることができたのだ。

　さて，物語に戻ると，サンチョのほうは現実の災難に遭ったことを嘆いているのに，ドン・キホーテは現実を物語に読み替えていることがわかるだろう。しかもどこかすっとぼけている感じがする。だから二人が本当に衝突することはない。とはいえ，「四百人じゃきかねえモーロ人」という言葉に，サンチョがドン・キホーテの狂気あるいは物語的誇張癖に感染する兆しが見えるとも言える。

3．対話と相互浸透

　セルバンテスは言葉の魔術師である。アロンソ・キハーノの姪(めい)や家政婦，友人の司祭や床屋，宿屋に集う人々，娼婦，親方に折檻される少年，羊飼い，紳士，副王，貴婦人，学士，囚人，役人など，様々な階級，職業の人々を登場させ，能弁に語らせる。その生気に満ちた言葉が物語に活気をもたらしているのだが，それもセルバンテスの筆の冴えによる。戯曲家でもある彼は会話を操るのが実にうまい。それには彼の苦い経験が役に立っているようだ。彼の伝記は謎が多いが，いくつかの事実に着目すれば，アルカラ・デ・エナーレスでしがない外科医の息子として生まれ，文才がありながら，生涯を通じて不遇だったようだ。大学には行けず，女性ばかりの家の長男として家計を支え，キリスト教諸国連合艦隊とオスマン帝国艦隊が激突したレパントの海戦に兵士として参加するものの，負傷した左手が不自由になる。軍務を離れて帰る船で海賊に捕まり，五年間も捕虜の生活を送る。その間何度も脱走を企てては

ことごとく失敗する。その後，身代金のおかげで帰国するものの望む職を得られず，無敵艦隊の食糧調達係，徴税吏などを歴任するが，そのたびにトラブルに見舞われる。気の毒なのは故なき罪で投獄すらされてしまうことだ。もっとも獄中で読書や執筆を行ったというから，それこそ人間万事塞翁が馬である。この経緯を記すだけで感動的な伝記が書けそうだ。作中ドン・キホーテとサンチョの主従二人が，ガレー船に繋がれようとしている囚人たちに遭遇し，彼らを役人の手から解放して自由を与えてしまうエピソードなどにも，自身の不幸な体験が染み込んでいるに違いない。ドン・キホーテは囚人たちの身の上をまるでレポーターのように聞いて回る。こうして得られた人々の多種多様な語り口が物語のリアリティを支えていると言っても過言ではない。

　ここでふたたびサンチョとの対話に戻ると，ドン・キホーテは主人としての立場上従者にあれこれ言いつけはするが，必ずしも無理難題は押しつけない。サンチョが痛い目に遭ったとしても，それは不可抗力によるのだ。しかもドン・キホーテは，サンチョの言葉に耳を傾けているし，食事も共にする。

　次に引用するのは二人が鞍袋のなかにある食糧で食事をする場面である。

　「なかにあるのは玉ネギ一個と，チーズが少しばかり，それにパンのかけらがいくつかだ」とサンチョが言う。「だけど旦那みてえに勇敢な騎士が口にするようなもんじゃねえな」
「お前は勘違いしているぞ！」とドン・キホーテは応じた。「しっかり頭に入れておけ，サンチョ，遍歴の騎士の名誉というのは，ひと月は食事をせずにいられることなのだ。何か口に入れるとしても，手近なものに限る。私のように多くの物語を読んでいれば，得心が行くはずだ。読ん

だ本は相当数に上るが,たまに与(あずか)る盛大な晩餐(ばんさん)を別にすれば,それらのどこにも遍歴の騎士が食事をしたとは記されていない。普段は,騎士は食わねど高楊枝だったのだ。ただし,我ら同様騎士も人の子,当然のことだが,実際,何も食べず用も足さないというわけにはいかない。それに,これも自明のことだが,その生涯の大部分を森や人気のない土地を巡って過ごし,料理人を伴うこともなかったのだから,今お前が挙げて見せたような粗末な食べ物を日頃は食していたのだろう。だから我が友サンチョよ,私の好みを気にかける必要はない。また騎士道について何かを新たに始めたり,遍歴の騎士道をその枠から逸脱させてはならないのだ」

「すまなかったよ,旦那」とサンチョは言った。「前に言ったけど,おれは読み書きができねえから,騎士道の規則がわかってなかったんだ。これから先は,騎士の旦那のためにいろんな種類の干した木の実を袋に入れとくから。で,おれ用には,騎士じゃねえから,鳥の肉だとか,もっと栄養になるもんを入れとくよ」

「そうではないのだ,サンチョ」とドン・キホーテが応じる。「遍歴の騎士はお前が言うような木の実しか食べてはならないというわけではない。ごく普通の食べ物が,木の実だったり野原で見つけた野草だったりすると私は言っているのだ。騎士は食べられる野草を知っていたし,私も知っている」

「そりゃいいこった」とサンチョが言う。「そういう草がわかるなんて。おれの勘で言や,その知識を使うことになる日がそのうちやってきそうだからね」

そう言ってサンチョは袋のなかにあるものを取り出し,二人は和気あいあいとそれを分け合って食べた。(Ⅰ-10-112~113)

いかがだろうか。サンチョは一休禅師よろしく和尚ならぬドン・キホーテの揚げ足を取っているようにも読める。意地を張っていては食事にありつけなくなるので，ドン・キホーテが慌てて弁解しているとすれば，ここはサンチョが一本取ったことになる。このあたりの駆け引きが絶妙な上になんとも愉快だ。しかも結局二人が和気あいあいと分け合って食べるところなど，主従というより友人同士，場合によっては恋人同士という印象さえ受けるのではないだろうか。そう言えば，子供の頃まず英語版でこの小説を読んだというアルゼンチンの文豪ボルヘスも，この二人の間に主従関係を越えた友情を見出している。
　しかしこの友情は，ドン・キホーテが隣人として最初からサンチョと仲が良かったというレベルとは異なっている。なぜなら遍歴の旅を通じてディベートすなわち討論というよりはダイアローグすなわち対話を通じて得られていく，あるいは作られていくものだからだ。対話を繰り返すうちにサンチョは，ドン・キホーテから騎士道についての知識や作法，精神，世の腐敗を正す正義というものについて学んでいく。最初は自分とは縁のないものと思っていた騎士道を身近に感じるようになるばかりかその信奉者にさえなるのだ。それはドン・キホーテの純粋さや正義感，人柄の良さに惹かれ，人間として尊敬するようになるからだ。一方，ドン・キホーテはサンチョが備えている農民あるいは庶民の知恵を知り，しだいに狂気あるいは妄想から覚めて現実に近づいて行く。この相互浸透によるサンチョの上昇とドン・キホーテの下降を，スペインの歴史家サルバドール・デ・マダリアーガは〈ドン・キホーテのサンチョ化〉と〈サンチョのドン・キホーテ化〉と呼んでその重要性を指摘している。前篇にも部分的に見られるこの現象は，後篇で一層ダイナミックに描かれている。言い換えれば二人は物語のなかで言わば弁証法的に成長するのだ。

4. 異端の問題とパロディ

　セルバンテスはエラスムスの格言集やスペインのことわざ，イタリアの警句などを読んだことがあり，スペインの批評家メネンデス・ペラヨの考えだと，民衆の知恵を扱ったことで，かの不朽の名著すなわち『ドン・キホーテ』は最大の民族的記念碑のひとつとなったという。実際，この小説の特徴のひとつとしてことわざが豊富なことが挙げられる。ドン・キホーテはサンチョに向かって「真実を突いていない諺というものは存在しないらしいな」とさえ言っている。だが，作中その圧倒的多数はサンチョが披露していて，しかも後篇に入るとさらに数が増すので，さすがのドン・キホーテもうんざりしてしまう。注目したいのはそれを述べるときのサンチョが実に潑剌としていることで，その事実から，サンチョが自分の人格に自信を抱き，それまで属していた農民の狭い世界からより大きな世界へと精神の活動範囲を広げていることがわかる。彼は単なる脇役ではなくなるのだ。

　さらにことわざについて言えば，サンチョは塩漬け豚に絡めたことわざを連発したりする。ところが，豚はユダヤ人にとってもモーロ人にとっても食してはならないものである。そうだとすると，豚肉を食べられるサンチョは明らかに旧キリスト教徒であり，ここはその事実を強調していることになる。

　セルバンテスが改宗したユダヤ教徒であるという説があるように，『ドン・キホーテ』と宗教の問題を考えるにはいくらか深読みをする必要がありそうだ。そもそもこの物語はアラビア人のシデ・ハメーテ・ベネンヘーリという歴史家によってアラビア語で記されたものを，カスティーリャ語に翻訳したという設定になっている。訳者はキリスト教徒でバイリンガルのモーロ人である。

そのようなわけで，初めの方に出てくるキハーノの蔵書の取り調べと焚書(ふんしょ)のエピソードも深読みを誘う。姪と家政婦は保守的なキリスト教徒と思われ，主人のキハーノの頭を狂わせた害になる本をすべて燃やしてしまうことを主張する。一方，キハーノの友人である司祭と床屋は一冊ずつ吟味しようとする。注目すべきは彼らも騎士道物語のファンで，相当本を読んでいることだ。それは彼らが教養人であることと共に，このジャンルに人気があったことの証拠でもある。だが荒唐無稽で人畜無害とされる騎士道物語がなぜ焼かれなければならないのか。なかには作中人物たちが読み，作家のガルシア・マルケスも愛読した『アマディス・デ・ガウラ』も含まれている。その「スペインで印刷された最初の騎士道本」であるそれを，司祭は「異端の教義を説いた本」と呼び，「火あぶりにしないとまずいね」と言っている。一方，床屋はそれに異を唱え，「火あぶりを赦(ゆる)されるべきだ」と主張する。これはおそらく書物そのものの問題というよりも，そこに異端審問の形式を被せることで，その悪名高い裁判そのものを皮肉っていると読むことも不可能ではない。実際この場面は滑稽だが，擬人化された本が二階から飛び降りて炎に包まれてしまうといった表現は恐ろしくもある。

アロンソ・キハーノが騎士道物語の愛読者であることは早々と述べられている。ドン・キホーテはその教養を受け継いでいる。だがキハーノは批評を行っても，パロディ化するつもりはない。むしろ彼が行うのはコスプレであり，英雄たちとの自己同一化である。もっとも彼の知識にも穴があり，騎士が携帯すべきものを知らなかったりする。それは本に書かれていないからだ。彼は書かれている以上のことは知らないのだ。傑作なのは宿屋に泊り，宿代を踏み倒して立ち去ってしまうというエピソードで，彼の論理では，宿代を払う遍歴の騎士など本に出てこないので，払う必要はないということになる。このあたりは皮肉として現代に

も通じそうだ。

　ところで，ここでパロディ化を試みているのは作中でその存在が暗示される物語の「第一の作者」であり，もともとアラビア語で書かれていた物語を，先に述べたキリスト教徒でバイリンガルのモーロ人にカスティーリャ語に翻訳させた「第二の作者」すなわち語り手の〈私〉であり，その虚構の〈私〉を操っているセルバンテスということになる。手の込んだ構造になっているのは，物語に風刺や揶揄，批判の要素が見られ，またそれを異端と見なされないようカモフラージュするためとも考えられる。というのもスペインの歴史家アメリコ・カストロのようにセルバンテスを改宗ユダヤ教徒と見なす研究者がいるからだ。当時のスペインにはキリスト教徒に改宗したユダヤ教徒やイスラム教徒が存在していたからで，作中「神」という言葉を盛んに使うサンチョは自分が旧教徒であることを主張している。ドン・キホーテもキリスト教徒であり，異端者ではない。しかしその思想にはエラスムスの影響を見て取ることも不可能ではない。セルバンテスは家庭が貧しかったこともあり，学歴は低い。だがエラスムス主義者の学者フアン・デ・オヨスに教えを受け，理想主義や内面化された宗教といった要素を受け継いでいる。それがドン・キホーテの思想に垣間見える。ところがエラスムス主義は後に異端と見なされてしまう。

5．ジャンルの混淆

　主従二人は道中様々な出来事に出くわすが，それらのエピソードはそれぞれが独立した短篇になっていることが多い。そもそもこの長篇小説自体がもとは短篇として構想されたらしいのだ。作中のエピソードに，カルデニオという若者がルシンダという娘に恋い焦がれるが，ドン・フェルナンドという身分が上の若者に横取りされてしまい，絶望したカ

ルデニオが世捨て人として山中をさまようというのがある。しかし好色なドン・フェルナンドはドロテアという娘も口説き落としていた。だが彼女は捨てられ，山中に隠れてしまう。この恋愛関係は結局ドン・フェルナンドが改心してドロテアと結ばれ，カルデニオとルシンダもめでたく結ばれるというハッピーエンドを迎える。この恋愛劇にドン・キホーテは絡んでいない。彼はアマディス・デ・ガウラを真似て，山の中で苦行を実践したりしている。したがってこのエピソードはほとんど独立した短篇小説が差しはさまれた形になっているのが特徴だ。あるいはグリソストモという学生の悲恋が語られる。彼はマルセラという娘に恋し，求愛するが拒まれる。マルセラは羊飼いの格好をして辺鄙(へんぴ)な場所を徘徊(はいかい)していた。そこで彼も羊飼いの格好で関心を引こうとするが彼女の心をつかむことができない。そのあげく悲観した彼は自殺してしまう。だが彼女は悪びれない。それどころか自分が独身を貫く理由を人々に説いて聞かせるのだ。周囲は彼女を悪女扱いするが，その志の見事さにドン・キホーテはむしろいたく感心する。ここにセルバンテスのフェミニズムを見る読み方もあるが，このエピソードもひとつの独立した短篇となっている。しかしこれもいわば物語に差しはさまれていて，主従二人の物語との関係性は薄い。彼らは能動性が弱く，物語に対してあくまで受け身なのだ。これが後篇になるとセルバンテスのテクニックが向上し，エピソードが主従の物語と繋がりをもってくる。

　これにはある事件が関係しているかもしれない。その事件とは，先に触れたアロンソ・フェルナンデス・デ・アベリャネーダによる後篇の贋(がん)作(さく)が出版されたことだ。前篇がベストセラーになり，読者が後篇の出版を待ちこがれていたところに現れたのが件(くだん)の贋作だった。本来の前篇はドン・キホーテが檻(おり)に入れられ，故郷の村に連れ戻されるところで終わっている。ところが彼らのその後が語られているのだから本家の作者

はさぞかし驚き憤ったことだろう。そのことは真の後篇の皮肉に満ちた序文にはっきりと書かれている。ここで彼は痛快なしっぺ返しを行う。その事件を物語に取りこんで、ドン・キホーテが贋作の存在を知っていることにしたのだ。前篇でも自分の名前や『ガラテア』という自作の牧人小説に触れたりしていたが、今度はレベルが違う。つまりメタレベルである。物語中物語という技法を使うことで、新しい小説を作ってしまうのである。そこでは登場人物たちも『ドン・キホーテ』を読んでいるという設定で、目の前の人物がその主人公の騎士であることを知っていて彼とサンチョをからかうという具合に、実に手が込んでいる。しかもエピソードが単に差しはさまれるのではなく、二人の行動と結びついている。彼らはアラゴン地方で前篇の読者である公爵夫妻の館に逗留する。そしてここを舞台に、物語はいくつものエピソードによって有機的に構成されつつ展開するのだ。これは小説の進化と見なせるだろう。今日の専門的な読者をもうならせる所以である。

6. 読者はなぜ感動するのか

　こうした高度な技法を駆使していることから、後篇こそ『ドン・キホーテ』であるという見方もある。とはいえ、そこに至るまでの道のりと積み重ねがあってこそ後篇が生まれたことは言うまでもない。読者もその長旅に付き合うことで、主従二人、そしてロシナンテやサンチョのロバに親愛の情を抱くことは間違いない。読者は彼らの往々にして荒唐無稽な冒険に笑わされたり呆れたりして楽しむ。だがその一方で、ドン・キホーテの純粋さや無私の姿勢、理想主義にしだいに共感を覚えるようになるだろう。そのときこの小説に漂うペーソスが琴線に触れるはずだ。そして物欲と打算で彼に従ったサンチョが感化され、利害を超えた心境に達するのを目の前にして、挫折に勝る理想主義の力を再認識す

るのではないだろうか。作中ドン・キホーテが山羊飼いたちを前に黄金時代のユートピア的世界について力説する場面が思い出される。

　これはあらかじめ感動が約束された小説ではない。だが感動する。とりわけ人生において挫折を経験した者にとっては，人生とは滑稽で残酷で耐え難いが，しかしそれでも素晴らしいと思えてくる。サンチョがドン・キホーテを信じ，信頼するその姿にも感動する。だからこそ死の床で狂気から覚醒した主人公がたどり着いた心境に対し，ドン・キホーテ化したサンチョが今度は彼を冒険の旅に誘う言葉が胸に染みるのだろう。セルバンテスはそうした心境をすべて味わってきたに違いない。とは言え，セルバンテスはしたたかな作家でもある。ドン・キホーテが臨終を迎えるとサンチョがなぜか嬉しそうにしていたという記述を差しはさむのだ。遺言により遺産をもらえることになったのをサンチョは喜んでいるのだ。このユーモアとアイロニーを帯びたリアリズムを，後にセルバンテスの再来と言われるガルシア・マルケスが受け継ぐことになる。

参考文献

ミゲル・デ・セルバンテス・サアベドラ『ドン・キホーテ』（会田由訳）ちくま文庫，1987
同上（牛島信明訳）岩波文庫，2001
同上（荻内勝之訳）新潮社，2005
同上『新訳　ドン・キホーテ』（岩根圀和訳）彩流社，2012
同上（岡村一訳）水声社，2017
野谷文昭編『セルバンテス』集英社（『ドン・キホーテ』前篇抄訳所収），2016
牛島信明『反ドン・キホーテ論』弘文堂，1989

坂東省次，他編『ドン・キホーテ事典』行路社，2005
本田誠二『セルバンテスの芸術』水声社，2005
吉田彩子『教養としてのドン・キホーテ』NHK出版，2016
清水憲男『ドン・キホーテの世紀：スペイン黄金時代を読む』岩波書店，2010

学習課題

1. この作品を黙読したときと音読したときの印象の違いについて考えてみよう。音読した場合，どのような効果が生じるだろうか。また，できれば異なる翻訳を読み比べてほしい。
2. ドン・キホーテとサンチョの関係はどのようなものだろうか。それは主従だろうか。友人同士だろうか。
3. この一見荒唐無稽な作品が今日も人気を保っている理由について考えてみよう。
4. 「ドン・キホーテ的」という言い方があるが，どういう時に使われるだろうか。
5. この作品に登場する女性のタイプ，その言動は現代に通じるだろうか。

2 | イギリス（1）　シェイクスピア『ロミオとジュリエット』を読む

大橋洋一

《目標・ポイント》　周囲の無理解のなか，死に急ぐことしかできなかった若い恋人たちの純愛悲劇とみなされているシェイクスピアの『ロミオとジュリエット』は決して純愛悲劇でもなければ，純愛性の追及でもない。むしろそのような純愛性を否定して，ハイブリッドな愛をもとめたところに，作品の近代性があることを考えたい。そもそも純愛悲劇などという妄言は，この作品を読んだことがない人間からしか出てこないものだろう。純愛/純粋性は不寛容に通じ，寛容性は異種混淆性やハイブリッド性を招致する。純粋と不純のはざまで英国の初期近代は動き始めていたことを，この作品から確認できればよいのだが。
《キーワード》　悲劇，純愛悲劇，ペトラルカ詩，身体

1. ヘイトの季節

　『ロミオとジュリエット』――イタリアはヴェローナにおける名門モンタギュー家とキャプレット家の対立が，両家の息子と娘との愛を押しつぶす悲劇。悲運の恋人たち。いまなら，若い恋人たちはもっと力強く抵抗し，もっと自由に行動するにちがいなく，無辜(むこ)の犠牲者として死ぬことはないだろう。だから哀切きわまりない作品であっても，その古さは否めない。と，読まれる前から決めつけられたら，この作品にとって，これほど不運なことはない。なぜなら古臭いどころか，この作品，今の時代にこそ衝撃をもって受け止められてしかるべき作品なのだから。

たとえ忌むべきもの，あってはならないもの，許してはならないにもかかわらず増えている犯罪のひとつにヘイト犯罪がある。特定の集団なり民族なり人種に対するヘイト行為のさなか，あろうことか，敵側のひとりと仲良くなり結婚までするような仲間が出てきたら，どうなるか。「敵と寝る」（ただし当事者ふたりは相手を敵と思っていない）裏切り者たちが，この悪辣で凶悪なヘイトが横行する世界で報復を受け悲惨な結末を迎えずに生存することができるのだろうか。あるいは彼らの犠牲によって，ヘイト集団は内側から瓦解し，敵対と排除の愚劣さが自覚され，憎悪が消滅するのだろうか。『ロミオとジュリエット』は，現代における緊急の課題を担う作品として立ち上っている。純愛の力がヘイトを終わらせる？　違う。純愛こそ，純粋性こそ，ヘイト集団の愛玩物である。純粋さなど歯牙にもかけず，壁を乗り越えていく愛，純愛ではなく不純な愛が，ヘイト克服の可能性をみせ，返す刀でヘイトの愚劣さ，いや狂気を告発する。それが『ロミオとジュリエット』という作品が訴えていることである。純愛と，言うな。不純な愛こそが素晴らしいのである。

2. 反ペトラルカ：身体のほうへ

『ロミオとジュリエット』を最初から読むとヴェローナの名門で敵対する両家の召使たちが直接・間接的に相手を侮辱する。そこに性的というより端的に卑猥な言葉遣いや表現が横溢する。これには，はじめて読む者，はじめて見る観客は率直に驚く。私たちの時代は性表現への規制が緩和されるか，なくなっているが，16世紀末期の時代，日常生活ならまだしも，舞台や印刷物で，ここまでの卑俗かつ猥褻な表現が許されるかと誰もが驚く（翻訳を通しても，それは十分に伝わってくる）。純愛悲劇という偏見をもって読み始めた読者／見始めた観客は，ここで期

待を裏切られる。もとよりシェイクスピア劇に限らず当時の演劇作品（とりわけ喜劇作品）には，あからさまに卑猥な表現や猥褻な含意を伴う表現は多い。しかし『ロミオとジュリエット』は，シェイクスピア劇のなかでも卑猥な表現が最も多い作品であり，そのうえ，あろうことか悲劇なのである。

　もちろんロミオとジュリエットの二人が卑猥な言葉を交わしているわけではない。彼らの台詞には詩的表現が横溢し，台詞そのものも端的に定型詩形式であったりする。むしろロミオの友人のマーキュウシオ，あるいはジュリエットの乳母といった周囲の者たちが猥褻表現を担当する。とすれば周囲の卑俗で猥雑な社会，そのなかで屹立する若く無垢な恋人たちの聖化された純愛の世界，という構図かというと，そうでもない。卑俗な社会は恋人たちの引き立て役に徹しているわけではない。むしろ共謀しているのである。

　当時，演劇や詩作品において恋愛とはペトラルカ風恋愛であった。これはラウラと呼ばれる女性への愛をつづったペトラルカの一連の抒情詩群（『カンツォニエーレ』（*Canzoniere*，歌の本））によって全ヨーロッパに広がり，一目惚れに始まる片想いを愛の理想型としたものであった。ラウラが死んでからもペトラルカは彼女にあてた詩を書き続けるのだから肉体的に結ばれないことは前提条件であり，であればこそ肉欲に汚染されない宗教的ともいえる精神性へと愛を昇華することができた。14世紀のことである。

　16世紀のヴェローナ（実際にはロンドンの劇場（たぶん薔薇座））では，この愛のかたちはやや腐りはじめている。ロミオにはロザラインという，おそらく年上の恋人がいる。舞台に登場しない，そもそもいるのかいないのかわからないこのロザラインという女性にロミオは片想いをしている。悩める憂鬱な若き青年。ロミオは女性にというよりも恋に恋

をしているところがあり、その台詞も最初のうちは逆説を多用した実にもって回った表現にあふれ、ロミオはまさに歩くペトラルカ詩である。その彼が、ジュリエットと出会うことで一変する。彼はペトラルカともロザラインとも別れを告げる。永遠に報われない年上の女性への片想いから一転、まだ十四歳にもならないジュリエットとの結婚を実現し初夜を迎える。ここにはペトラルカ詩にある精神性はない。精神性は否定されているというべきだろう。精神から身体へ。魂の絆(きずな)から性行為へ。片想いをやめて結婚（それも不倫に近い秘密結婚）。なんという不純。まさに想像にかたくないのだ、この不純さが当時衝撃をもって受け止められたことは——もちろん快哉(かいさい)をも叫ばれつつ。

　ふたりはキャプレット家での仮装舞踏会で出会う。まだ互いに相手が誰かは知らない。ロミオは見知らぬ少女に巡礼者と巡礼者が口づけする聖像の比喩をもって迫る。ふたりのやりとりは十四行詩（ソネット）形式である。宗教的精神性は愛の昇華の到達点ではなくなっていて、むしろ、そこから身体接触の可能性がひらかれる。肉欲の捨象ではない。肉欲を開くのである。

ロミオ：もし私が自分の取るに足らぬ手で、この聖なる社を汚すことになるのなら、
　　　　その優しき罪とは、このようなものとなるでしょう。
　　　　我が唇は、二人の顔を赤らめた巡礼、いまかいまかと覚悟しているのです、
　　　　私の粗暴な握りを、やさしき接吻(せっぷん)で、やわらげようと。
ジュリエット：まあ、巡礼さん。自分の手を悪く言ってはいけません。
　　　　手の信心深いことはあきらかなのですから、

なにしろ聖人の像の手に，巡礼の手が触れるのであって，
手のひらとひらとをあわせるのが，巡礼者にとっての聖なる接吻なのですから。

ロミオ：聖人像には唇はないのですか，巡礼者にも唇がないのですか。

ジュリエット：ええ，巡礼さん。お祈りのときに使わねばならない唇はお持ちですわ。

ロミオ：ああ，では愛しき聖人像さま，手がおこなっていることを唇にやらせてください。
唇は祈ります。そうですよね。信ずることが絶望にかわってしまわないように。

ジュリエット：聖人像は動きませんよ。たとえお祈りのためであっても。

ロミオ：それじゃ動いてはいけませんよ，私の祈りの報酬を受け取るまで。(1.5.92-105)

　このキスまでのやりとりが，ソネット詩（14行詩）を形成している。もちろんここにはもったいぶった言い回しの名残がある。
　そして有名なジュリエットのバルコニー・シーンでの独白。彼女はロミオが隠れて聞いていることも知らずに，こう述懐する。14歳の誕生日をむかえる少女のその台詞の，なんという平易で，力強いことか。

ジュリエット：ああ，ロミオ，ロミオ，なぜ，あなたはロミオなの？／あなたのお父さんを否認し，あなたの名前を否認してください／あるいはそうしたくなければ，ただ私の恋人になると誓ってください／そうすれば私もキャプレットではなくなるでしょう。／……／名前のなかに何があるの？　私たちが薔薇と呼んでいるものは，／他の名前で呼ばれて

も，同じく甘い香りを漂わせることでしょう。(2.2.33-36, 43-44)

　しかし敵と寝ることで，敵に寝返るだけではヘイト犯罪を継続するだけで意味がない。自分の名前を捨て，敵の名前を身に着けることで，ヘイト犯罪の方向性が逆転するだけだからだ。敵と寝ることがヘイトなき別次元へと移行するのは，ともに名前を捨てたときであろう。ジュリエットの台詞はそこまでいっている。また，この台詞の「ロミオ」のところにヘイト集団が攻撃している他の集団・民族・人種・弱者・少数派の名称を代入してみればいい。少女の欲望が倫理的要請を開くことがみえてくるだろう。

3．5日間

　ロミオとジュリエットの出会いから，この劇は一挙に急展開する。何が起こるのかを時間経過とともにまとめてみると——

　　日曜日（7月）の朝（1.1）。キャプレット家とモンタギュー家の召使たちが喧嘩をはじめ，両家の関係者だけでなく，ヴェローナの市民をまきこむ騒乱となって，両家の当主はヴェローナの公爵から厳しく叱責される。ロミオはこの騒乱には加わらず，ロザラインへの満たされぬ愛に悶々としていることがわかる。ロミオにはベンヴォーリオやマーキュウシオといった友人がいる。彼らはその日の夜，敵方のキャプレット家で仮装舞踏会が開かれることを知り変装して潜り込むことにする（1.2, 1.4）。なおこの間，ジュリエットも登場（1.3）。彼女は月末に14歳になる13歳の少女である。ロミオの年齢はわからない。
　　日曜日の夜。仮装舞踏会（1.5）。ロミオはジュリエットに出会う。そ

の後二人は一目ぼれした相手が敵対関係にある家の子女であることを知り愕然(がくぜん)とする。さらに深夜，仲間から離れたロミオは，バルコニー下でジュリエットの言葉を聞き，二人は互いの愛をたしかめあい，結婚の約束をする。月曜日の9時に乳母を使いにやらせるとジュリエットは告げる（2.2）。

月曜日の12時。ロミオとベンヴォーリオとマーキュウシオは街中で乳母に出会う。乳母は遅れてやってくる。乳母はローレンス修道士の庵での二人の密会の段取りをつける（2.4）。

月曜日の午後。ローレンス修道士は若い二人の願いを聞き入れ，結婚させる（2.6）——それが両家の争いを終わらせることになることを願って。

月曜日の午後。マーキュウシオとベンヴォーリオらとキャプレット家のティボルトらが一触即発の状態となる。そこに結婚式をあげたばかりのロミオが仲裁に入るが，混乱のなかマーキュウシオはティボルトに刺殺される。怒ったロミオはティボルトを殺害。逃亡を余儀なくされる。ヴェローナの大公はロミオを追放処分とする（3.1）。

月曜日の夜。ロミオはヴェローナを旅立つ前にジュリエットの寝室で新婚初夜を迎える（3.5）。

火曜日の朝。ロミオ出発。ふたりは以後，二度と会うことはない。キャプレットは娘ジュリエットと大公の親戚パリスとの結婚の段取りをつける（台詞には出てこないが，キャプレット家のティボルトが大公の親戚であるマーキュウシオを殺害し，みずからもロミオに殺される。そのため大公との関係悪化を恐れたキャプレットは，これまで若すぎると反対してきたジュリエットの結婚話を急遽(きゅうきょ)実現することにしたと推測できる）。結婚は木曜日となる（最初，キャプレットは水曜日にと考えるが，早すぎるので木曜日とする）。

火曜日の午後。ジュリエットはローレンス修道士のところに相談にいく。修道士はジュリエットが仮死状態になる薬を飲んで埋葬され，その後仮死状態から覚め，もどってきたロミオと駆け落ちするという計画を告げる。薬を飲むと目覚めるのは42時間後（42時間——なんという中途半端な。私は24時間の間違いではないかと思うし，そういう説もある）。ジュリエット，恐怖におののきながらも火曜日の夜に薬を飲む（4.3）。

シェイクスピアの悲劇では最後のクライマックスに備えて主役俳優を休ませたことがわかっている。それは台本上に主人公の不在となって現れる。ロミオは追放される。ハムレットもデンマークから追放される。楽屋で休んでいるのだが，その間，この作品ではジュリエットがロミオの不在の穴を埋める。それはまた作品に女性的次元と目線を導入することによって，作品を多元的・立体的にすることになり，ロミオ中心の作品がハイブリッド的に変換される。作品は画一的純粋性の支配をかぎりなく拒むのである。

　水曜日。朝（4.4, 4.5），ジュリエットが死んだものとみなされる。葬儀がとりおこなわれ，一族の地下墓所に埋葬される。その間，ローレンス修道士は，べつの修道士にロミオへの手紙を託すが，ロミオの召使が先にジュリエットの死と埋葬を知らせる。ロミオ，毒薬を購入（5.1）。ジュリエットの墓所へ。仮死状態の薬が24時間後なら，水曜日の夜にジュリエットは目が覚める。42時間後ならジュリエットの眼ざめは木曜日の夜。

　水曜日／木曜日（5.3）。ジュリエットが安置された墓所で，ロミオは，ジュリエットが死んでいるものと思い自害する。その後仮死状態から目覚めたジュリエットはロミオが死んでいることを発見，あとを追う。そこに騒ぎをききつけた両家の関係者と大公が登場。墓所の

中か前で，両家の和解が実現する。このとき木曜日／金曜日の朝になっている。

　　（なお当時は夜明けで一日が始まったため，深夜12時をすぎただけでは翌日ではないことに注意。多くの翻訳はこのことを指摘しているが）

『ロミオとジュリエット』が，日曜日に始まることは確かだが，終わるのは木曜日の朝か金曜日の朝か不明。どちらにしてもまるまる5日間ではないが，なんとなく5日というイメージが定着している。

片想いに悩み悶々と過ごすペトラルカ的時間の停滞状態に対し，ここにあるのは一挙に結婚そして死にまで突き進む直情的な欲望の時間である。片想いというのが，絶望という名の「死に至る病」であるとすれば，ここにあるのは，死に抵抗し，死を追い抜き，希望に生きようと疾走し，死から最も遠ざかろうとしていた若者たちの痛ましい事故死である。

4. 同性か異性か

『ロミオとジュリエット』では男たちがじゃれている。両家の敵対関係を過小評価したり矮 小 化する解釈を私は嫌うが，ただ，両家の対立・反目は，両家の男性たちに喧嘩という，〈じゃれ合い〉〈悪ふざけ〉のための口実にすぎないのではないかと考えられなくもない。キャプレット家の舞踏会にモンタギュー家のロミオが忍び込んだことがわかっても，見て見ぬふりをされるのだから，対立は深刻なものではない（ただしそうでもしないと深窓の令嬢ジュリエットがロミオと出会う機会はなくなるのだが）。ところが，悪ふざけをしているうちに死人が出て事態は一挙に深刻化する。それはまたひそかに育まれた若い男女の恋にも致命的な打撃をあたえる。だがこうした展開を素直な印象として認める

ことはできても，しかし，そこにある重大な悲劇性を見失ってはならない。

　ロミオの運命がかわる第3幕第1場の路上での決闘シーンをみてみたい。モンタギュー側のマーキュウシオとベンヴォーリオらのところにキャプレット側のティボルト一行が接近し喧嘩を売る。一触即発状態のところに，いましがたジュリエットと秘密裏に結婚したばかりのロミオが登場し，仲裁に割って入る。当初，ジュリエットは，いとこのティボルトとの結婚を望まれていたようだ。ヘイト集団は同族の血を温存し血が混じるのを嫌う（同族結婚）。それがいまや彼女はロミオの妻となった。そしてロミオはティボルトを親戚として遇するのだが，事情を知らないティボルトはロミオの振る舞いに激しく憤る。キャプレット側の人間からすれば，ロミオとティボルトがジュリエットの愛をめぐって対立しているようにみえる。異性愛三角形。ところがモンタギュー側の人間にとってみると，ロミオは仲の良かったマーキュウシオよりもティボルトに気を配っている。そして状況は，ロミオへの愛をめぐってマーキュウシオとティボルトが争っているようにみえる。同性愛三角形。

　重要なのは，観客だけに，このことがわかることだ。異性愛と同性愛の共存。やがてマーキュウシオとティボルトは殺され，ロミオはジュリエットへの異性愛へと決定的一歩を踏み出すことになる。男友達とじゃれているロミオは死んだ。女性への一途な愛を貫くロミオが生きる……。だがマーキュウシオの死はロミオに重くのしかかる。ロミオが毒薬を買う薬屋にはマーキュウシオの影があるとする議論がある（一人二役の可能性もある）。同性愛的世界が閉じられ異性愛世界が開かれる進化・成長過程は虚構にすぎない。男女にとって同性関係は，たとえ結婚しても温存させておきたいものだ。だが近代の異性愛体制は同性愛ならびに同性愛的要素を徹底的に排除し貶める。あれかこれかの二者択一

こそがすべてなら，同性愛消滅後に異性愛が勝利することがもくろまれている。だがそのような方向性は，ある意味，純愛神話に囚われている。この神話は同性愛的関係と異性愛関係との共存を不純なこととして許さない。『ロミオとジュリエット』は，男女（とりわけ男性）の成長物語ではない。むしろ女を知っても女を知らない「若きアダム」にとどまりたいという不可能な欲望をかかえ，ゆきくれている男性の苦境あるいは悲劇なのである。

そもそもジュリエットは男である。当時の舞台では女性役は声変わりする前の少年俳優が演じていた。当時のシェイクスピアの舞台には女性は登場しない。男性が演ずる女性しか登場しない。したがって少年・男性であるジュリエットは，男性の多様な欲望の受け皿となっていた。そして物語では同性愛的世界から異性愛へと脱却していくのだが，舞台上演では，それはみせかけのものにすぎず，根底にあるのは男性たちの欲望の世界でしかなかった。とすれば作品が悲劇的結末を迎えることで，禁断の男性的欲望が直面する破滅的結末が告発されるとみることはできるのである。

5. ハイブリッドな愛

この作品が位置するヨーロッパ初期近代は，いままさに異性愛体制を純愛として聖化するかたちで制度化し，同性愛を嫌悪しマイノリティ化・非合法化する体制作りに着手していた時代でもあった。だが，いま，一周回って，そのような異性愛純愛体制の強制的暴力性が暴露され，同性愛的要素に再び脚光があてられるようになった現在，また差別と偏見のない社会の実現がほど遠くなったヘイト犯罪の現在，異性愛的純愛のドラマとして利用されつづけた二人の恋人たちのドラマは，ふたたび本来の姿を取り戻したといえるかもしれない。なぜ血が異なり，家

が異なり，文化や生活習慣が異なる二人が愛し合ってはいけないのか。なぜ純愛という美しき邪悪な愛が理想とされ，ハイブリッドな愛が不純な愛として退けられるのか。なぜ異性愛が，進化と洗練の結果としてとらえられてしまうのか。なぜ同性愛と異性愛が共存する不純さが称揚されないのか。この作品は，純愛どころか不純な愛を全うしているのであって，純粋な異性愛へと到達できなかったのを悲しむものではない。むしろ不純さを抑圧することに対する激しい怒りと告発そのものなのである。この世に純愛がはびこるかぎり未来はない。ヘイト犯罪の時代，犯罪に加担する純愛なんか……。

6. さらなるハイブリッドへ

　ウィリアム・シェイクスピア（1564-1616）の作品群のなかでは初期から中期にあたる（決して円熟期ではない）作品のひとつ『ロミオとジュリエット』は，それと表裏一体化しているもうひとつの作品とともに記憶されるべきである。事実，どちらが先は定かではないし，並行して書かれたのかもしれないのだが，とにかく一対の作品としてみることができる，それは，喜劇『夏の夜の夢』である。この作品の終幕，アテネの職人たちがアテネの大公シーシュース（テーセウス）の婚礼の余興に『ピラマスとシスビーの悲劇』を上演する。演技の素人であり演劇について誤った狭小な考え方しかもっていない職人たちの芝居は，悲恋物語を抱腹絶倒のドタバタ喜劇にしてしまい，結局その無残な上演失敗が逆に婚礼の場に花を添えることになるのだが，このドタバタ悲劇では，壁によって隔てられた恋人たちが逢瀬を重ねるうちに誤解によって相手が死んだものと思い自害する。そう，これは一方で『夏の夜の夢』の恋人たちの劇行為のパロディにもなっているとともに，いうまでもなくもう一方で『ロミオとジュリエット』という7月を舞台とした夏の夜の悲

劇のパロディにもなっている。

　ふたつの作品を同時に創造した劇作家の強靭(きょうじん)な精神には畏敬の念を覚えるのだが、『ロミオとジュリエット』は喜劇にもなりえたかもしれない悲劇であり、悲劇にしかならなかった純粋な悲劇ではない。そこに作者の複眼的思考と楕円(だえん)の精神をみることができる（いうまでもなく楕円は中心が二つある不純なハイブリッドな図形だ）。いっぽう『夏の夜の夢』のスラップスティックに爆笑しながらも私たちはそこに『ロミオとジュリエット』の悲劇を垣間見る。この喜劇は悲劇的要素を孕(はら)んでいる、あるいはかろうじて悲劇ならずにいる、まさに不純な喜劇でもある。

　『ロミオとジュリエット』と『夏の夜の夢』。純粋さ——他者なき、画一的、一回性の極限的世界の属性——を嫌う『ロミオとジュリエット』は悲劇として純粋に完結することを嫌い、正反対の分身的作品を寄り添わせることになった。それは現代においてヘイト犯罪の対極にある多様性を、他者の必要性を、複数の可能性への開かれをみせてくるのである。

参考文献

　本文での場面や行数などはRene Weis（ed）*Romeo and Juliet,* The Arden Shakespeare（London：Bloomsbury, 2012）に拠る。ただしシェイクスピアをいきなり、このような注釈書で読もうとするのは無謀で、最初は、以下の二つのシリーズから入るのがよいだろう。

　大修館シェイクスピア双書。見開きで左ページに英語の原文、右ページに語注や説明を加えたもの。この双書のなかに、岩崎宗治編『ロミオとジュリエット』（1988）がある。

もうひとつは研究社シェイクスピア選集。見開き左ページに英語原文，右ページに訳文を掲載（ページ下に注釈あり），いわゆる対訳版で，大場健治氏が単独でシリーズ全巻を執筆している。この選集のなかに『ロミオとジュリエット』(2007) がある。なお，ふたつのシリーズには『夏の夜の夢』(研究社の選集では『真夏の夜の夢』) もある。

　人気作品なので翻訳上演も多く，ぜひ劇場に足を運んでもらいたい。現在，舞台でよく使われる翻訳は，小田島雄志訳（白水社Uブックス），松岡和子訳（ちくま文庫），あるいは河合祥一郎訳（角川文庫）であり，いずれも優れた翻訳である。もちろん他の文庫にもこの作品の翻訳は入っている。またシェイクスピアの場合，版権とか翻訳権はないので，上演側が独自に翻訳を準備することもある。さらにネット上で独自の翻訳を提供してくれるサイトもある。いずれを読むにせよ，舞台もぜひ見てほしい。

　映像化あるいは映画化作品も簡単にみることができるが，それらは原作をアレンジしているので，映画などの映像が原作の内容として記憶されてしまいがちなので，映画版をみたら必ず原作を読み返してほしい。そうすれば映画版と原作の，それぞれの良さとか特質がみえてくる。このことは通常の舞台化についてもいえる。どんな舞台でも省略や変更はつきものであり，舞台と原作の相互作用をとおして作品を考えるようにしたい。

　なお映画版あるいは舞台映像と銘打っていなくとも，人気作品なので，「隠れ『ロミオとジュリエット』」的な映画や小説などはけっこうある。自分で，それを発見することもまた，作品理解を深めることにつながる。日本語での単行本の解説・研究書で，信頼のおける文献は，ありそうで，実はいまのところ，これ一冊しかないが，これ一冊でも十分にいろいろなことがわかる。河合祥一郎『ロミオとジュリエット——恋におちる演劇術（理想の教室)』（みすず書房2005)。

学習課題

1. 『夏の夜の夢』を手掛かりに，『ロミオとジュリエット』に垣間見える喜劇性について考えてみる。ちなみに映画『恋におちたシェイクスピア』は，若きシェイクスピアが『ロミオとジュリエット』を創作し，みずから舞台に立つという内容だが，このなかでシェイクスピアは最初悲劇ではなく喜劇を構想していた。もちろん，そんな史実はないのだが，喜劇的要素は確実に存在している。それを考えることで作品の理解を深めることができる。
2. 翻訳を通してでも，台詞の言語のレヴェルの違いは理解できる。卑俗な台詞から高尚で詩的な台詞，身体的な欲望から精神的な願望の表出にいたる幅広い言語表現の多様性を確認して，それが登場人物の性格とどのようにからみあっているかを分析する。
3. あなたが女性であれ，男性であれ，この作品を男性が生み出した妄想世界として考察したらみえてくるものがあるか，どうか。逆に女性の妄想世界とみたらどうか。
4. 近年評価が変わってきた登場人物にローレンス修道士がいる。善意の人なのか，悲劇の張本人ともいえる干渉者なのか。なぜ評価の変化が生まれたのか，考えてみて欲しい。
5. 演劇作品なので，とにかく舞台をみる。それは学園（中学・高校・大学）での上演でもよい。学園の上演は原則無料で一般人にも開かれていることが多い。舞台には読むだけではみえてこない富が埋まっている。

3 | イギリス（2） スウィフト『ガリヴァー旅行記』を読む

大橋洋一

《目標・ポイント》 四つの渡航記からなる『ガリヴァー旅行記』は，最初の，あるいは最初と二番目の渡航記のみ読まれて，その後の航海は，ほとんど顧みられていない。せっかく読むのであれば，むしろ人気のない後半二つの渡航記に焦点を絞ってみてはどうか。そうすれば，いやが上にもみえてくるのだ——ある種のアイロニーが。理性の称揚と啓蒙の時代18世紀にふさわしい科学的な理性の言語があばくのは，人間の非理性的な部分，あるいは理性の対極にある人間のむきだしの野生である。ここでは理性が非理性を招来する。それもスリリングな勧興ではなく痛ましい笑いをともなって。そしてこのとき『ガリヴァー旅行記』そのものが，その総体でもって何を目指しているかがみえてくる。それは「人間とは何か」を探る試みである。とりわけ最後の馬の国の話は，おとぎばなし的・寓話的設定を通して，人間の冷厳な真実をさぐる比類なき大胆な試みとなっている。本来，人間の引き立て役であった，動物が人間をおとしめる側にまわる。まさに，人間の独自性を動物をとおして立証するための装置ともいえる人類学的機械が，故障してしまうのだ。そしてそのはてに，理性の邪悪さがみえてくる。この腐った理性の具現化としての人間そのもの。もしガリヴァーとともにこの旅をつづけると，帰国後のガリヴァーがそのつど確実に変質してゆくことがわかる。私たちもまた読後に変化をこうむり，おそらく認識の大きな変容を経験することになるだろう——この旅は後戻りできなくなる旅となるかもしれない。

　人間が，それを利用することでみずからを高めるどころか腐敗し堕落し非合理的存在になってしまうというパラドクスをもたらすのが，皮肉なことに理性の存在である。スウィフトは，理性の時代に，理性的言語をとおして，理性の腐蝕を，白日のもとにさらしたといってもいい。あるいはスウィフトの理性的言語が，人間の非理性を，人間のむきだしの生を暴き，それらを人間の定義に加えたといってもいい。これは確実に，つぎのロマン派の時代を

準備しただけでなく,いま現在の私たちの時代のありようともシンクロするのではないか。

最後に『ガリヴァー旅行記』が,動物と会話する古代からの文学の特徴を存分に発揮しながら,人間と動物との痛ましくもまた精神的な絆を実現する文学の貴重な実例であることも確認したい。

《キーワード》 理性,啓蒙,合理性,空想旅行記,身体,動物,人類学的機械

1. 理性

　ジェイムズ・ジョイスの『ユリシーズ』の第十四挿話：太陽神の牛は,1904年6月16日のダブリンの産婦人科医院待合室での人々の様子と会話を伝えるとき,あろうことか古代・中世の呪術的言語にはじまり,ラテン語や中世英語,さらにはシェイクスピアや欽定訳聖書の文体,そして19世紀の英語を経て,ダブリンの日常会話の英語と,多様な英語文体をもってする。それは,英語の変遷を,その章ひとつで辿れる英語史レッスンの様相を呈している。そこに予想されるパターンとは,曖昧模糊とした古代の言語から現代の平明な英語へと展開する洗練化の過程だろう。実際そのように文体は,曖昧なものから徐々に明晰なものへと変化し,そして最後にたどりつく1904年6月16日の英語……。これがとんでもない英語で,私たちの日常的英語に溢れる俗語・略語・隠語・卑猥語を余すところなく再現するため,古代の幽明界の曖昧模糊とした英語となんら選ぶところがなくなる。これが,その章のオチなのだが,ただこの英語史レッスンのなかで,台風の眼に入ったかのように突然風がなぎ青空が開けるところ,つまり突如,英語が簡潔で平明なものにかわる瞬間がある——その後,ふたたび古臭い表現の錯綜する乱雑

な英語にかわる。この一瞬，それが18世紀の英語であり，この時期，無味乾燥だが平明を至上とする英語が模範とされる。それは科学と理性の英語である。デフォーの『ロビンソン・クルーソー』やスウィフトの『ガリヴァー旅行記』の英語は，内容からして，たとえば親の眼を盗んで逢瀬を重ねるとか近親相姦的な破滅的愛の情念の噴出というような物語とは無縁の，科学的ノンフィクションに近いから，簡潔平明であるのは当然だが，同時に，時代の空気も事務的・実務的・科学的英語を志向し要請したがゆえに，それに合致する物語が創出された。文学作品にとって，これほど不幸な時代はないかもしれない。だが，この無味乾燥な実務的英語を駆使して，それまでどの時代にもなしえなかったことをスウィフトはなしえた。理性の英語が，非理性の領域を白日のもとに曝したのである。

2. 空想から科学へ

『ガリヴァー旅行記』はリリパット国（小人国）とブロブディンナグ国（巨人国）のみよく読まれていて（ただし巨人国はほんとうに読まれているかどうかあやしい），宮崎駿アニメ（『天空の城ラピュタ』）で有名になった空飛ぶ島ラピュタが登場する第三部，馬の国が登場する第四部はほとんど読まれていない。『ガリヴァー旅行記』の翻訳者でもあった中野好夫は，その訳書のあとがきで，「ほとんどわれわれの面に腐った臓腑を投げつけられる思いのするのは第三篇，殊に第四篇である」と述べ，「訳者としての希望を率直に言うならば，たとえ第一篇，第二篇は読まなくとも，後半の第三篇，第四篇だけはぜひ読んでもらいたいのである」と語っているが，私たちもその忠告に従って第三篇と第四篇に集中したい。

第一篇リリパット国渡航記（1699年5月4日-1702年4月3日，この

日付は作品中に明確に示されている。以下同じ）と第二篇ブロブディンナグ国渡航記（1702年6月20日-1706年6月3日）は子供向けのおとぎ話だとよくいわれる（子供時代とか子供向けという発想はスウィフトの時代にはないのだが），と同時に，そのくせ現在の基準からすれば子供に読ませられない部分が多い。たとえば作者も読者も一瞬思い浮かんだとしても結局却下するしかないアイデアを，いかにもスウィフトらしいのだが，とにかく最大限活用する。それは小人国におけるガリヴァー自身の排泄問題である。ガリヴァーは小人国に漂着して以来たまりにたまった小便を一挙に排泄して小人国民を驚かす。そして二日後——

実は我輩しばらく前から例の自然の要求にすっかり閉口していたのであるが，それも無理のない話で，なにしろこの前に放出してからかれこれもう二日になる。たまらないやら，恥ずかしいやら，いや，これにはまったく困ってしまった。一番いい方法は家の中へもぐりこむことだ，そこで我輩は早々這いこんで，ぴったり扉を閉めると，鎖の伸びるだけ遠くへ行って，やっとのことでこの厄介な荷物〔大便のこと〕を卸したのである。……（第一篇第2章　中野好夫訳，以下同じ）

　それだけではない。宮廷の一部が火事になったとき，水による消火がまにあわないとみたガリヴァーは，自分の小便で王妃の居住区の火を消すのだ。さすがに小人国の宮廷人たちも，やむをえぬとはいえ，この行為を無礼とみなし，これがガリヴァー追放運動の原因となる。糞尿の話は子供は大好きで，問題ないかもしれないが，さすがにアニメとか絵本に，このシーンはない。
　そもそも物語の主人公は排泄しないものであって，それを堂々と描くというのは，世界文学史上，例がすくないだろう。有名な作品で主人公

が排便するのは，ほかにジョイスの『ユリシーズ』の主人公レオポルド・ブルームくらいである（第4挿話参照）。

　巨人国渡航記においては，小さいものは美しくみえ，大きなものは醜くみえるという原理のもと，巨人族の男女が，ガリヴァーの眼からみると，その皮膚そのものからして醜悪この上ないことが何度も強調される。宮廷の王族の女性や女官たちも例外ではない――「我輩は彼女らの裸体をすぐ眼の前に……しているのだが……なんとしても不快嫌悪以外の何物でもない。近くから見てみ給え，皮膚はザラザラで，凸凹だらけだし，色がまた斑点だらけときている，それに丸盆大の黒子（ほくろ）があちらこちらにあって……。我輩が傍にいるのに平気で，飲んだものを排泄する……」（第二篇第5章）。

　第一篇と第二篇で作者がみせるのは人間の身体性のもつリアル（汚物タンクとしての人間，醜悪な皮膚の塊としての人間）であるとすれば，渡航記に特有の，探検と発見，観察と記録によって，冷静かつ客観的に開示される科学的言説が，人間にとって本来なら目をそむけていたい暗部を照らし出すことになる。いいかえるとこの暗部や恥部という下品なものに触れるために，上品すぎる文学の言語（当時，文学は英語では「上品な文字 polite letters」と呼ばれていた）ではなく，その対極にある科学的言説を使用したともいえる。要は品が悪い。黒いユーモア。しかしそこにリアルから目をそらさぬ強靭（きょうじん）な意志が，底意地の悪さとともに垣間見える。そしてまた理性のみが，人間の醜悪な身体に切り込めるという，理性の理想的なありようが示される。

3. 科学から空想へ

　だがこの作品は，理性の限界をもうけぬ容赦なさを称賛する身振りで終わるのではない。理性は，理性そのものの限界を検討にふすのであっ

て，その証拠に，第三篇で，鋭すぎる諷刺(ふうし)の対象となるのは，理性あるいは知性の働きの最たるもの，すなわち学術研究なのである。それは島国バルニバービの首都であり宮廷でもある「空飛ぶ島」ラピュタの存在に端的に示されている。このラピュタは，巨大な天然磁石の力によって空中浮遊するというSF的な設定になっているのだが，しかし科学者である住民たちは，常に科学的問題を熟考していて，全員，上(うわ)の空状態にある。この上(うわ)の空状態こそが島を空中浮遊させているともとれる。そもそも科学者たる者，自然と事物とを対象とし，空理空論とはまったく無縁の存在と思われているが，実は，彼らも地に足がつかないまま，奇想天外な実験にあけくれ空理空論をもて遊ぶことに余念がない。彼らが暮らすラピュタがどこかに根をはるなどということがあろうか。

この浮遊性あるいは観念性は，人間の身体を無視する現実逃避的な思考の帰結である。第三篇におけるもうひとつの王国，ラグナグ王国における不死人間ストラルドブラグのことを考えてみてもいい。科学的進歩を信ずる者にとって人間の現在の寿命は短すぎるのであって，そもそも人間が200年から300年生きることができれば，その生涯にどれほどすばらしいことができるかと科学者は考えるかもしれない（現在，優れた科学的発見なり業績は若い頃に行われているので，高齢者は早期引退をすべきと考える科学者も多い）。だがこれは人間の身体の劣化，およびそれにともなう精神的劣化を考慮していない。事実，不老長寿人たちは，死のうにも死にきれないもうろく老人たちであり，社会的にも尊敬されるどころか厄介者扱いされる。彼らはみな法的には死人とされ（「満八十に達すると，彼らはもう法律上では死んだも同然となった」），生ける屍(しかばね)あるいはゾンビのような存在となっている。身体性を考慮しないといったが，それはまた死を無視するということでもあり，その上(うわ)の空状態と生ける屍状態とは彼らの生き様と世界観につながっている。本

来，現実と自然を扱う，つまり死んだ観念ではなく生きられた体験を扱う科学＝学問が，空想的なものに堕落したのである。

　だがいくら地に足をつける，あるいは抽象ではなく具体を重視するといっても，具体的特殊性を重視しすぎることも愚かであることを，この作品は暴いている。ラガード学士院（英国のロイヤル・ソサエティを風刺したもの）における言語改革論者のなかに，言葉とは物の名称であるという指示作用のみを言語機能とみる狭小な言語観の信奉者たちがいた。彼らはコミュニケーションの円滑化をはかるために，語られる対象を相互に明示しあうという愚行に走ってしまう（第三篇第5章）。これだと込み入った話をしようと思えば，山のような具体的事物を携え，相手に示すことになって非効率このうえない。抽象と観念論の暴走への解決案は具体あるいは具体の暴走ではない。抽象と普遍を嫌い，ヘクセイタスhaecceitasつまり，ある事物を他の事物から区別して，そのものたらしめているもの（ラテン語，「これ性」などと訳される）をありがたがるのではなく，抽象と具体の均衡こそが重要だということだ。おそらく作者スウィフトにおける保守主義（彼は最初ホイッグ党を支持し，つぎにトーリー党へ鞍替えしたのだが，ホイッグとトーリーは，現在でいうリベラルと保守ほど明確な主張の対立はない）は，極端を嫌う中庸を尊ぶものだといえようか。それはまた人間の身体に根差した思想なり発想を重視し，たとえば排泄という人間が逃れられない行為から発想することといえようか。

　なお第三篇のタイトルは「ラピュータ，バルニバービ，ラグナグ，グラブダブドリッブおよび日本への渡航記」となっていて最後に日本に到着する。エド（江戸）で将軍に会い，最後には「ナンガサク」（長崎）からオランダ船に便乗して帰途につく（1706年8月5日‐1710年4月16日）。

4. 馬々と人間たち

　第四篇「フウイヌム国渡航記」(1710年9月7日-1715年12月5日)で描かれるのは，高貴で理性をもつ馬が統治している平和で秩序だった合理的社会である。そこは戦争や疫病もなく，堅牢な官僚組織と民主的制度が実現した一種のユートピア的社会だが，ただ，この国には，ヤフーと呼ばれる邪悪で汚らしい毛深い獣がいて，社会秩序を脅かしている。みるとヤフーは，人間であり，彼らは野蛮な獣と化している。

　ここでは人間と動物，理性と欲望，文明と野蛮との関係が逆転している，あるいは逆説的にねじれている。この国の文明は，ヤフーという野蛮に脅かされている。もしヤフーがこの国を支配するようになったら暗黒時代が到来するだろう。ただ，現在では，ヤフーではなく馬（動物・野蛮）が支配している。これは野蛮（ヤフー）の支配ではないのか。そもそもフウイヌムは文明的であっても，馬という動物であるため野蛮の影がある。いっぽう野蛮なヤフーには文明状態から退化した人間の姿がかいまみえる。人間の，文明とは無関係の，むき出しの姿がヤフーかもしれない。「フウイヌムHouyhnhnms」というのは発音不可能な表記で，日本語の「ひひーん」というような，馬のいななく声を，馬族の名称と使ったと考えられている。いかにも馬の名称らしい巧みな命名法といえるかもしれないが，しかし，このフウイヌムには，同時に「ヒューマン」が隠されていることが，その発音から連想される（このことはすでに指摘されている）。人間と馬。相容れない二者が，交換可能になる。馬には人間の痕跡があり，人間にも馬というよりも動物の痕跡がある。両者の混然一体化こそ，この第四篇の，ひいてはこの作品全体の特質である。

　ひるがえって考えれば『ガリヴァー旅行記』には最初から動物あるい

は動物的要素がつきまとっていた。リリパット国におけるガリヴァーにとって小さな国民たちは小動物あるいは昆虫のような，ある種の愛らしさ，滑稽味があった。これに対してブロブディンナグ国ではガリヴァー自身がペット扱いされ，他のペット動物からの攻撃にもさらされる。このときの彼は漱石の『吾輩は猫である』の猫と同様，動物＝ペットの眼から人間を見ている（諷刺的設定としては常套的だが）。そして第三篇の驚異の国々の渡航記をへて，世界の深奥にある謎の国が立ちあらわれる。動物が人間を支配している国である。

 だがそれだけではない。おそらく洋の東西を問わず，動物は，人間とは何かという定義の試みにおいて，人間を人間化するための引き立て役として奉仕させられてきた。動物によって人間の人間性を確定すること。ジョルジョ・アガンベンが「人類学的機械」（『開かれ』）と呼んだものの機能と稼働ぶりは，実は，諷刺文学と相性がいい。諷刺もまた，悪しき，かつ劣位にある対象や人物などを通して，望ましき状態や対象や人間を確定する（あるいは暗示する）定義の試みなのである。

 ところが『ガリヴァー旅行記』では諷刺機械が諷刺される側と諷刺する側とを区別せず暴走気味で，諷刺を免れている安全圏というのがなくなり諷刺機能そのものが破綻しかかっている。小人国では小人たちの小ささを通して人間の愚行が諷刺されたが，つぎの巨人国では，巨人族の巨大さが醜悪の根源となっていることがわかり，ひるがえって小人国の住民たちにとって，ガリヴァーは醜すぎる巨人であったに違いなく，小人国は人間の引き立て役であるとともに人間の醜悪化をも招くことになる。もち上げながらおとしめること。この仮借なき相対化は，人類学機構そのものにも襲いかかる。本来なら人間の引き立て役であった動物（たとえば馬）が，理性的動物として立ちあらわれることで，人間化される，いや，人間以上の存在になる。なにしろ，人間はヤフーという獣

人におとしめられ、人類学的機械における人間の引き立て役がいなくなってしまう。人間的・理性的な馬と、動物的・野蛮な人間という関係からは、人間の定義が混乱するばかりだ。

　日本版ウィキペディアの『ガリヴァー旅行記』の記述（2018年2月にアクセス）は、先に述べたガリヴァーの放尿について一言も触れていない（英語版は当然のことながら触れている）のに対し、フウイヌムの国の「この制度は、話法や風習、外見において、イギリスの貴族制を風刺している」と、英語版に書いてないことを書き加えている。当時のイギリスの貴族制（とはいえ当時、英国は「君臨すれども統治せず」の国王ジョージ一世からジョージ二世の時代で、基本は議会民主制なのだが）というのは意味不明だが、英国貴族一般のことを考えれば、英国の貴族は、「リリパット国渡航記」や「ブロブディンナグ国渡航記」でさんざん揶揄され愚弄されているため、ここで理性ある馬だと突然もちあげられても意味がない。そもそも英国の貴族は、フウイヌムというよりもヤフーであり野蛮人に近い。実際のちにマシュー・アーノルドは『教養と無秩序』（1869）のなかで、戦争とスポーツのことしか頭にない英国貴族を「野蛮人」と命名したのである。貴族は野蛮人で、馬には人間の理性以上の理性がある。もはや人類学的機械は壊れるしかない。

　当時、馬とは人類学的機械において特権的な用例であった。馬と、それに騎乗する人間とを、理性と感情／欲望に例えることがよくおこなわれた。つまり人間（理性）が馬（感情／欲望）の手綱をもちコントロールすれば、人馬一体となって有益に行動できる。ところがもし馬が人間に乗っかるという逆転現象が起きたら、無意味で危険な暴走状態が生まれる。なにしろ馬（欲望／感情）が、人間（理性）を支配してしまうからである。この寓意は、欲望が、理性を抑えつけて、理性のはたらきをそぐという意味かもしれないが、欲望が理性を利用するともとれる。欲

望に利用された理性。のちのニーチェによる理性批判をスウィフトは先取りしているところがある。

　この作品では、フウイヌム（馬）がヤフー（人間）を支配しているのだが、ただ予想されるような非理性による理性の抑圧ということにはならず理性的政体の勝利となって、人間以上に理性的な馬たちの姿が、人間の面目丸つぶれ状態を出来（しゅったい）させる。と同時に、ここには馬が人間にのしかかるという非理性（感情／欲望）の支配という恐怖の逆転とカオスの痕跡がある。さらにいえば高貴で信頼がおける理性的な男女が、実は、非理性（欲望／感情）によって突き動かされているという最後の含意が生まれる。ここまで諷刺の対象となってきた者たち、つまり人間は、みなヤフーの末裔（まつえい）とみなされるのである。

5. 馬はともだち

　馬が人間よりも理性的で一国を支配し、人間ガリヴァーと対等に口をきくことは異様であるとともにどこか懐かしいところもある。神話、民話、歌謡、その他、広義の文学において人間は動物とつねに会話してきたし、話す動物は、そうした広義の文学においては例外というよりも常態であった。そのなかでも馬は、最初から高貴なものとしての扱いを受けてきたように思う。西洋文学でもホメロスの叙事詩に話す馬「バリウス」と「ザンサス」が登場する（ちなみに、かつて川崎重工は「ザンサス」という名前のオートバイを造ったことがある）。ギリシア神話には半獣半人のケンタウロスが登場するが、ケンタウロスは時に人間を導く賢者のおもかげを帯びた。中世になると神秘的な一角獣のほかに、騎士道ロマンスにおいて馬は欠かせないものとなった。そもそも騎士道 chivalry 名称の語源は、「馬」であり、動物の名前がジャンル名となっている希有な例である。エル・シドの愛馬バビエカ、ドン・キホーテの

愛馬ロシナンテをはじめとして，多くの軍馬が，人間の言葉を話せなくても，騎兵そのものが消滅する時代まで人間との交流を深めてきた。こうした系譜のなかにフウイヌムは位置付けられるだろう。

　つまりガリヴァーとフウイヌムとの会話は，主人（人間）と動物（馬）との会話ではなく，客人と主人との，友愛の言語が交わされる場となり，まさにそれは，動物と人間との交流を描く，動物文学作品のひとつとなっている。いやそれ以上のものかもしれない。巨人国に滞在してから帰国したガリヴァーは，「召使の一人が戸を開けてくれた，が我輩はなにかに頭をぶつけそうで，……〔無意味に〕身体を屈めて入って行った」（第二篇第8章）とあるように巨人国の環境になじんでしまい，自分を巨人たちと一体化させ，周囲の環境ならびに人間を小さく見てしまうのだが，これと同じことがフウイヌム国帰国後のガリヴァーに起こる。彼にとって周囲の人間は野蛮なヤフーでしかなく。唯一安らげるのは馬たちといるとき，厩で過ごす時となる――

〔帰国後〕金を貯めて，いちばんに買ったものは二頭の種馬の仔だったが，これは立派な厩を造って飼ってやっている。……二頭の馬は，我輩の言うことをたいていのことならわかってくれるので，毎日少なくとも四時間くらいは一緒に話をすることにしている。彼らは馬勒も知らねば，鞍も知らない，我輩との間も，また彼ら同士の間も，非常に仲好くいっている。（第四篇第11章）

　帰国後に再会した妻子ともなじめないばかりか，ヤフーの悪臭に辟易するガリヴァーにとって唯一なごめるのは厩で馬のにおいを嗅ぐ時である。ガリヴァーは馬を二頭購入して，彼らを無垢なまま所有し，二頭をフウイヌムの始原的二頭たるアダムとイヴにしようとしている。どう

やらこのぶんでいくと地球はいずれ「馬の惑星」になる。それはともかくガリヴァーは，フウイヌムに対して強い親近感を抱き，フウイヌムと同一化する。つまりガリヴァーは「私はフウイヌムだ」と述べているのである。動物とのこの同一化の瞬間。永遠の瞬間……。

　たとえばドゥルーズ/ガタリが『千のプラトー』で紹介して以来，にわかに関心が高まった作品にドイツのカール・フィリップ・モーリッツ（Karl Philipp Moritz, 1756-1793）の半自伝的教養小説『アントン・ライザー』Anton Reiser（1785-90）がある（翻訳，同学社刊）。犯罪者の処刑をみたあとのショックが尾をひいているアントン・ライザーは牛小屋に行き，死すべき運命を共有している子牛を抱きしめる。馬ではないが，このとき人間と動物との一体化のなかに生まれる永遠の一瞬，それはまたガリヴァーと馬たちとの一体化の瞬間と変わらないのである。

　今の例は牛だが，人間の残虐さから，すなわちヤフーから守るために馬を抱きしめた文化的表象を二例ほど出してもいい。ドストエフスキーの『罪と罰』において主人公ラスコーリニコフが見る夢のなかで，少年時代の彼は御者に鞭打たれて死にかかっている馬を助けにかけよるのである。19世紀の終わりと20世紀のはじめに，もうひとり馬を助けようとした哲学者がいた。フリードリッヒ・ニーチェ。その後，ニーチェは発狂する。

　あるいは馬類のなかでも，たとえばアプレイユースの『黄金の驢馬』（紀元2世紀頃）の例があるとはいえ，馬に比べると雑役馬族として低く見られている驢馬（ちなみにサンチョパンサの乗る驢馬には名前がない）もまた，しかし，人間との間に友情あるいは愛情をはぐくむことができ，それは驢馬の死後もなおつづくことを，スペインのモダニズムの詩人がつづっている。フアン・ラモン・ヒメネス Juan Ramón Jiménez の

断章群からなるエッセイ『プラテーロと私』(1906-16)である(岩波文庫)。
　ほんの一例だが，馬小屋にたたずむガリヴァーは，のちの馬あるいは動物との交流を描く近現代文学の門口に立っている。人間への絶望が開く動物との交流。この馬は『ガリヴァー旅行記』のなかでは，獣的存在よりも理性的存在であったと同時に，人間のなかにひそむ，無意識の野蛮性の両方にも通じている。さらにそれは人間と動物双方が解放されるユートピア的未来にもつながっている。この馬小屋には，一般に考えられているような狂気（人間嫌いから馬と一体化する狂気に陥るガリヴァー）よりも次世代の多様な未来の可能性がつまっているのである。

参考文献

　本文で引用は中野好夫訳を使用したのは，筆者が子供の頃に読んで，衝撃を受けた，その思い出のためである。
　翻訳は諸種あり。新訳もあり。なかでも特筆すべきはスウィフト『ガリヴァー旅行記　徹底注釈』であろう。本文篇，富山太佳夫訳，注釈篇，原田範行・服部典之・武田将明執筆（岩波書店2013年）。本文篇の名訳もさりながら，最新の研究成果を踏まえた詳細な注釈を，日本語で読めることはすばらしい。
　人類学的機械についてはジョルジョ・アガンベン『開かれ』岡田温司・多賀健太郎訳（平凡社ライブラリー2011）参照。なお関連書としてジャック・デリダ『動物を追う，ゆえに私は（動物で）ある』鵜飼哲訳（筑摩書房2014）も，動物が西洋思想史でどのように否定的に利用されてきたかを考えるのに有効な文献。欧米で最近盛んになってきている動物論では，必読書になっている。
　スウィフト関係では，以下の二冊は，近年のめざましい18世紀文化や文学の研究成果からみれば問題もあろうが，いまなお古典であると思われる。ひとつは中野好夫著『スウィフト考』（岩波新書1969）と，いまひとつは夏目漱石の『文学評論』(1909)である。

学習課題

1. 『ガリヴァー旅行記』は，一般に考えられているようなおとぎ話ではないことは事実だが，同時に，おとぎ話的な設定や仕掛けを利用していることも事実である。どのようなおとぎ話的要素が，どのように利用されているか，そのすべてを網羅的に考察することはむつかしいものの，いくつかの要素を取り上げ考察することはできる。

2. 語り手と作者との関係を考える。語り手ガリヴァーと著者スウィフトとはまったく同一なのか。それともまったく無関係なのか。語り手と作者は完全に一体化していないように思われるが，かといって対立関係にあるわけでもない。両者の関係を，作品のなかのひとつひとつの出来事に注目しながら考えてみる。

3. 上記2とも関係するが，第四篇のフウイヌムの国の議会で，劣等種族ヤフーを，種として絶滅させる方策が話しあわれるが，これはのちのナチスによるユダヤ人ホロコーストを暗示させるものとなっている。この問題に対するガリヴァーの立場，作者の姿勢というのは，どのようなものとして想定されるかを考える。またその際，類似の「非人間的な」提案としてスウィフトの小冊子 *A Modest Proposal*（1729）（「穏健なる提案」「慎ましき提案」など訳語は一定していない）が引き合いに出されることが多い。*A Modest Proposal* とフウイヌム議会での提案とを比較しながら，提案がまじめで本気なのか，おふざけあるいは諷刺なのかを考える。

4. 作品のなかに作者の伝記的要素がどのように反映しているかを考える。このような想定は作品の解釈の幅を狭めることになり本来なら推奨できないことだが，諷刺色のつよいファンタジー作品の場合，ストレートに作者の伝記的要素が反映することはないので（実際に

スウィフトが小人国に行ったわけではないので)，この場合，作品と伝記との関係を，想定することは文学的想像力の性質を考えるうえでも有意義といえる。

4 | イギリス（3） ブロンテ『嵐が丘』を読む

大橋洋一

《目標・ポイント》 タイトルの固有名詞を『嵐が丘』と翻訳して和風化されて以来，日本でも親しまれているこの小説を，近代的女性のファンタジーとして読み解く。それだけでこの作品の歴史的・文化的意義を考察することになるが，人気はあっても，けっこうやっかいなこの作品の構造と特質を探り，翻案作品には見出せない，この作品の特異性を確認したい（ただしここでは扱わないが翻案作品の価値はもっと見直されるべきであるが）。『嵐が丘』における愛のありようを，ここでは同一化の欲望と所有の欲望を軸にして考察するが，この考察は，他の分野にも適用できると考える。ここから見えてくる，近代の男性的父権的文学空間に穿たれた欲望の異次元時空間こそ，歴史と社会に背を向けた，一女子の妄想世界ではなく，同時代のヨーロッパ近代の愛とジェンダー問題が露呈する場であることを発見することになるかもしれない。

《キーワード》 ハイブリッド性，同一化の欲望，フィーメール・ゴシック

1. 女性のファンタジー

　ジョー・カラコの演劇『Shakespeare's R&J』（初演2001）は，日本でも翻訳され二度上演されている人気作品で，厳格なカトリック系の男子寄宿学校生4人が，夜，禁断の書シェイクスピアの『ロミオとジュリエット』を朗読し，時に，役割を分担して演じたりする作品で，その劇を見ることは，短縮版ながらシェイクスピアのその作品をまるごと見たり聞く体験と重なるのだが，『ロミオとジュリエット』の世界は，少年

たちの夜の世界——抑圧的体制から解放された欲望の世界——とシンクロするところが興味深い。シェイクスピアの戯曲が禁断の書であるのは，そこに秘密の恋愛が描かれ卑猥な表現が横溢しているからだが，それはまた男子高校生の妄想世界そのものでもある。そして彼らはロミオに自由の幻想を投影しつつ，その境遇はジュリエットにずっと近い。なかんずく若い恋人たちの恋愛は彼らの同性的感情の受け皿となる。ジュリエットは男なのである。

　いっぽう『嵐が丘』（1847）は，その演劇版があれば，これほど女子高や女子大学における上演が似合う作品はない。なんといっても野性味あふれるヒースクリフが女性たちのあこがれの的となる。彼は冷酷で残忍な復讐の鬼なのだが，たった一人の女性を，彼女の死後も愛し続けるロマンティストでもある。だが，たとえその秘めた情念のありかに心踊らされるにしても，基本的にはマッチョで野卑で粗暴なヒースクリフは，女性たちにとっては危険で抑圧的な存在である。そういうワル（悪）に女性は惹かれるものかもしれない。とはいえ女性が演ずるヒースクリフは，危険であるが同時に安全でもある。彼は女性が想像しうるかぎりの理想的な危険性と魅力とをひめたワルなのだ——もしヒースクリフを女性が演じているかぎりは（ちなみにテレビ・アニメにもなった志村貴子のレズビアン・コミック『青い花』（2010）では女子高でお約束通り『嵐が丘』が上演される）。だが，この想定は『嵐が丘』のオール・フィーメールの演劇版に限っての話ではない。むしろそこから，『嵐が丘』そのものが，近代において抑圧され，いま再生されつつある欲望のダイナミズムにどれほど接近しているかがわかるのである。

2．最初は悲劇，つぎには喜劇——『嵐が丘』の全容

　『ロミオとジュリエット』と『嵐が丘』，どちらも純愛を扱ったり純愛

で完結したりすることのない，不純な作品（私たちの用語ではハイブリッドな作品）であるが，ハイブリッド性は『嵐が丘』に語り手が二人（ロックウッドとネリー）いることにもあらわれている。しかも語りそのものが主観性をにじませ真実が隠されている可能性もあり，また語られる出来事も時間的に前後することもあって，ストレートな語りが予想されても，実際にはけっこうギクシャクし，過去と現在，真実と偏見とが混然と一体化していることが多い。これは，まさにハイブリッド。そのぶん戸惑いも多いのだが，この読書体験こそ，作品の意味を考えるときに忘れられてはならないことである。とはいえ，けっこう手強いこの作品に対する戸惑いを緩和することもふくめて，作品の全容を知ってもらうために，作品中の人間関係と出来事を整理しておきたい。

　まずは，系図（Wikimedia Commonsから借りたものだが，誰が作ってもこうなる）——

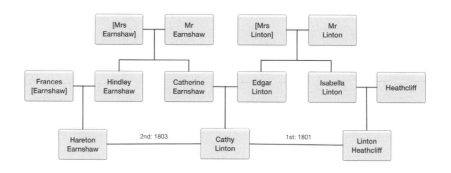

　左側のアーンショウ家の屋敷が「嵐が丘」。右側リントン家の屋敷が「スラッシュクロス」。ヒースクリフはイザベラ・リントンと結婚するのでリントン家の側に入っているが，もともと嵐が丘の当主アーンショウに拾われてきた孤児であり，また結婚後もずっと嵐が丘で暮らし続け，

そこで息を引き取る。次に小説の構成を時系列に沿って再編すると──

1757年夏：ヒンドレ・アーンショウHindley Earnshaw生まれる。

1762年：エドガー・リントンEdgar Linton生まれる。

1765年夏：キャサリン・アーンショウCatherine Earnshaw生まれる。暮れ：イザベラ・リントンIsabella Linton生まれる。

1771年夏：ヒースクリフHeathcliff（生年，推定1764），アーンショウ氏によって嵐が丘に連れてこられる。

1773年春：アーンショウ氏，死去。

1774年：アーンショウ氏の長男，ヒンドレー，大学へ。

1775年10月：ヒンドレー，フランシスFrancesと結婚し帰郷。この後，キャサリンとヒースクリフ，スラッシュクロス訪問。キャサリン，スラッシュクロスに滞在（11月からクリスマスイヴまで）。

1778年6月：ヘアトンとフランシス夫妻の息子ヘアトン生まれる。暮れ：フランシス死去。

1780年：ヒースクリフ，嵐が丘を去る。秋：リントン夫妻死去。

1783年3月：キャサリン，エドガーと結婚。9月ヒースクリフ帰宅。

1784年2月：ヒースクリフ，イザベラIsabellaと結婚。3月20日：キャサリン，キャシーCathy出産後，死去。9月：ヒンドレー，死去。またこの月，ヒースクリフとイザベラ夫妻の息子リントン・ヒースクリフLinton Heathcliff誕生。

1797年6月：イザベラ死去。キャシー，嵐が丘訪問，そこでヘアトンと会う。リントン，スラッシュクロスに連れてこられるが，すぐに嵐が丘に引き取られる。

1800年3月20日：キャシー，ヒースクリフに会い，リントンとも再会。

1801年8月：キャシーとリントン結婚。9月キャシーの父エドガー死

去。10月キャシーの夫リントン死去。ロックウッド，スラッシュクロスを借り，嵐が丘訪問。その後，ネリーから今日にいたるまでの話を聞く。

1802年1月：ロックウッド，ロンドンへ。5月：ヒースクリフ死去。9月：ロックウッド，スラッシュクロスに立ち寄る。

1803年1月1日：キャシー，ヘアトンと結婚。

ただし，この年表だけでは，初めての読者は同じ名前の人物が次々と登場して混乱するし，そこに劇的要素を見極めるのもむつかしい。そこでごくかいつまんで物語を語れば，嵐が丘のアーンショウ家の当主がリヴァプールでヒースクリフという名の子供を連れ帰ったところから大きな物語がはじまる。アーンショウ家のヘアトンとキャサリンの兄妹，ヒースクリフ，そして召使の娘ネリーは，ほぼ同年齢。アーンショウ氏の死後，よそ者ヒースクリフは長男ヘアトンに冷遇されるが，キャサリンとは強い絆で結ばれるようになる。だがキャサリンがスラッシュクロスのエドガー・リントンとの結婚へと踏み切ると，傷心のヒースクリフは嵐が丘を去る。しかし3年後ヒースクリフは，みちがえるような資産家の紳士となって帰郷すると，自分を冷遇した者に復讐しはじめる。だがキャサリンは死に，キャサリンの兄で嵐が丘の当主であったヘアトンは，ヒースクリフによって破滅させられる。ヒースクリフがエドガー＝キャサリン夫妻への腹いせとして結婚相手に選んだイザベラ・リントン（エドガーの妹）は，彼のもとを去り息子エドガーを残す。ヒースクリフは自分の息子エドガーと，キャシー（キャサリンとエドガー・リントンとの娘）とを結婚させ，嵐が丘とスラッシュクロスの二つの屋敷を法的に相続することになり，冷遇した者への復讐を終えるが，最後には復讐のむなしさを悟り息をひきとる。残されたキャシーは，前夫エド

ガーが死んだのち，いとこのヘアトンと結婚することになる。そしてヒースクリフが君臨した嵐が丘とスラッシュクロスは解放され彼らが相続者となることが予感される。

3. わたしはヒースクリフ──同一化の欲望をめぐって

　だがこれでも？？？だろうから，この小説のなかでもっとも有名なキャサリンの台詞をみてみよう。いくら階級的差異があるとはいえ，幼い頃から仲の良かったヒースクリフを見捨て，隣のスラッシュクロスのエドガー・リントンと暮らすのはなぜかと家政婦のネリーに問われたキャサリンの答えは，世間知（ほんとうに好きな人とは結婚できない／しない）を超えた，もっと深く激しい情念の吐露となる（第9章）──

……あたしがこの世に生まれてきて何にもまして考えたのはヒースクリフのことなのよ。ほかのすべての物がほろんでも，彼さえ残っていれば，あたしもやはり生きながらえているんだわ。しかし，ほかのすべての物が残っていても，彼がいなくなってしまえば，あたしにとっては全宇宙がよそよそしいものになって，あたしはその一部だという気がしないだろうと思うの。リントンにたいするあたしの愛は森の木の葉のようなもので，冬が来れば木の姿が変わるように，時がたてば変わってくるということは自分でわかっているの。ところがヒースクリフにたいする愛は地下の永遠の岩みたいなもので，それとわかる喜びにはならないけれど，なくてはならないものなのよ。ネリー，<u>あたしはヒースクリフなの！</u>〔Nelly, I am Heathcliff.〕（三宅幾三郎訳，人名表記と下線部だけ変更している）

　ここにはキャサリンとヒースクリフの愛の全容が集約的に語られてい

る。この愛には中心がふたつある。楕円あるいはハイブリッドな愛。ひとつの中心は彼女が結婚相手と決めたエドガー・リントン。だが彼への愛は一過性で結婚という制度に身を置くためのもの。もうひとつの中心はヒースクリフ。双子の兄弟のように慣れ親しんだヒースクリフと彼女は血族のような深い絆で結ばれている。ヒースクリフが彼女にいくら恋心をいだいても彼女はヒースクリフを実の兄よりも親しい家族の一人としか思っていないため結婚はできない。ここまでなら誰にもわかる。だが彼女は，このことを「私はヒースクリフだ」と言ってのける。この発言からは，もっと深いあるいは異質なものが感じ取れる。

　生まれも育ちも，性別もジェンダーも異なるヒースクリフと彼女は同じではない。にもかかわらず同じだという。ひとつには出自や境遇や性別を超えた共通点が二人にはあるということであり，それは幼年時代へのノスタルジア，荒ぶる自然への愛，始原的宇宙の根幹に触れるような神秘体験というようなロマン派的解釈をもって受け止められてきた。もちろんこのやや大げさな口実に違和感がないのは，キャサリンとヒースクリフが端的に言って似ているからである。二人とも気性の激しい傲慢で利己的で攻撃的な人物として語られている。二人とも善良な好人物ではない。むしろ嫌悪すべき攻撃性をつねににじませている人物である。おそらく彼女がヒースクリフとの一体化を希求するか実感しているのは，彼にフロイトの用語を使うと「男根羨望」を抱いているからであり，これは男性中心社会において女性の自己実現を可能にする力強さを彼女が求め，男の力強さにあこがれているからである。その意味で彼女はヒースクリフと同様，邪悪なまでに力強い。私はヒースクリフなのである。

　ヒースクリフに対する彼女の同一化への欲望にも中心がふたつあって，ひとつはこの力への憧れ（実際，彼女の周囲の男性はヒースクリフ

を除くと精神的・肉体的にひ弱な男性ばかりである）であるとすれば，もうひとつはヒースクリフの不遇性である。姓がわからない孤児である彼は，男性中心社会にあって孤児としての地位を強制される女性たちと同じ運命にある。ヒースクリフはその特異な境遇のために女性たちと連帯できる条件を生きている。ヒースクリフは女なのである。私はヒースクリフなのである。

『ロミオとジュリエット』に端的に現れているのだが，女性が結婚に求めるのは現在の境遇からの解放であり，その場合，女性にとって夫となる男性は苦境にあえぐ彼女自身を救出する解放者としての様相を呈してくる。だが夫は解放者であると同時に男性中心社会の一員であって，女性も気づくと，結婚は解放どころか，別の牢獄であることがわかる。その意味で結婚は罠であり，夫は解放者にみえて，その実，獄吏だと判明する。ヒースクリフにもそうした面がある。彼と結婚するイザベラは彼に落胆して子供を連れて家を出る。さらなる解放を求めて。しかしエドガーと結婚したキャサリンにとって，ヒースクリフは新たな家庭へと女性を解放/拘束する人間ではなく，家庭なき荒野へと女性を解放してくれる救済者なのである。もちろん小説後半にヒースクリフが見せる残忍な復讐に救済者の面影など微塵もないにもかかわらず，彼は破壊者として新たな秩序へと世界を開いてくれそうなスクラッチ・アンド・ビルドの守護神となっているのである（そもそも疫病神というのは，破壊と再生をつかさどる神であった）。疫病神ヒースクリフ。こうした面は，もしヒースクリフが，ほんとうに女性であったのなら，つまり男性中心社会に対する抵抗者であったのなら，明確に感得されたかもしれない。だとすれば，ヒースクリフを女性が演じるパフォーマンスは女性の願望と怒りと癒しの受け皿であると言えよう。

4. 所有の欲望と同一化の欲望

　同一化の欲望の対極は所有の欲望（所有と被所有両方を含む）であり，西洋の思想においてはこのふたつは峻別（しゅんべつ）される。ペットを飼って（所有の欲望）愛している人も，自分がペットのようになろう（同一化の欲望）とはしないだろう。その意味で馬と同一化しようとするガリヴァーの場合，異様なことが起こっていると言わざるを得ない。また同性と同一化しようとする人間は，同性愛者ではなく異性愛者である。私が女性だとして，私は他の女性と同じように（同一化の欲望），男性と結婚して家庭をもちたい（所有の欲望）と思う。もし私が，異性と同一化しようとしたら，たとえば私が男性だとして，女性のようになって，男性と結婚しよう（所有の欲望）と思ったら，私は同性愛者である。くりかえすが同性と同一化するのは同性愛者ではない。異性と同一化しようとしたら同性愛者である。私はヒースクリフ。こう語るキャサリンは，この図式からすれば，まちがいなく同性愛者なのである。

　かくしてキャサリンの愛の楕円のなかにあるエドガーとヒースクリフという二つの中心は，所有の欲望／異性愛と，同一化の欲望／同性愛であるとわかる。彼女の愛には二つが共存している。もちろん彼女にレズビアン的欲望の片鱗（へんりん）もうかがえないのは確かだが，それは彼女の周囲に同性愛的対象となる女性がひとりもいないからである。エドガーの妹は，ヒースクリフと結婚して嵐が丘にうつり，さらにはロンドンへと移動して姿をみせない。結局キャサリンは，男性としてのヒースクリフと一体化し，女性としてのヒースクリフを愛することになる。キャサリンは，ある意味で，女子学園で演じられる『嵐が丘』のヒースクリフ役にあこがれる女子校生や女子大生と同じである。いや，キャサリンのこの立ち位置が，やがて女子学園にも伝染するということであろう。

またいっぽうヒースクリフのほうは，キャサリンと結婚できなかった（所有の欲望の破綻）がゆえに，キャサリンの死後，すべてを所有するという復讐の挙に出る。実際，彼は所有欲の権化となって（彼がロックウッドに発す第一声（この小説での最初の言葉），それは「スラッシュクロス屋敷はわたしのものだ」であった），嵐が丘とスラッシュクロスの二つの屋敷を手に入れ，彼に敵対してきた両家の人間たちを破滅させたり，その死を早めることにした。だが復讐はキャサリンの喪失の埋め合わせにはならない。あるいはキャサリンの喪失の周囲に復讐が増殖するだけで，復讐は永遠に回復できない喪失の不可能な回復の試みとして，ヒースクリフが死ぬまで続くしかない。もとより孤児であったヒースクリフにとって，同一化の対象となる家族（親兄弟姉妹）は存在しないがゆえに，同一化できたキャサリンの存在は貴重なものであった。それを失ったとき，彼は所有の欲望を暴走させるしかなかった。それが同一化の喪失の埋め合わせになると信じて。だが所有の欲望に走れば走るほど，同一化の喪失は大きくなり耐えがたいものとなる。言い方を変えれば喪失はつねに，まるで幽霊のように，身近に感じられるようになる。そのためヒースクリフにとって死こそが救いとなる。実際，埋葬されることで，物理的にキャサリンとも一体化できる。

5．破壊者と創造者

　しかしヒースクリフは，その冷酷な復讐行為のなかで，自分では知らないうちに，旧秩序を破壊し，新秩序への下地をつくることになった。ヒースクリフ，この孤児，人間界に家族をもたぬこの孤児は，超越的存在として，荒ぶる破壊神のごとく降臨し，破壊と復讐に専念するなかで，いつしかその航跡に再生の花を咲かせていたのである。
　実際，それが『嵐が丘』の後半の世界で起こる。歴史は繰り返す，一

度目は悲劇として，二度目は茶番劇として。ただ茶番劇というのは言い過ぎなので，二度目は喜劇としてと，言いかえよう。実際，登場人物が親の名前をひきつぎ展開する後半部は，名前だけみていると，前半部の人物たちが死なずに後半部にも登場しているかのようにみえる。あるいは反復のイメージを強く押し出すことにも成功している——読者の混乱という犠牲の上に。前半と後半との関係は，さまざまなかたちで論議されてきたが，それが当初から意図されていたものか，失敗なのかは確実な証拠となるものはないとしても，前半での悲劇と破局，その傷は，後半のなかで癒され，秩序の回復にむかうと解釈してよいのではないかと思う。それが成功したかどうかは別として，この作品で示されているのは，いっぽうで，登場人物たちの情念の強さと欲望のぶつかり合いであり，いまいっぽうで破壊と再生のドラマであるとみていいのではないだろうか。

6. 開かれ

　もし，この作品を最後まではじめて読んだ読者がいれば，どうか問い直していただきたい。たぶん長編小説なので忘れていると思われるし，また，末尾の一節をここに引用しても，いわゆるネタ晴らしにはならないと思うのだが——

わたしはうららかな空の下で，それらの墓の周囲を去りがてに歩きまわって，蛾(が)がヒースやつりがね草の間を飛び回るのを見つめ，かすかな風が草にそよぐ音に耳をかたむけ，この静かな大地に眠る人の夢が安らかでないなどと，だれがいったい想像できようか，と思うのであった。
（第34章）

この一節を読んで，読者の気持ちが安らかになるなどと，だれがいったい想像できようか。「夢」に言及されているので，逆に覚醒してほしい。この小説の冒頭ロックウッドが嵐が丘の一室でみたあの夢はどうなったのか，と。不気味で不可解な夢ではじまったこの作品は，最後に安らかな夢への言及で，一応円満に閉じられたかのようにみえる。だが冒頭に帰って，もう一度そこを読み直していただきたい。そう，私たちには安らかな夢とはわかれを告げねばならない時がきたようだ。

スラッシュクロス屋敷の家主ヒースクリフに会いにロックウッドが嵐が丘を訪問するところから小説ははじまる。その嵐が丘に滞在することになったロックウッドは，寝室にあてがわれた部屋（キャサリンの部屋だったようだが）で，夜，三度，不思議な夢をみる。この夢は，たとえ読者がそのときにはわからなくとも，作品の内容にかかわるものと予想されるのだが，最後まで読んでも作品内容とどうつながるのか見えてこない。これまでにもさまざまな解釈が試みられてきたが，定説となるものはいまだない。あるいは永久にないかもしれない。不可解であるところに夢のリアルがあるのだが，不可解すぎナンセンスすぎて当惑もする。

ただし，その後展開する物語のヒントとなるのは夢ではなくて，ロックウッドが窓際の棚の近くにみつける落書きである。それには「キャサリン・アーンショウ，キャサリン・ヒースクリフ，キャサリン・リントン」とある。この謎めいた人名は，最後まで読んだ読者なら，これがキャサリンの運命（女性の流通と交換——アーンショウ家に生まれ，ヒースクリフと仲良くなり，最後にリントン家に嫁ぐ）を意味していることがわかる。これはキャサリンの蔵書の余白に書かれた日記の断片とともに作品世界の予告編にもなっている。だが問題は，それ以外にもキャサリンの名は大小さまざまな字体でいたるところに記されているの

であって，語り手はそのなかから，別に並んでいるのでもない3つの名前（「キャサリン・アーンショウ，キャサリン・ヒースクリフ，キャサリン・リントン」）を取り上げたにすぎない。キャサリンの運命の予告の周囲には，キャサリンの名が踊っている。それは秩序というよりもカオスに近い。カオスから浮上した予言的な名前を重視するか，その予言を偶然もしくは恣意的な創作とみて，カオスのもつリアル感を重視するか。冒頭で予知されていたのは，作中人物の運命ではなく，この小説の運命であったようにも思う。

　いやこの作品の物語は，この小説の運命ともシンクロしている。そもそも発表の意図がなく引き出しで眠っていたエミリーの原稿を姉のシャーロットがみつけて出版のはこびとなった。小説はヒースクリフと同様に孤児であり不可思議な闇を抱えている。しかもヒースクリフと同様に，侵入者であり両性具有的である（最初男性名のペンネームで，次に本名で出版）。しかもロックウッドの夢のなかにでてくる少女時代のキャサリンのように，中にはいってこようとするのだ（少女吸血鬼の面影がある）。逆にいうと，この小説は，外の世界に，世界の闇に，あるいは物語化されないリアルの世界に開かれている。冒頭の夢は不条理なまでにナンセンスで，内部としっくりこない外部からの侵入者である。あの夢自体がヒースクリフでもある。この小説は，ふたつの世界からできている——生きている人間の世界と，生きている幽霊の世界から。この小説が描こうとしたのは，幽霊がいるということではなかったか。幽霊といってもオカルト的な超常現象という意味ではない。排除され，抑圧され，孤児となっても，家のなかに入り込もうとする幽霊。それが得体のしれないヒースクリフだった。彼には，さまざまな実体が幽霊のように寄り添ってきた。ジプシー，アジア，アフリカ原住民，貧民，アイルランド人，そして女性。彼らを迎え入れることは，秩序に死をもたら

すことになるかもしれない。内側に入ったヒースクリフ自身，もうひとりの幽霊キャサリンと合体して死んだとも言えよう。孤児と幽霊——彼らは「破壊しに」と言うだろう。しかし，そのあとで再生のドラマが生まれないなどと，だれにいったい断言できようか。幽霊と開かれ，ある意味，それが『嵐が丘』の意味かもしれない。

参考文献

　翻訳は大和資雄（やまと・やすお）訳が最初のようだが（春陽堂世界名作文庫1932），タイトルを『嵐が丘』と和風にしたことが，この作品の翻訳の運命を決定づけたといってよい。現在，どの文庫シリーズにも『嵐が丘』は収録されているし，新訳にも，小野寺健訳（光文社古典新訳文庫（上下）2010），河島弘美訳（岩波文庫（上下）2004），鴻巣友季子訳（新潮文庫2003）がある。本章では三宅幾三郎訳を使用しているが，筆者が中学生の時に読んで以来，印象に残っているからである。

　川口喬一『「嵐が丘」を読む——ポストコロニアル批評から「鬼丸物語」まで』（みすず書房2007）は，この作品の受容史・批評史を概観できるもので，文学理論入門という面もあり，多様な解釈を知ることができる。また翻案作品（映画や小説）についても紹介している貴重な資料。ただしこの種の本の宿命だが，多種多彩な解釈を紹介するだけで，みずからの解釈を提示しないことで権威性を得るようなところがある（著者の戦略というより，この種の本ではそうなる宿命なのだが）。

　ちなみに上記の本のなかでヒースクリフのように揶揄・冷遇されている批評家の本を紹介しておきたい。次の二著作である。テリー・イーグルトン『ブロンテ三姉妹』大橋洋一訳（晶文社）と同著者による『表象のアイルランド』鈴木聡訳（紀伊國屋書店）。後者の原題は『ヒースクリフと大飢饉』。ともに本章で深く触れることができなかった歴史的・政治的・文化的次元を教えてくれる。

　廣野由美子『謎解き「嵐が丘」』（松籟社2015）は，軽薄なタイトルから想像されるのとは異なる重厚かつ重要な本。『嵐が丘』を深く考えようとする読者には有益な本。

　エミリー・ブロンテを含むブロンテ姉妹の作品世界に足を踏み入れたければ，『ブロンテ全集』（みすず書房）で全作品を翻訳で読むことができる。またブロンテ姉妹入門として手頃かつ優れているのが『ブロンテ姉妹（ポケットマスターピース12）』桜庭一樹編・佗美真理・田代尚路訳（集英社文庫2016）である。

学習課題

1. 時間も労力もかかるので推薦できないが,『嵐が丘』のなかの出来事を時間経過にそって整理して辿る場合と,この作品におけるような大掛かりではないが錯綜した語りから生まれる効果は同じだろうか,あるいは違うのだろうか。何度も読み返して考えてみる。
2. エミリー・ブロンテの姉シャーロット・ブロンテの小説『ジェイン・エア』と『嵐が丘』を比較してみると,まったく異なる世界ながら,同時に似ているところもみえてくる。ヒースクリフは『ジェイン・エア』のなかのロチェスターとバーサと,そしてジェイン自身と似ているところがある。『嵐が丘』は『ジェイン・エア』の翻案だという想定のもとに両者を比較してみることで得るものは多いと思われる。
3. この作品が語る時代は,アメリカが独立し,フランス革命が起こり,さらには産業革命の波が押し寄せた時代であるのに,そうした事件などひとつも起こっていないかのような世界が展開する。作品は,時代の変化に背を向けているのか。あるいは背を向けているかにみえる作品に,時代の変化は影を落としているか。作品の精読によって考えてみること。
4. 作品のなかで主要な登場人物は,さまざまな動物に例えられることが多い。その例を逐一検討しながら,なぜ動物比喩が多いのか,その効果はいかなるものかを考える。

5 | ドイツ（1） ゲーテ『若きヴェルターの悩み』を読む

大宮勘一郎

《目標・ポイント》 十八世紀末のヨーロッパ全体で人気を博し，社会的現象ともなった『若きヴェルターの悩み』について，ヴェルターという主人公が自然に触れ読書に親しみ，また恋愛を通して自由に対する考え方をいかに深めてゆき，主体としての自立性を獲得するために苦闘を繰り広げているかを読み取る。
《キーワード》 ゲーテ，『若きヴェルターの悩み』，自然，恋愛，自由，生の意味づけ

1. 荒事の傑作

　1774年に刊行された『若きヴェルターの悩み』は，ヨハン・ヴォルフガング・フォン・ゲーテ（1749〜1832）の出世作である。この作品によって彼は時代の文芸の寵児と扱われるようになった。婚約中の女性への横恋慕やピストル自殺は，当時の保守的な読者層にはスキャンダラスで不道徳なものと激しく拒絶される一方，特に若者たちには，ヴェルターの行為の荒々しさや言葉の力強さもあいまって熱狂的に支持され，英・仏語などにも翻訳されて大いに読まれることとなった。いわばドイツ文学最初の国際的ベストセラーとなったのである。

（1）個人的体験の昇華
　ゲーテは，シュトラスブルクで法学を修めたのち，法務実習のために

滞在したヴェッツラーで、1772年の夏、許嫁のいる女性シャルロッテ・ブフ（愛称ロッテ）に失恋する。実習を終え故郷フランクフルトに戻った直後、ヴェッツラーでも親しくしていた大学時代からの友人イェルーザレムが自死を図ったという知らせが届く。人妻への恋に破れたことが直接の動機とされ、凶器となったピストルはブフの後の夫ケストナーから借り受けたものであった。小説中の人間関係に、こうした作者自身の私的な体験が反映されているのは確かである。しかし、事件からおよそ一年半後の1774年早春に『ヴェルター』がひと月ほどで一気呵成に書き上げられた際、ゲーテ自身も当事者とする二つの出来事が一つの三角関係に一本化されただけではなく、主人公が三角関係に悩み恋に破れて命を絶つ、といった単なる悲恋ものにとどまらない重要な要素が盛り込まれた。

写真5-1　シャルロッテ・ケストナー（旧姓ブフ）の生家。現在は博物館（ヴェッツラー市）

（2）書簡体形式

『ヴェルター』は書簡体小説であり，「編者の序文」に始まり，主にヴェルターが郷里の友人ヴィルヘルムに宛てて書かれた手紙を日付順に並べた「第一の書」と「第二の書」がこれに続く。さらに「編者から読者へ」という匿名編者の語りにヴェルターの最期の日々の手紙や文章を混ぜ込んだ長文の記録で締めくくられている。書簡体小説は，一人称の書き手がその主観や感情を赤裸々に書くことのできる形式として，特に18世紀後半に好まれた形式である。

（3）第二版における明瞭化と深化

あえて勢いに筆を委ねて書かれた『ヴェルター』初版は大きな反響を呼んだ。1760～80年代のドイツでは，若々しい激しさ，創意，生々しく力強い言葉といった，いわば荒事を尊ぶ「疾風怒濤」の文学が沸き起こり，この作品はその代表作とされた。しかし，主人公の行為も言葉遣いも非常に荒々しいこの初版に手を加え，「作品」としての完成度を高めた第二版が1787年に刊行されている。第一版に示唆されるにとどまっていた重要な要素が，言葉や挿話が補われることで明瞭化され，人物像にも深みが与えられるなど，増補の意義は後世の読者である我々には特に大きい。今日ではこの第二版が定本とされることが多い。

2．読書

読書は『ヴェルター』全編を通じて重要なテーマである。そもそも書簡体小説という形式は，書き手がありのままに吐露する心情を，読者があたかもその名宛人として直接受け取るかのような，いわば当事者性の錯覚に訴えるものである。本作品は，読書の作用や影響を考え抜いたう

えで，読書をさまざまな局面で主題化している。

（1）読む人としてのヴェルター

　ヴェルターは学識ある若者であり，作中でもさまざまな書物を読む。とりわけ古典ギリシャ語と英語の作品が目を引くのは偶然ではない。18世紀後半，ドイツ文学は隣国フランス文学の影響から自立するために，古典古代とシェイクスピアを模範として形作られたのだからである。古代ギリシャの素朴で真正な感情の表現に深く共感するヴェルターは，ホメロスさえあれば他に読むものはいらない，とまでヴィルヘルムに書き送っている。実際，ヴェルターが作中で『オデュッセイア』を読む場面がある。（1771年6月21日）しかし，そこで彼は，トロイア戦争での勝利からの帰途で十年にわたりさまようオデュッセウスではなく，その留守をまもる妻ペーネロペーに求婚する族長たちに身をなぞらえている。族長たちは皆，帰還したオデュッセウスに打ち倒されるので，これはヴェルター自身の将来を暗示する場面でもある。

（2）同一化的読書

　『ヴェルター』は，読んだ文学作品に感動するという枠を超えて「ヴェルター効果」などと呼ばれる社会的現象を生み出した。特に若い読者の間では，青い燕尾服と黄色いヴェストというヴェルターの着ていた服装や，ヴェルターばりに感情をそのまま吐き出すような，抑制の解かれた強い言葉遣いが流行しただけではなく，失恋や世の中との確執を理由とした自死までが模倣されるという深刻な事例さえあった。彼らは，主人公に憐れみや共感を覚えるのにとどまらず，虚構世界の人物に自分をなぞらえてしまう「同一化」的読書へと誘われたのである。そもそもヴェルターの自死の現場となった書斎の机にはレッシングの悲劇『エミーリ

ア・ガロッティ』（1772 年刊）が置かれていたとされる。これはイェルーザレムの検死資料をそのまま踏襲したもので，ゲーテの創意によるものではないが，この悲劇の結末とヴェルターの死の経緯には極めて似たところがある。先のホメロスの例でも言えることだが，ヴェルター自身もまた，書物内の人物に自らをしばしば同一化するのである。

（3）感情の媒体としての読書

　本作品にはまた，ロッテとヴェルターが同じ書物を読むことによって親密の度を深めてゆく様子が印象的に描かれている。ダンスパーティーを混乱させた夕立が去り，外の景色が穏やかさを取り戻すとき，18世紀の詩人クロプシュトックの詩を二人が共に思い浮かべ，心を通わせる場面がある。また，当時ケルトの叙事詩と信じられていた『オシアン』をヴェルターが訳したものを自らロッテに読み聞かせる場面では，この両者の感情の高まりが極点に達してしまう。

ロッテの眼から涙が溢れ流れ，彼女の鬱屈した心に風を通したが，それがヴェルターの朗誦を制してしまった。あいつは紙片を投げ捨てて彼女の手を取り，苦い涙を流し泣いた。ロッテはもう片方の手に寄りかかって，自分の眼をハンカチに隠した。二人の動揺は怖ろしいものだった。二人は自分たちの悲惨を高貴な者たちの運命の中に感じ取り，二人一緒に感じたので，二人の涙は一つに混ざりあった。ヴェルターの唇と眼はロッテの腕の傍で燃えたっていた。戦慄が彼女を襲った。身を引き剝がそうとしたが，苦痛と共感が鉛のように架せられて，麻痺してしまった。気を取り直そうと息を吸い，嗚咽を上げながらもあいつに帰るよう懇願した。天の声ながらに，声を振り絞って願った！　ヴェルターは震えちまい，心臓は破裂しそうだった。あいつは紙片を取り上げて，途

切れ途切れになりながら読んだ。
「なぜ私を起こす，春の風よ？　お前は戯れながら言う，天の滴で濡らしてあげよう！　と。しかし私が萎れる時は近く，私の葉を吹き落とす嵐は近い！　明日になれば旅人が来るだろう。私が美しかった頃に会った者だが，その眼は辺りの野を見回し私を探すだろう，そして見つけられないだろう。─」

この言葉の力が丸ごと不幸なヴェルターに襲いかかった。あいつは絶望で一杯になってロッテの前に身を投げ出し，その手を取り，自分の両眼に，そして額に向かって押し付けた。あいつの恐ろしい目論見の予感が，彼女にもよぎったようだった。彼女は混乱して，あいつの手をぎゅっと自分の胸の方に押しつけ，憂愁を漂わせる動きであいつの方に身を傾(かし)がせた。二人の熱くほてった頬が触れちまった。世界が二人から消えてなくなった。あいつは彼女に腕を回して胸にかき抱くと，その震えて何やらつぶやく唇を狂熱のキスで塞いだ。(「編者から読者へ」)

　当時の読者はこのようなヴェルターやロッテに自分自身の姿を投影し，同じ感情の激しい高まりを覚えた。読書という行為が人々を共通の感情で結びつける大きな要因となってゆくさまを，この作品は主題として描き出しているだけではなく，作品それ自身が，その多くの読者に，同じ感情の高まりを共有させる絆(きずな)の役割を果たしてもいるのである。

3. 自然

　『ヴェルター』には自然をめぐる記述が頻出する。ヴェルターは官職を得ようと故郷を離れた若者とされるが，その彼は出会う人々よりも周囲の自然に注意を向ける。また，彼の眼に映る自然の姿の変化は，その

まま彼の心境の変化と対応する。彼は自然を，ある強大な力の作用として感じ，彼もまたその影響下にあると自覚しているのである。作者ゲーテは，若い頃から人文的学問だけではなく自然科学研究にも打ち込み，終生その関心は持続した。その基礎をなすのが，自然を「もの」ではなく，観察者としての自分をも巻き込む「力」としてとらえる考え方であり，こうした自然観は『ヴェルター』においてすでにはっきり認めることができる。

(1) 自然と絵画

　ヴェルターは，絵心の持ち主である。手紙の中で絵画についての話題が繰り返されるだけでなく，ヴァールハイム村で幼い兄弟の絵を描いてもいる。(1771年5月26日) ところが，自然の中へ分け入り，その細部に至るまでの精妙な造形に圧倒されるや，それを絵画で表現するのを断念してしまう。しかしそれは，自然界の様子を単に写しとる技巧が不足しているからではない。ドイツでは一年で最も生命にあふれた美しい季節にあたる5月のある日，ヴェルターは小川の岸辺に寝転び，普段は目立たない地面近くの草花や，その影の虫たちの多種多様な姿や様子に目を奪われる。そして造物主の全能とその息吹を感じる。そこで彼は，その息吹に感応して自分の内に湧き起こった憧れの力があまりに強大で，とても絵の中に宿らせることができないと感極まるのである。(同5月10日) これと同様に，ロッテの肖像画を描く試みもことごとく失敗し，断念している。そのかわりにヴェルターは，彼女の影絵を描いている。

(2) 自然の両義性

　こうした自然は単に美しい造形で秩序づけられているだけではなく，荒々しい別の姿を見せもする。そして，自然の破壊的な力に触れるヴェ

ルターは戦慄を覚えつつも，その力に陶然と我を忘れてしまう。冬の嵐に川が氾濫したと聞いた彼は，荒天の真夜中に家を飛び出す。あれほど彼を感嘆させた自然の造形が破壊され押し流されてしまう光景に立ち会わずにいられないのである。そこでの彼は，破壊されたものを惜しむのではなく，やはり憧れに身を焦がしている。

俺は背筋がぞおっとした。しかも憧れの気持ちに囚われた！　ああ，俺は腕を広げて深淵に向かって立ち，息を吸い込んださ，深く！　深くだ！　歓びに我を忘れた。この辛さも苦しさも，嵐の中深く放り込まれちまえ！　波みたいに押し流されちまえ！（1772 年 12 月 12 日，「編者から読者へ」）

　これはヴェルターがロッテに対する思慕を自分でも手に負えなくなっている時期の手紙だが，しかし彼は単に自暴自棄になっているのではない。そもそも彼が憧れる自然は，生み出す力であり，生み出された造形であり，さらに生み出された形を一気に破壊してしまう力でもある。そのような自然の力をそのまま絵画に固定することは決してできない。そして，同じその力が自分の内部にも働いていることを，ここでのヴェルターは再び，より激しく実感しているのである。自然の揮う破壊的な力を眼前にして，それと一体になることに憧れるヴェルターの姿は，彼が最後に敢行することになる自死について考える手がかりを与えてくれる。少なくともそれは単なる傷心や絶望の果ての行為ではない。

4．子供，逸脱者

　『ヴェルター』には，同世代の若者がほとんど登場しない。しかしこ

れは不思議なことではなく，当のヴェルター自身が周囲の人々の考え方や感じ方に馴染めず孤立しているせいである。その原因とされるのが身分制秩序である。ヴェルターは貴賤の区別なく誰とでも交わってゆこうとするが，身分の壁に繰り返し阻まれる。その最たるものが，C某伯爵邸で催された貴族だけの晩餐会から締め出されるという事件である。(1772年3月15日) これに対して，彼と常に心を通わせるのが子供たちである。ま

写真5-2 Georg Melchior Kraus：Johann Wolfgang von Goethe 1777（ゲオルク・メルヒオール・クラウス作『ゲーテ，1777年』）

た，やむにやまれぬ感情から殺人事件を犯してしまうヴァールハイムの農夫，やはりロッテへの思慕から正気を失い，秋に石垣で花を探すハインリッヒなど，社会的逸脱者との接近も見逃せない。

(1) 子供たち

　ヴェルターにとって，子供たちは彼の心にこの世で一番近い存在である。子供たちにはさまざまな可能性が凝縮されており，そこから多様な力が芽生えてくるのだ，と彼は観察する。子供たちは不十分な人間なの

ではなく，成長してしまった大人が捨て去ったり忘れてしまったりした貴重なものを失わずにいるので，大人こそが子供を手本にすべきなのだ，と。（1771年6月29日）こうした考え方を持つヴェルターを子供たちも慕うが，それはまたヴェルター自身が子供の心を持ち続けているからでもある。純粋無垢ともいえるが，時に感情を抑制できないヴェルターのこの子供らしさ，悪く言えば小児的性格が，周囲と衝突する原因ともなる。こうした子供の理想化が盛り込まれた背景には，人間観の抜本的な転換がある。すなわち，人間は生れ落ちた際の身分・職業・門地などの拘束と制限の中で生きることを他律的に強いられるべきではなく，その制限を自分で破り，おのれの生を自律的に形作る自由があるのだ，とする近代的な人間観への転換である。この可能性が，子供たちに託されているのである。

（2）二人の逸脱者

奉公先の女主人に詮ない恋をするヴァールハイムの若農夫の挿話は，第二版で付け加わったものだが，この挿話と，他ならぬロッテに退けられてから精神の平衡を失ったハインリッヒの挿話とが対をなす。一方の若農夫は恋に破れて殺人を犯してしまうが，他方は狂気に陥る。二人ともヴェルターに激しい動揺を与えているが，それはこの二人の陥った境遇が，ヴェルターのそれと類似しているためでもある。出会ったばかりの若農夫がヴェルターに打ち解け，女主人に対する恋心を打ち明けた語りは，自然の造形に圧倒されたのと同じ経験をヴェルターに与え，彼は再話を断念してしまう。（1771年5月30日）若農夫の語りにみなぎる欲望の衝迫と憧れの純粋さを再現する詩才が自分にはないというのである。そしてこの純粋な力が，後に殺人という暴力に転じてしまうところでは，外なる自然と同様に人間の内なる自然の両義性もまた明らかとな

る。若農夫をして生き生きと語らしめた情熱と，人を殺(あや)めさせた暗い衝動とは同じ一つの力の表裏をなすのである。そしてこの両義性は，ヴェルターの中にもある。殺人を犯した若農夫を救出しようと虚しく奮闘した挙句，ヴェルターは「お前は救いようがないんだ，可哀想に！　俺にはよくわかる，俺たちは救いようがないんだよ。」と書かれた紙片を残している。(「編者から読者へ」) 他方，ハインリッヒの情熱は外に対して破壊的な作用を及ぼしはせず，内向し，自分自身の精神を崩壊させてしまう。そして，狂気が自分を最も強く苛(さいな)み，施療院(つな)に繋がれていた時期を，ハインリッヒが「この上なく幸せだった」と懐かしんでいることがヴェルターに衝撃を与える。安逸を自ら捨て，苦痛を引き受けることで魂の重荷を軽減しようとせずにいられない人間にとって，苦痛こそが幸福なのだ，という認識は，ヴェルター自身にはね返り，彼を苛むのである。(1772年11月30日)

5.「自由」という主題

　ヴェルターは不安定な人物である。感情の起伏は激しく，また気分によって自分や他人に対する見方や評価が大きく変わってしまう。周囲と折り合いをつけて生きてゆくことの必要性を説いたかと思えば，次の手紙では，こんなところには一刻も長居できない，という全否定へと転じてしまう。普通に考えれば人格的欠点ともとられかねないが，この不安定がそのまま彼の魅力でもある。ヴェルターの悪戦苦闘は「自由」という理想と結びついている。そもそも若さは未熟と，創意は突飛さと，言葉の生々しさは粗野乱暴と表裏をなす。逸脱，不安定，調和を欠いたいびつさなどは，いわば「魅力的欠点」であり，老いたる社会秩序，形ばかりの伝統の踏襲，上品だが生気のない言葉といった拘束に対して対極

から立ち向かい，自由を勝ち取るために敢えてたのんだ手段，ないし武器でもある。

（1）中庸を生きることと限界を生きること

　ヴェルターの恋敵でもあるアルベルトは，世の中の秩序との折り合いをつけることに疑問も困難も覚えない人物である。そのような彼を，ヴェルターは単に杓子定規な堅物と断じてはいない。むしろアルベルトが有能で善良であると，事あるごとに強調している。他の秩序親和的な人々に対する評価が押し並べて厳しいのに比すれば，これは例外的と言える。もちろん，恋敵が優れて魅力的な人物であればそれだけ，恋愛の賭金を上げることになるのだから当然ではある。しかし，それだけではなく，ヴェルターとアルベルトは対照的な人物彫琢がなされている。それが「中庸を尊ぶアルベルト」と「限界に突き進むヴェルター」という対比である。ヴェルターを駆り立て続ける動因は，制約を受けることなく生を自ら意味づけることへの欲求である。それは作品が始まって間もなく吐露され（1771年5月22日），アルベルトに対して奔出する。情熱を酩酊や狂気と同断の無思慮なものと退けるアルベルトに対して，ヴェルターはそれを，世の中を変えてしまうような偉大な行為が必ず被る不当な汚名であると抗弁する。（同8月12日）

「そりゃあまるで話が別ですよ」とアルベルトは言う。「情熱に現を抜かしてしまっている人間は，思慮というものをいっさい失っていて，酩酊者や狂人並みと見なされるのですからね。」
「へっ！　あんたたち理性的な連中ってのはこれだもんなあ！」俺はくすっと笑いながら言い放ってやった。「情熱！　酩酊！　狂気！　そうやって涼しい顔で，無関心で，あんたたち道徳的人間さまたちは酒飲み

を叱り，正気じゃない連中を毛虫かなんかのように嫌っちゃ，坊主みたいに通り過ぎて，パリサイ人みたいに神さまにお礼申し上げるのさ。私たちをこの連中の誰それのようにお創り給わなかったことに感謝いたします，とかってね。俺は酔っ払ったことなんか何回だってあるし，俺の情熱はいつだって狂気すれすれだったさ。そして俺はどっちも後悔なんかしてないぜ。何かすごいことや，まさかっていうようなことをやってのける大した連中はみんな，昔っから酔っ払いだとか気が狂ってるとか思われるしかなかったんだってことが，お蔭でわかってきたからな。だけど，ありきたりの暮らしの中でもさ，誰かがたった一人で思いがけないようなことや見上げたことをやりかけた途端に，あいつは酔狂な奴だ，頭がおかしいのさ！　なんて陰口叩かれるのを聞いてると，どうにも我慢できないぜ。あんたたち素面の御仁は恥知らずだよ！　あんたたち訳知りさんたちはね，恥知らずなのさ！」

　続いてヴェルターは自死を，生の限界を踏み越えさせてしまうほど強い，人間の内なる力の仕業である，と擁護する自説を述べる。この激しい口調は，アルベルトが恋敵であるという事情さえ置き去りにしている。限界において「生きること」へのヴェルターの衝迫の強さが，唯一真剣な論争相手たりうるアルベルトを前にして表出されているのである。身分や慣習の求める中庸・普通にとどまるのではなく，制約にとらわれることなく生の限界まで突き進むところにこそ，「自由」を勝ち取る可能性が開けるのだという確信に，ヴェルターは，優れた中庸の人アルベルトを介して導かれているのである。

（2）生の限界の経験としての恋愛
　ロッテにヴェルターが見いだすのもやはり，「自由」への可能性であ

る。ロッテはそもそも婚約中の女性として登場し、のちには人妻となるので、そもそもヴェルターにとって、恋愛の対象としては禁じられた存在である。しかし、禁止が情熱を高めるという恋愛の逆説だけでヴェルターの執着を説明することはできない。「第一の書」の後半以降、ヴェルターにとって徐々に明らかになってくるのは、ロッテと「死」との親和性である。危篤のM夫人（1771年7月1日）、聖…の老牧師、ロッテ自身の母親、ロッテと女友達との噂話に上る某女性（1772年2月26日）、というように、ロッテは、死にゆく人々に付き添う女性という役割を繰り返す。夜の庭園の場面（1771年9月10日）は、この意味において頂点をなす。そこでの母親の死をめぐるロッテの語りによって、ヴェルターを惹きつける「生の限界」という観念と、その限界に必ず立ち会い、踏み越える者を見送ることを繰り返すロッテという存在は結びついたのである。ヴェルターにとってのロッテは、もちろん生身の女性であることは間違いないとしても、それに加えて徐々にこの「限界」の在り処を指し示しつつ魅力的に誘いかけるものの姿（美的仮象）となっていったと考えることができよう。恋愛が私事として自由なものだと見なされる時代に先立って、ヴェルターは恋愛に、制約されない自由な生を実現する可能性を直感した。この「自由」を勝ち取ろうとする意欲の強さと、ヴェルター自身の生の限界が踏み越えられてしまうこととは、決して無関係ではない。

参考文献

ヨハン・ヴォルフガング・フォン・ゲーテ『若きヴェルターの悩み』(『ポケットマスターピース 02 ゲーテ』大宮勘一郎訳, 集英社, 2015 年) 本稿ではこの翻訳を引用。
ハインツ・シュラッファー『ドイツ文学の短い歴史』(和泉雅人・安川晴基訳, 同学社, 2008 年)
柴田翔『内面世界に映る歴史―ゲーテ時代ドイツ文学史論』(筑摩書房, 1986 年)
同 『闊歩するゲーテ』(筑摩書房, 2009 年)
坂井栄八郎『ゲーテとその時代』(朝日新聞社, 1996 年)

学習課題

1. 『若きヴェルターの悩み』における自然描写の変化とその意味を考えてみよう。
2. ヴェルターは自分を銃で撃ち抜く直前に「さあこれでいいさ！」と言ったとされるが，この言葉で彼は何を肯定しているのかを考えてみよう。
3. ヴェルターと子供たちの交流から，ヴェルターという人物の特徴を考えてみよう。

6 | ドイツ（2） トーマス・マン『トーニオ・クレーガー』を読む

大宮勘一郎

《目標・ポイント》 細部まで緻密な計算のもとに書かれているトーマス・マンの初期の小説『トーニオ・クレーガー』に触れ、二十世紀の文学にふさわしいそのさまざまな仕掛けと、小説の小説とも呼ぶべき複雑な構造に注意を払いながら読む。
《キーワード》 トーマス・マン、『トーニオ・クレーガー』、市民、芸術家、自伝と虚構、故郷、方位の意味づけ、海

1. 物語の重層性と類型化への意志

（1）「自伝小説」、「青春小説」を超えて

　トーマス・マン（1875〜1955）の中編小説『トーニオ・クレーガー』は、1903年に刊行された。最初の長編『ブッデンブローク家の人々』（1901年）によって文名を高めたマンは、同じく自伝的要素を含む小品として『トーニオ』を書いた。マンには自身の少年時代を題材にしたと思わせる要素を含む作品が他にも多くあるが、『トーニオ』は、表題と同名の主人公が少年時代の恋愛を通じて感じた周囲との違和や、三十歳を迎え作家としてのとば口に立つ主人公の、「市民」と「芸術家」の間で揺れ動く両価的な自意識などを、主人公の長広舌や手紙などをまじえ、他の作品にも増して直接的に表現している。そのため、特に若者の間で青春小説、ないし青春への挽歌として人気を博してきた。また、我が国では、「家の没落」という『ブッデンブローク』と共通の主題に惹

かれた読者も多い。しかし，本作は若さの痛み・苦しみに対する共感や消えゆく家族への懐古に尽きる作品ではない。小品ながら，本作の小説世界もまた，他のマンの作品同様に，さまざまな要素から重層的かつ複合的に構築されている。読み解いてゆけば，思いがけず広い世界に通じていることに気づかされることもまた，本作が長く読み継がれてきた理由であろう。この講義においては，主人公の少年時代における特異な二つの恋愛や家族の解体・喪失といった「目立つ」モティーフよりは，むしろ少し掘り下げたところに見えてくる作品の構成原理に関わる点を紹介し論じてゆく。

（2）家族的出自という装置

　主人公の父親は北ドイツの（作家の故郷リュベックを思わせる）交易都市の豪商で，領事（市の在外通商代表）もつとめた名士である。背が高く青い目で，身なりのよく謹厳なこの父親に対して，彼が「地図のはるか南方から連れてきた」黒髪の美しい母親は，音楽の才があり，陽気で放恣なほどに鷹揚な性格だったとある。こうした性格付与は，作者自身の両親にもおよそ対応している。主人公は，二つの相異なる要素が自分の風貌や人格を形作っており，各々の要素を両親のそれぞれから受け継いでいると少年時代から気づいている。親から子への性格の継承は，人物の身体的特徴がつぶさに描写されることとも相まって，十九世紀末に流行していた自然主義文学が「遺伝」のモティーフを多用したことを連想させる。最終第9章の，後述するリザヴェータ宛の書簡には，自分が両親の相異なる二つの形質からなる混成物であり，そのために「芸術に迷い込んだ市民」となってしまった，と告白するのに続け，次のようにある。

私は二つの世界の間に立ち，どちらにも安住できず，その結果少しばかり困難を抱えているのだ。君たち芸術家は私を一介の市民と呼び，市民たちは私のことを逮捕したいという気に駆られ……私にはどちらが自分にとってより酷い侮辱かわからない。市民は愚かだ。けれど君たち美の崇拝者たちは，私を鈍重で憧れを知らぬ奴と呼ぶが，考えてみてほしい。平凡なものの歓ばしさに対する憧れほどに甘やかで感じ入るに値する憧れなどは他にないと思えてしまうほどに，根深く，生来のもので，逃れえぬ宿命の芸術家気質(かたぎ)というものが存在するのだ，ということを。

『トーニオ』における両要素の対立関係は，主人公の成長に寄り添って語られる物語の流れの中で，彼がさまざまな人物に接し出来事に遭遇するにつれ，その本性が彼自身にとっても徐々に自覚され，明確になってゆく。引用した部分は，その自覚と明確化が進んだ時点における自己表白である。確かにこうした過程は，遺伝的形質が時間とともに表面化してゆくものに似ていなくもない。しかし同時に，主人公の葛藤は，市民と芸術家の緊張関係という，個人の資質とは別の水準にある問題へと吸収されてゆく。この問題が主人公および家族に投影され，父＝市民，母＝芸術家というように類型的に振り分けられているのである。親の性格が子に遺伝した，というような因果的決定論をそのままなぞっているのではない。主人公が恋心を懐いたハンス・ハンゼンとインゲボルク・ホルムによく似たカップルが第8章で登場するが，これもまた，主人公および語り手が人物を類型に従って観察しているためであろう。だからこそ人物の類似に敏感になれるのである。さらに，夫に先立たれた母親がイタリア人の音楽家と再婚して南へ去っていった，という小説内だけの虚構が混ぜ込められているが，ここにもやはり「母―芸術―南」とい

う類型化への意志が，伝記的事実を超え出る強さで働いている。名望ある商家が零落してゆく際の家族内における複合的な人間関係については，『ブッデンブローク』において詳述されているが，『トーニオ』はこれを大幅に捨象している。家族的出自もまた，主人公の人格を形作る原因として物語られているのではなく，最後に主題化される「市民と芸術家」という対立をより際立たせ，類型を説得的なものとする装置として動員されているのである。

（3）「トーニオ」か「トーニオ・クレーガー」か

　主人公は，非ドイツ的でイタリア風な「トーニオ＝アントーニオ」が，地元で由緒正しい門地を表す「クレーガー」姓に接木された名を持つ。作者自身がドイツで一般的な「トーマス」という名であることからすれば，主人公への命名は，(1)で述べた性格継承を，伝記的事実を超えて，これまた類型的に表現する。級友ハンス・ハンゼンが自分を「トーニオ」と呼んでくれないことに傷つく第1章では，異国風な名が主人公の味わう疎外感の原因であるかのように描かれるが，実際には「クレーガーの息子」としての自負が，主人公自身に「トーニオ」という名に対する違和感を懐かせているのである。この作品は「名前」をめぐる葛藤と和解の物語と読むこともできる。表題を兼ねてもいる主人公の名は，予め彼に葛藤を担わせる仕掛けの一つをなしている。地の文において，ファーストネーム「トーニオ」とフルネーム「トーニオ・クレーガー」は，意識的に使い分けられている。第1章では両者が併用されるが，第2章以降では，「トーニオの母親」という表現を別とすれば，死の床にある父を回想する一箇所を除き，一貫してフルネームが用いられる。あえてフルネームを使用するのは，姓名が一体であるからではなく，逆に主人公が一方で「トーニオ」であり，しかし他方では「クレー

写真6-1　1870年頃撮影のトーマス・マンの生家（別名「ブッデンブローク・ハウス」，リュベック，メング通り4番地）。最古の写真とされる。
Hans Wysling: *Thomas Mann: Ein Leben in Bildern.* Zürich（Artemis & Winkler）1994, p.99より。（写真はpublic domain）

ガー」でもある，という内的分裂を表現するためであろう。彼は「クレーガー」の家門が失われた後，一時的に「トーニオ」としての自立を

模索するかのように南の都市（おそらくイタリア）で芸術家修行を積むが，「クレーガー」の姓を断ち切れぬまま，「南」への反感を募らせて帰国する。名の接木的結合が象徴する困難に翻弄される主人公は，しかし最後には「トーニオ・クレーガー」という統合を引き受け，芸術家「トーニオ」が市民「クレーガー」に屈服するように，おのれの名との和解を果たす。ただし，この和解には，後述するように，彼が行う北への旅行が深く関係する。

2. 時間と方位の新たな意味づけ

（1）故郷との出会いという時間

　本作は全9章からなり，時間的に区分するなら，第1，2章の主人公がそれぞれ十四，十六歳，第4〜9章では三十歳を超えており，間の比較的短い第3章で，主人公の家族の解体と，南の都市での放蕩（ほうとう）と芸術家修行が手短に語られ，前後の14年ほどの懸隔を橋渡ししている。緩急をつけつつ時の流れに従って物語られているようであるが，後述するように第4章の最後でリザヴェータ・イヴァーノヴナに「片付けられ」てしまう主人公が，続く第5章で北帰行を決意して以降の物語は，第1，2章の回帰ないし変奏的反復の性格も帯びる。ここにこの物語の音楽性を指摘する論者もいる。具体的には，これが主題の提示―展開―再現という「ソナタ形式」に準拠しているというのである。物語の後半，特にハンスとインゲに似た二人を眼にするものの，遠くから見ることしかできずに終わる第8章には，回帰し反復する時間を認めることができよう。ただ，旅における主人公は，確かに時折郷愁を覚え，また読者もそれを追体験することになりはするが，故郷において結局彼が味わうのは「懐かしさ」とは別の感情である。例えば到着の翌朝，足が実家へと向かっているというのに，彼はそのことをなかなか認めたがらないばかりか，よ

うやく認めたと思えば今度は大きな遠回りをしはじめる。主人公は心の中で,実家に戻ることに強く抵抗してもいるのである。また,故郷の狭さに気づき,ホテルの門番に人品の値踏みを受け,当地の官憲に犯罪者の嫌疑をかけられる,といった目に遭うごとに,再訪された故郷から受ける彼の印象は,記憶の中の故郷を上書きしてしまう。こうした疎外体験は,「故郷」の根源的な両価性を描き出すものであり,個人の境遇や事情を超えた普遍性を持ち得ている。本作では,いわば故郷の異郷性を認識することが,主人公の帰郷を懐旧以上に意義あるものとしている。それはまた,故郷から遠ざかることに汲々として営まれてきた実生活の時間が虚ろに思える経験ともなっている。さらに,後述するように主人公は,この経験ゆえに,ある未知の場所を,おのれの真の故郷として新たに発見することにもなる。近代文学に固有な主題である「故郷」との真の出会いのありかたを,『トーニオ』は表現する。

(2)「南／北」の価値転倒

物語の舞台は,第1,2章が故郷の北の街,第3章が故郷を出て向かった南の都市,第4,5章が南ドイツのミュンヒェン,第6章が再訪された故郷,第7章がデンマークへ向かう船上,第8,9章がデンマークの保養地オルスゴールのホテル,このうち最終第9章は,ミュンヒェンのリザヴェータに宛てて書かれた手紙の文面がほとんどを占めている。ただし引用符などはなく,冒頭近くに「こう書き始めた」とあるのに続けて,語りかける文体が最後まで続く。『トーニオ』という作品において,「南／北」の対立が強調されているということには,多くの読者が気づくであろう。しかし,さらにこの「南」も「北」も二重底をなしている。すなわち,ドイツ国内の「ミュンヒェン」と「北の故郷」という対立の外側に,「南の都市」と「デンマーク」がある。ドイツと「南の都市」の

間にはアルプスが立ちふさがり,「北の故郷」と「デンマーク」は海によって隔てられている。ただ,『トーニオ』において「山」は描かれることがない。(1916 年の『ヴェニスに死す』でも,同じ一文のうちに主人公アッシェンバッハはミュンヒェンからアドリア海岸の街トリエステに移動してしまっており,その間の時空は全く描かれない。このようにマンが描こうとしなかった「山」だが,1924 年の長編『魔の山』においては,これが奇妙な舞台となることは付け加えておこう。)ルネッサンス以来「山の向こう」の都市は,北方ヨーロッパの芸術が範とすべき先進的芸術の地として,憧れと崇敬の対象であった。しかし,故郷を去る際に苦痛どころか侮蔑しか覚えなかったという主人公は,「北の芸術家」の伝統に倣ってイタリアに向かったのではない。彼は,「北の街」を一旦捨てたのであり,南に向かったのは母親の「血」に駆り立てられてのことであった。そのような主人公に体現される「南/北」の類型化は,従来の「文明/野蛮」,「明澄/暗冥」とは大いに異なっている。もはや「南」は文明や芸術の絶対的尺度であることをやめ,「市民的生」の「自制」,「規律」,「勤勉」といった徳目と対立する「放恣」,「怠惰」,「享楽」などの悪徳を意味するようになる。もちろんこれらは,彼のいう「市民」との対比において負の価値を帯びたにすぎず,肯定的に「自由」,「融通無碍」,「愉悦」と言い換えてもよいものである。にもかかわらずイタリアからドイツに戻った主人公が,両者の相容れなさを際立たせ,「南」を悪しざまに語るのは,それがおのれの内なる「南」であり,それを否定したいからである。「南/北」は,主人公が感じる内的分裂によって主観的に意味づけられ価値づけられた対立であり,イタリアやデンマークの現実と混同することはできず,また,それらがドイツにおいて伝統的に担ってきた意味とも異なっている。

（3）「東／西」の軸と近代の再検討

　『トーニオ』には，「南／北」ほどには目立たぬながら，「東／西」という対立軸も導入されている。そして，主人公の内面をより根深く規定しているのは，実はこちらの対立のほうである。登場順で言えば，少年時代の作法とダンスの教師フランソワ・クナーク氏によって「西」が表象され，他方，「東」を表象するのは，ロシア人画家リザヴェータである。クナーク氏もまた，トーニオ・クレーガーと似て，フランス風のファーストネームが低地ドイツ的な苗字に接木された名を持っている。少し奇妙なフランス語を得意げに話すことなども，こうした混淆性(こんこう)を物語る。彼の役割は，第2章のダンスの場面で主人公の失態を嘲罵することに尽きているかのようであるが，そうではない。バレエ振付師を本業とする彼は，フランス的洗練を何より尊ぶ社交家である。ドイツ古典主義の詩人フリードリヒ・シラーは，訓練された身体の自由な躍動が衝突や対立に至ることなく，優美な形を描き出すダンスを，自由と法則の戯れと定式化し，そこに来るべき市民社会の理想的な姿を認めた。しかし，同じシラーの戯曲『ドン・カルロス』（1787年）を読み，むしろ敵役フェリペ二世の流す「王の涙」に心奪われる主人公は，こうした理想追求からあらかじめ逸脱した少年である。その彼の眼にクナーク氏は，「西」すなわちフランス的市民の姿を，喜劇的に体現したものとしか映らない。他方そのクナーク氏の前でダンスのパートを無自覚的に間違える主人公は，「西」からこれまた戯画的にはじき出されたことになる。「西」に過剰に同化するクナーク氏と，「西」を模倣することを身体が拒絶してしまう主人公は，教師と生徒という地位の格差にもかかわらず，ここで鮮やかな対照をなしている。成長しミュンヒェンに住む主人公の友人リザヴェータに関しても，主人公に引導を渡すその役割の重大さはクナーク氏以上に明らかだとしても，そもそもなぜロシア人という設定

なのかを含め，その位置づけには注意が必要である。この両者は，19世紀末ドイツにおける「近代／反近代」という，相反する潮流を考えることで，対比的な存在としての輪郭を帯びる。19世紀中葉以降の後期ロマン主義が，民族や文化共同体の価値を称揚し，世紀末に「郷土芸術」のような文芸ジャンルが興隆しもするなど，ドイツでは自由で平等な個人を本位とする西欧的近代に対する懐疑が存在した。フランス風ダンスに馴染めない主人公は，この懐疑を体現していよう。1900年前後のドイツにおける「ロシア」表象もまた，こうした近代の問い直しという文脈で浮上する。近代的尺度では後進や停滞，すなわち近代以前の地とされてしまう「東」を，この作品は近代とは別の視点として導入しており，リザヴェータに託されているのは，この視点である。彼女は「小さく，黒く，生き生きとした眼」をしているとあるが，その眼差しは厳しく鋭い。

張りつめ，疑り深く，あたかも苛立っているかのように，彼女は細めた横目で自作を吟味していた。

　この画家の眼差しが対話の相手にも向けられる。彼女は，主人公の雄弁を超えて饒舌(じょうぜつ)な語りを注意深く聴いたうえで，彼が芸術という理想と実生活の対立関係に苦しんでいるかのようでありながら，その実，自分は一体何者かという問いを別の問題にすり替えているのだと見透かし，それを「道に迷った市民」という語で言い当てるのである。ただし，この「市民」という概念には注意を要する。確かに十九世紀のドイツでも，フランスに範を取り市民の自由と平等が追求されはしたが，市民革命を経たわけでもない君主政ドイツの「市民」は同時に「臣民」でもあり，伝統的な特権によって護られた身分としての性格を強く残して

いた。また,「友愛」のような独立した個々人の自発的で水平的な結束ではなく,家父長制に支えられた集団の垂直的な統合があくまでも優先され,民主政や共和政とは一線を画す「ドイツ的秩序」が根強かった。「市民」トーニオ・クレーガーの出自は,作者トーマス・マンの出自と同じく,実はここにある。市民と言いつつ彼は,伝統と近代の混成的な存在である。では,ロシア人リザヴェータの眼差しが,これを見抜くのはなぜだろうか。本作の「ロシア＝東」は,政治的脅威から眼を逸らさせ,「純真」や「素朴」などの前近代的美徳ばかりを強調するロシア・オリエンタリズムではない。むしろ,主人公がリザヴェータとの会話で称賛するように,ドストエフスキーやトルストイなどの文学が伝えよこす「ロシア」であろう。その彼らが描くのもやはり,ロシア固有の伝統的秩序と近代の,より激しい葛藤であり,そこから生まれる怪物的群像である。本作における「東」とは,こうした近代をめぐる葛藤対立が生み出す異形な存在の故郷である。リザヴェータが内的矛盾を抱えた主人公のような人間に対する洞察力を持つのも,それがロシアからすれば「西」のミュンヒェンに移り住んだ彼女自身を生み出した矛盾だからでもある。これに対して,アトリエを訪れた主人公は,彼女の制作途中の作品を,「私の頭の中と全く同じ」で「精彩を欠き,修正だらけで汚された素描と少しばかりの色彩」と評するが,これが絵画表現として,ロシア文学のような昇華を成し遂げる可能性には触れることがない。おのれの悩みに没頭する彼が「東の画家」リザヴェータに向ける眼差しは浅いものにとどまり,そのためにかえって彼女の洞察に対して,知らず知らず自らをさらけ出してしまう。ここで作者は,主人公の不十分な認識や誤解を突き放して描き出しているので,それだけ一層リザヴェータは言葉少ななままに,主人公の手にあまる「東」の奥行きを持つ女性として浮かび上がる。この第4章は,主人公の治療的場面として秀逸である。

写真6-2　トーマス・マン，1905年のポートレイト（撮影者不詳）
public domain

この治療は，自分の話ばかりを一方的かつ無防備に語り尽くした主人公に「あなたは道に迷った市民にすぎない」という劇薬が投与されて終わる。作品中でリザヴェータだけが主人公を，あるいは「トーニオ」，あるいは「トーニオ・クレーガー」と，自信を持って呼び分けることができるのは偶然ではない。

3. 新たな現実──文芸世界の構築

（1）ハムレットの参照

「接木」という1. （3）で言及した手法は，この作品において複合的な役割を担っている。主人公の接木的な「名」はまた，物語世界として

独立した構築と展開を遂げてゆきつつも，物語外の世界から全く遊離しているわけではない，というこの作品の特徴を表しもするからである。とはいえ，成長した主人公にとって「クレーガー」が失われた家門であるように，物語が接木されている外的世界もまた，「作家の実生活」とは区別しなくてはならない。それを示すのが，主人公の「デンマーク旅行」である。ハムレットの城と伝えられるクロンボー城を訪問したいという動機を告げた彼は，リザヴェータに旅程を詮索され，顔を赤らめながら，帰郷を兼ねているのを打ち明ける。デンマーク行は，旅の主目的が帰郷だということを糊塗する言い訳であったかのようにも見える場面だが，ここには注意が必要である。確かに主人公の赤面は，リザヴェータにまたもや真意を見透かされたためだが，生まれた街に立ち寄ることだけが帰郷なのではない。実際，語り手によれば「奇妙な顚末」に終わったこの立ち寄りは，主人公が敢行する帰郷のほんの一部をなすにすぎず，彼の真の帰郷はここから始まる。回り道をして長々と時間を稼ぎ，ようやく実家の前に立つ彼を，十年以上も前に他界している父親が現れ息子の不品行を叱責するのでは，という不安と恐怖にも似た感情が襲う。しかも主人公は，死せる厳父とのそのような出会いを，心中激しく望んでもいるのだ。クロンボーに向かおうとした理由が明らかとなるところである。主人公はここで，父の亡霊に出会うハムレットに身をなぞらえているのである。「南」に対する主人公の呪詛もまた，父王を裏切った母＝王妃ガートルードに対するハムレットの報復感情を模している。こう言えば，まるで主人公に精神分析を施すかのようだが，そうではない。むしろ，自伝的小説と評される本作の最も自伝的な部分が，作者の実生活を基礎にしているわけではなく，ある空想によって成り立っており，しかもその空想を介して，先行する文芸作品の世界に通じていることを示すためである。本作における類型化の意志とはまた，既存の

作品や様式を範型として，それにならおうとすることでもある。本作がならったその範型の一つは「芸術家小説」である。これは，芸術家を主人公として，その社会との葛藤と成長を描くもので，ロマン主義の時代以降，小説の一潮流をなしている。そうした「芸術家小説」にならいながら本作は，近代における「市民」と「芸術家」という概念同士の関係を問い直している。その結果本作は「芸術家小説」というジャンルを革新してもいる。もう一つの範型が『ハムレット』である。そもそもシェイクスピア，とりわけ『ハムレット』は近代ドイツ文学にとって極めて重要な役割を果たしてきた作品なので，これを参照する作者は，ドイツ文学の本流に名を連ねようとしていることになるだろう。しかしもちろん，より重要なのは本作における具体的な参照の仕方である。ハムレットは，父そのひとではなく，父の亡霊の命令に従って復讐を果たすが，本作の主人公を北に向かわせたのも，やはり亡き父の力であり，失われた「クレーガー」の名の力なのである。してみると主人公は，そうと知らずに父の亡霊と出会っていたことになろう。「トーニオ・クレーガー」という存在の由緒を示す生きた実体がもはや存在しないことをあらかじめ知る彼は，いわば不在に促されて生まれた地へと立ち戻り，それからさらに北へと向かうのだからである。（デンマークの海辺では「何か腐った臭い」を感じさえしている。）これは，自分自身の失われた過去への愛惜や哀悼，すなわち郷愁に誘われての訪問でも，また，自分が根を失ったことを再確認し，自立へのきっかけとする訪問でもない。主人公に「実体を欠く動機」を与えてくれるのは，やはり実体なきものの導くままに出来事が展開してゆく『ハムレット』という文芸作品である。トーニオ・クレーガーの故郷とは，場所ではなく，彼をこれまで形作ってきた「文芸」に他ならない。彼の実家が国民図書館に変貌していたことも，これを証拠立てる。彼は，もはや実家には書物しかない，のでは

なく，そもそも実家とは書物のことだったと思い知らされるのだ。そのような彼の帰郷は，徹頭徹尾文芸のなかで意味づけられ，文芸として構築された時空への立ち戻りであり，そこで描き出されるものは，実在するあれこれの街とも，ましてや作者の実人生とも独立なものと考えるべきであろう。仮にこれを自伝的作品と呼べるとしても，それは，構築された「作品としての生」を作者自らが上演しているかのようにみせる仕掛けが張り巡らされている，ということであり，作者の実人生を基礎として，それに文学的脚色を施した，とするのは転倒した理解である。自伝とは，作者の主演する虚構である。

（2）海という始まり

　本作を読んでゆくと，あるところで主人公が執拗な自己省察や自己譴責(けんせき)から不意に解き放たれる場面に行き当たる。海上である。第7章は半分以上がデンマークに向かう船上の描写で占められている。故郷の街で泥棒に間違えられたことに若干打ちひしがれていた主人公は，乗船するや気が紛れ，かつて父と共に船への荷の積み込みを眺めたことなどを思い出し，揺られてうっとりするような気分に満たされる。

バルト海！　何にも妨げられずに存分に吹き寄せる強い潮風に向かって彼は頭をもたせかけた。風は両耳を包み込み，軽い眩暈(めまい)と鈍い麻痺感を呼び覚まし，その中にあっては，あらゆる悪しきもの，苦しみや迷妄，意欲や労苦などの思い出は緩慢にそして悦ばしく掻き消えてゆくのだった。そして風の唸(うな)り，波はぜ，泡立ち，喘(あえ)ぎなどに囲繞(いにょう)された彼は，あの胡桃(くるみ)の古木のざわめきと軋(きし)み，そして庭戸のきいきいという音を聞いたように思った。

胡桃の古木とあるのは，今も元の実家の敷地に残る庭木であり，これを主人公は，折に触れ夢に見てきたのだった。海上交易で財をなしたクレーガー家の末裔である彼が，海に惹かれるのは当然と言えようが，注目すべきは，海上で実家を思い出しているという点であろう。海と実家という両者は，聞こえてくる音の類似によって結びついているだけではない。この荒れた海に独り揺られながら主人公が感じるのは，在るべき場所に在るという実感である。彼は，生まれた街のそのまた北の海上において，遂に故郷を発見するのであり，彼にとって真の故郷はこの海なのである。父の亡霊は彼をこの「海」という故郷に連れ出した，あるいは連れ戻したことになる。その海は船が進むにつれ波浪を高めてゆき，それが主人公の心を踊らせる。再び彼は，独り深夜の甲板に出る。

トーニオ・クレーガーは張られた綱のどれかに掴まり，制しようもなく荒れ狂うさまを見わたした。彼の中から歓喜の声が湧き上がり，まるで嵐も潮も凌ぐほど力強いものであるかに思われた。海に寄せる歌が，愛に高揚して彼の中で鳴り響いた。汝我が若き日の荒ぶる友よ，かくして我らまた一つになれり……けれど，詩はそこで終わってしまう。詩は完成せず，まとまりを形作らず，泰然として欠くところなきものへと鍛え上げられはしない。私の心は生きている……
長い間彼はそうやって佇んでいた。それから客室脇のベンチに身を横たえ伸ばし，星のちらつく空を仰ぎ見た。少しばかりうたた寝までした。そして冷たい飛沫が顔にかかるごとに，半睡の彼にはまるで愛撫のように思えた。

　主人公の海に寄せる詩は，完成しない。その代わりに第7章の散文自体は，海の多様で豊かな表情や姿を描き出している。そこに定まった形

はなく，堅牢も安定もない。しかしそこには絶え間ない運動があり，そしてその変化と流転の中から繰り返し生まれようとする存在がある。「私の心は生きている」という言葉は，第1章，第2章にある「あの頃私の心は生きていた」という述懐と対応して発せられる。こう語る主人公は，この海上で作家として新たな生を亨(う)けたのだといえよう。実際この故郷は，彼にある新たな現実の始まりをもたらす。リザヴェータに宛てた手紙の末尾近くにはこうある。

書いている最中にも，海のざわめきが私へと立ちのぼってくる。すると私は眼を閉ざす。私はある未生の，幻めいた世界を覗(のぞ)き込む。それは秩序づけられ，形づくられんとしているのだ。私には人間のような形姿の影がうごめくのが見える。呪縛を解き救出してくれるよう私に合図している。悲劇的な影，笑うべき影，そしてそのどちらでもあるような影たち―私はそれらに愛着を感じている。

　主人公は，こうしたさまざまな群像を，愛情込めて描き出す散文作家として新たに生まれることになろう。主人公にざわめきを伝えよこすのは，文芸という海なのである。「未生の，幻めいた世界」は彼の内にあり，彼がそこに見いだす悲喜劇的な影像は，徐々に彼自身も知らなかった彼自身の姿をとるだろう。第8章のダンスパーティーの場面で主人公は，転倒してしまう痩せた娘に思わず手を差し伸べる。この娘こそは，「呪縛を解き救い出」された彼自身である。主人公は，彼女に若き日の自分の姿を認め，これと和解する。そしてその彼は，おのれ自身の名を冠した小説を書き始めるに違いない。ここに，彼にとっての「新たな現実」が始まる。『トーニオ・クレーガー』というこの小説こそが，主人公が自らの回生と現実獲得のために書くことになる作品であった。この

ような円環的・循環的な構造が最後に明らかとなるのである。

参考文献

トオマス・マン『トニオ・クレエゲル』(実吉捷郎訳，岩波書店，1952年，2003年改版) タイトル，著者名とも古いカナ表記で，訳文も古風だが，歯切れとリズムが良い。「市民Bürger」の訳語は「俗人」となっている。
小黒康正『黙示録を夢みるとき―トーマス・マンとアレゴリー』(鳥影社，2001年)
田村和彦『魔法の山に登る―トーマス・マンと身体』(関西学院大学出版会，2002年)
本稿引用部分は筆者翻訳による。

学習課題

1. 『トニオ・クレーガー』はシェイクスピアの『ハムレット』からちょうど三百年後に刊行されている。両者の類似点を考えてみよう。
2. 主人公が恋心を懐いたハンス・ハンゼンとインゲボルク・ホルムが第1, 2章でどのように描写され，第8章でどのような類型化を施されているかを考えてみよう。
3. 『トニオ・クレーガー』に描かれる海の描写の特徴を考えてみよう。

7 | フランス（1） ルソー
『告白』を読む

野崎　歓

《目標・ポイント》 ルソーの『告白』は，いわゆる自伝文学の可能性を切り拓いた古典として知られる。そこに描き出されるルソーの成長の物語を読み解く。社会的な制約の強かった時代において，ルソーが自らの精神の自由と独立をどのように守り抜こうとしたかを分析し，近代的な「個人」の成立を跡づける。さらに『告白』以降，ルソーにおいて「わたし」の探求がいかなる展開を見せたかを概観し，『告白』が今なお失わないアクチュアルな意義を考える。
《キーワード》 自伝，回想録，一人称，個人，子ども，啓蒙主義，革命と文学

1．空前の試み

　ジャン＝ジャック・ルソーは1712年6月28日，ジュネーヴに生まれた。当時ジュネーヴは人口二万数千人程度とはいえ，共和国として独立した都市国家だった。宗教的にはカルヴァンによる改革以来のプロテスタント社会である。12歳から彫金師のもとで徒弟奉公をしていたルソーは，1728年3月，ジュネーヴから不意に出奔し，徒歩で南に下ってサヴォワ公国に入る。ジュネーヴとの国境にほど近い町アヌシーで，彼の庇護者となるカトリック信者ヴァランス夫人との出会いが待っていた。カトリックに改宗したルソーはヴァランス夫人のもとで二十代を過ごし，やがてパリに出る。そして1751年に最初の著作『学問芸術論』を刊行し，著作家として世に知られる存在になっていく。あるいは"世を

騒がす" 存在というべきか。

　社会のあり方を根底から問いただす『人間不平等起源論』（1754 年）や『社会契約論』（1762 年）で論議を呼んだのち，教育論である『エミール』（1762 年）が焚書処分を受けてしまう。同書に含まれる「サヴォワ人助任司祭の信仰告白」が教会を否定する危険な言説とみなされたためである。ルソーは逮捕を免れるため，8 年におよぶ亡命生活を余儀なくされたのだった。

　そもそもフランス社会にとってジュネーヴ共和国から来たよそ者であったルソーは，旺盛な執筆活動の結果として，自らの居場所がどこにも見出せない状態に追い込まれたわけである。そんな"異邦人"の境涯こそは，亡命生活の中で書き始められた『告白』という書物の性格を決定づけている。孤立と引き換えに，ルソーは自己を唯一無二の存在として樹立しようとする。第一章冒頭にはそうした意志がまざまざと示されている。

　「一，わたしはかつて例のなかった，そして今後も模倣するものはないと思う，仕事をくわだてる。自分とおなじ人間仲間に，ひとりの人間をその自然のままの真実において見せてやりたい。そして，その人間というものは，わたしである。
　二，わたしひとり。わたしは自分の心を感じている。そして人々を知っている。わたしは自分の見た人々の誰ともおなじように作られてはいない。（…）わたしのほうがすぐれてはいないにしても，少なくとも別の人間である。自然がわたしをそのなかへ投げこんで作った鋳型をこわしてしまったのが，よかったかわるかったか，それはこれを読んだ後でなければ判断できぬことだ。
　三，最後の審判のラッパはいつでも鳴るがいい。わたしはこの書物を

手にして最高の審判者の前に出て行こう。高らかにこう言うつもりだ——これがわたしのしたこと，わたしの考えたこと，わたしのありのままの姿です。」(桑原武夫訳，上，12ページ)

「おなじ人間仲間」に対しての『告白』とはいえ，「わたし」は他の人間とまったく違うのだという意識が強烈に示されている。「わたし」を作った「鋳型」はもう壊されてしまったというのだから，同じ人間は二度と現れる可能性がない。「わたしひとり」。その例外性こそは，「わたし」のありのままの姿を記すとされる『告白』という書物にも唯一無二の性格を刻印しないわけにはいかない。

それにしてもルソーはなぜ，これほど自己を特別視できるのか。そこにいささか過剰な自負，さらには傲慢さを感じ取る読者もいるだろう。迫害に晒される状況のなかで，ルソーとしては自己を防衛し正当化する必要に駆られたという事情はあったろう。いずれにせよこうした書き出しをもつ作品は，「絶後」であるかどうかはともかく，少なくとも「空前」の異様さを帯びたのである。

そもそもフランスの古典主義的美学——17世紀以来，著作家が従うべきコードとなっていた——によれば，「わたし」をことさら表に出す語り口は避けるべきとされていた。「わたしは憎むべきものである」というパスカルの『パンセ』に見られる言葉は，広く規範としての意味をもったのである。ルソーの『告白』はそんな遠慮をかなぐり捨て，冒頭から「わたし」を連呼する。

もちろん，告白という形式自体は，司祭の前で自らの罪を懺悔するキリスト教的な制度にもとづくものであり，「最後の審判」云々はこれがルソーにとって究極的な告解という意味を持つことを示している。しかしルソーにとって重要なのが神の許しを求めることではないのは明らか

だろう。自分は他人とは違う,「わたしのほうがすぐれてはいないにしても,少なくとも別の人間である」という言葉には,自他の差異を絶対的なものとしてとらえ,その差異を肯定する姿勢が明確に打ち出されている。やがてロマン派の芸術家たちが大いに主張するところとなるそうした「わたし」のあり方を,ルソーはここで一気に示してみせたのである。

2. 子ども時代の発見

　ただしルソーの時代においても「わたし」を語るジャンルが存在していたことを想起しておくべきだろう。回想録（メモワール）がそれである。回想録は17世紀以来の有力なジャンルで,ラ・ロシュフーコー公爵やレ枢機卿,サン＝シモン公爵といった人々が代表的な作品を遺してきた。それらの例が示すとおり,回想録はそもそも公爵,枢機卿といった著者の身分,地位の高さゆえに書かれるものであり,そこに語られる事柄も,国王を始めとするやんごとなき人々をめぐる証言を含むがゆえに有難味をもつとみなされたのだった。

　そうした回想録をひもといてみるならすぐに判明するのは,自らの子ども時代についての記述がほとんど含まれていないという事実である。そこには当時の,子どもはまだ一人前の「人間」ではない存在とする見方が反映しているだろう。ところがルソーの『告白』においては,「わたし」の誕生に始まって,幼いころから少年に成長していくまでの時期にたっぷりとページが割かれている。大人になる以前の期間に実は人生を解く重要な鍵があるという,それまで決して一般的ではなかった発想がルソーには見て取れる。ルソーは人間にとって子ども時代がもつ重要性を"発見"した一人なのである。現代の読者にとっても,『告白』第一巻に描き出された幼少年期の物語は,その瑞々しくエモーション豊か

な記述によってきわめて魅力的だ。

　自らの誕生がすでに一つのドラマであったことをルソーは強調する。「わたしは病弱な子として生まれた。わたしが生まれたために母は死んだ。こうしてわたしの誕生はわたしの不幸の最初のものとなった」(上, 13ページ)。母なき子として世に出たルソーの悲しみは, のちにロマン派の文学者たちの心を強く打った。スタンダールやネルヴァルを始めとする母恋いの文学の起源がそこにある。同時に, 父イザックの姿もルソーの人生全体に重要な意味を持つものとして描き出されている。「『ジャン゠ジャック, 母さんの話をしよう』と父がいうと, 『ええ, お父さん, また泣くんでしょう』とわたしは答えたものだ。これをきくだけで, 父の眼には涙があふれた」とルソーは書いている。感情の繊細さや, やさしい愛情深さを, ルソーは寡夫となった父からふんだんに受け取った。それと同時に, 独立不羈な精神の強靭さもまた, 父から息子ジャン゠ジャックへと伝えられたのである。

　ルソーは早くから読書好きな子どもで, まずは母の遺した小説類に父とともに読みふけった。ついで父の仕事部屋に置かれていた数々の古典類を読みあさり, とりわけプルタルコスの『対比列伝』仏訳に夢中になった。そこに登場する偉人たちがジャン゠ジャック少年の心のヒーローとなる。意志堅固で勇猛な英雄たちの話に感激したあげく, あるときなど「スカエヴォラ」のまねをして火に手をかざし大人たちをあわてさせたほどだった。スカエヴォラ (＝ガイウス・ムキウス) とは, 敵につかまり火あぶりの拷問にかけられそうになったとき, 自ら松明をつかみ炎が手を焦がすがままに任せ, 平然としていたという共和政ローマの人物である。「こういう興味のある読書や, それが機会になって父とわたしのあいだにかわされた会話から, わたしの自由で共和主義的な精神がつくられた」とルソーは書いている。「束縛や隷属をがまんできぬ,

この奔放な自尊心のつよい性格は，一生を通じて，そういうものが飛び出しては都合の悪い場合に，いつもわたしを苦しめたものである」（上，16ページ）。ここにはその後の『告白』の展開が予告されている。

やがてルソーは先に述べたとおり，17歳のとき，ジュネーヴから忽然と出奔する。「奔放で自尊心のつよい性格」の最初の重大な表れである。日曜日に郊外を散歩していて，ルソーは意地の悪い番兵が30分早めて市の門を閉めたため市中に帰れなくなってしまう。仲間たちは翌朝まで門の外で待とうと諦めをつける。「だが，わたしの覚悟は違っていた。わたしはその場で，二度ともう親方の家へは帰るまいと誓ったのだ」（上，63ページ）。かねてから親方に虐げられていたルソーの胸には憤懣やるかたない思いが募っていた。この出来事は彼にとって憎い親方に，そして辛いジュネーヴでの生活に絶縁状をたたきつける機会となった。訣別と逃走，出奔と放浪というパターンは以後も，ルソーの人生上で繰り返されることになる。

3. 自己革命への道

古代ローマの英雄たちに心酔しながら，その後ルソーはときおり，彼らの気高さとはまったく異なる恥ずべき傾向を示すようになる。父がいなくなったのち預けられた牧師宅で，牧師の妹に叱責され折檻された際にあやしい「性本能」のうずきを覚えたこともあった（第一巻）。あるいはカトリックへの改宗のためトリノに赴き，ある貴族の屋敷に従僕として仕えていた際，屋敷のお嬢さんのリボンを盗んでおいて，その罪を親切な器量よしの若い料理女になすりつけるという卑劣なふるまいに出たりもした（第二巻）。さらには町中で若い娘たちを相手に露出狂的な行為に及んだことさえあった（第三巻）。その他，およそ自らの名誉にならないどころか，非難を浴びて当然の事柄が『告白』にはなまなまし

く書き込まれている。『告白』が刊行された当時、それらのエピソードをおぞましく不愉快なものとして受け止める読者もいた。しかしまた、恥ずべき欲望の発現をも克明に振り返ったうえで「わたし」の真実を見定めようとするルソーの姿勢の、既成道徳にとらわれない果敢さがそこにうかがえることも確かである。嘘や性的な倒錯行為が端的に示すような、自己の思いがけない逸脱を精細に跡づけることで、ルソーは「わたし」を「わたし」自身にもコントロール不可能な、無意識的な衝動を秘めたものとして捉える、現代に通じる自我観の先駆となった。

　だが、ルソーはそうした自己の危うさをことさら肯定したり称揚したりしようとしたわけではない。それよりも彼が強調するのは、確固とした徳を求めての歩みである。ヴァランス夫人のもとで彼は読書に励み、独学で旺盛に学んだ。そうやって徐々に著作家、思想家となる下地が形成されていく。やがてパリに出て、のちに百科全書派となる文人たちの知己を得る。とりわけ、卓越した思想家であるディドロと友情を深めたことは彼にとって決定的だった。最初の著作『学問芸術論』は1749年、ディドロに励まされてディジョン・アカデミーの懸賞論文に応募するために書いたものだった。それがルソーにとっての新たな覚醒を促す出来事となる。

　「翌1750年、もう忘れてしまったころ、例の懸賞論文がディジョンで当選したことを耳にした。この知らせをきくと、あの論文の母胎となったすべての思想がわたしのうちに目ざめ、あらたな力を得て活気づき、幼いころ、父や祖国やプルタルコスなどによって植えつけられた、あのヒロイズムと美徳の最初の酵母が、わたしの胸のなかで発酵してしまった。富や名声を超越し、自由で徳高く、自足すること、これ以上に偉大ですばらしいことはないと思った。(…) このとき以来、わたしの覚悟

はきまったのである。」(第八巻，中，127ページ)

　『学問芸術論』に始まる自らの著作について，ルソーは「人間は生まれつき善なる存在であり，悪くなるのはただ社会制度による」という考えが中核にあると解説している(『マルゼルブへの手紙』「第二の手紙」)。そこには自分自身の内面に立ち返るなら「良心」が見出されるという彼の確信があった。こうして，徳高い古代の英雄に憧れたかつてのジャン＝ジャック少年と，世に知られつつある40歳のルソーが今ふたたび力強く結び合わされた。その連続性の上に立って，ルソーのいわゆる「自己革命」が始まる。「富や名声」を超越するとは，他人の価値判断に従わず，自らの望むところを優先させることである。病気に苦しめられ，医師の診断により余命が短いと思い込んだこともルソーの決意を後押しした。

　「金持になったり，出世したりする計画はすべて永久にすててしまった。残り少ない余生を，独立と貧困のうちに送ろうと決心したわたしは，世評の鎖を絶ち，他人の判断をいささかも気にかけずに，ただ自分によしと思われることだけを敢然と行うことに，魂の全力をそそいだ。」(中，136ページ)

　自分によしと思われることだけを行う。それは，おのれの内なる徳の命じることである。しかし極端なまでの潔癖さで内面の声に従おうとするとき，ルソーはさまざまな外的障害にぶつからなければならなかった。むしろそうした障害との衝突によってこそ，彼の選択の純粋さは証し立てられ，また鍛え上げられていったのである。

4. 国王からの逃亡

　そのころ，彼が上演のあてもなく創作したオペラ『村の占い師』が評判を呼んだ結果，ルソーはある決定的な行動を強いられることとなる。専門的な音楽教育を受けたことはないとはいえ，深く音楽を愛し，とりわけイタリア音楽の魅力に心酔していたルソーは，田舎の友人宅に滞在していたときに一週間ほどで『村の占い師』を書き上げた。一幕のみの小規模なオペラだが，曲も脚本も彼一人による，牧歌調の可憐な作品である。ルソーはそのオペラを「ほかにだれも劇場に入れないで」自分のためだけに聞いてみたかったという。だが実際には，作品の評判が大きくなっていき，ついには国王臨席のもと，宮廷のお歴々の前で上演されることとなった。だが，それはルソーの自己革命の精神と折り合いのつくことだったのだろうか。

　「当日，わたしは，ふだんのままの，なげやりな身なりだった。ひげはぼうぼうに生え，かつらにも櫛を入れてなかった。この不作法さを勇気のあるしるしだと考えて，わたしは，やがて国王，王妃，王族その他，宮中うちそろって着くはずの劇場へ，そのまま入っていった。(…) 真向いの，一段と高くなった小さな桟敷に，国王がポンパドゥール夫人とならんで着席した」（中，158ページ）

　ルソーは上流社会のマナーなど自分にとっては何の意味もないとするおのれの信念を，国王ルイ15世の目の前で誇示することとなった。だが「自分だけがこんな身なりをしているのを見て」，さすがにルソーは居心地の悪い思いに襲われる。もう後へは引けない。つねに自分自身であるのみだと思い定め，「もしその必要があれば，だれをも容赦しない

ぞ」と勇み立った。ところが意外にも，ルソーに好奇のまなざしを向ける人々は一様に「親切で礼儀正しい様子」ではないか。やがてオペラが始まると，「方々の桟敷から，おどろきと称賛のささやき」が沸き起こった。そのときの胸の内を彼はこんな風に回想する。

「周囲では，天使と見まごうばかりの美しい婦人たちが，小声でささやきあっている。『いいですわねえ，うっとりしますわ。声の一つ一つが胸にうったえかけてきますわね。』こんなにも多くの愛らしい女性を感動させた喜びで，わたし自身，感涙にむせんだ。(…) とはいえ，このときのよろこびには，作者としての虚栄心よりも，性の陶酔のほうが大いにあずかっていたのは確かだ。事実，もしそこにいたのが男ばかりだったら，自分の流させたあのこころよい涙を，この唇でうけたいという欲望に，あれほどさいなまれはしなかったろう。」(中，160-161ページ)

　何の身分ももたない一介の流れ者が，高貴な女性たちの心を動かしたのである。これは芸術の及ぼす力の啓示といっていい。ルソーのうちには芸術家の天分が確かにあった。同時に，自らの感激を「性の陶酔」と結びつけて解き明かそうとする態度には，自己の欲望のメカニズムを仮借なく暴き立てようとする分析家ルソーの一端が表れている。
　しかしながら，いかに作品が好評を得ようとも，芸術家のステータス自体が社会の制約を免れず，政治制度の干渉を受けずにはすまないものであることをルソーはすぐに悟った。「独立してやっていきたいとは思っても，食べずにいるわけにはいかない」というのがルソーの悩みだった。ところがオペラの上演の直後，ルソーに対し王宮に参上せよとの伝言が届いた。ルイ15世はルソーに年金を賜ろうと考えたのだ。

ルソーは，王の前に出ても持病のせいで尿意を催したらどうしようか，気の利いた受け答えができなくて恥をかくのではないかなどと憂慮する。そのあげく，彼は王宮には行かない決心をつける。

「なるほど，いわば目のまえにさし出された年金を失ったようなものだ。だが同時に，年金による束縛からものがれたのである。真理，自由，勇気との訣別。そうなれば，以後，どうして独立や無欲を口にしえよう。この年金を受け取れば，もうご機嫌取りをするか，口をつぐむよりほかはない。（…）わたしは年金を断ることこそ，自分の主義にふさわしい態度であり，真実の利益のために世間体を犠牲にすることになると信じた。この決意をグリムに話すと，彼はすこしも反対しなかった。その他の人たちには健康上の理由を挙げておき，翌朝，わたしは出発してしまった。」（中，162ページ）

　最初の著作『学問芸術論』は大いに反響を呼んだにもかかわらず，ルソーに何の収入ももたらさなかった（版元とのあいだを取り持ったディドロが原稿をただで渡したためだとルソーはいう）。国王からの年金はのどから手が出るほど欲しかったはずである。17世紀にルイ王朝が確立されて以来，フランスの主要な著作家は国王の庇護のもとに，偉大なメセナとしての王を称えつつ著述活動を行うのが通例だった。ルソーは経済的な実利観念にも，そしてまた王政下におけるフランス文化の制度にも背を向けて「我」を通そうとしたのである。
　そうした態度によってたんに年金を失っただけではなく，友情も損なわれてしまったことをルソーは苦々しい調子で綴っている。ディドロや，先の引用に名前の出ていたグリムといった親友たちはこの時期からルソーに対し冷やかになっていく。ディドロはルソーが国王の拝謁に応

じなかったことはとがめなかったが，年金を断ったことを激しく非難した。「哲学者ともあろうものがそんなことにこれほど熱をあげようとは夢にも思わなかった」というルソーのコメントは辛辣である。ただしその後ルソーが著作活動を続けていくことができたのは，彼に心酔する貴族や有力者たちの援助によるところが大きかった。結局のところパトロンへの依存を完全に断つことは不可能だった。

　とはいえ，ルイ15世を相手取ってのこのエピソードが，『告白』において象徴的意義をもつことは間違いない。自己革命の理念は確かにルソーのうちに生き続けた。「わたし」の独立不羈を貫こうと，最高権力者からのありがたい申し出を退ける姿勢は，先鋭的な啓蒙思想家（フィロゾーフ）たちにさえ理解しがたいものだった。その純粋さが，頑なな意固地さと受け止められたことがルソー後半生の不幸の始まりだった。しかし同時に，それは彼がやがて「わたしひとり」の境涯で『告白』を書くこととなるうえでのターニングポイントであったのだ。

5. 孤独の果ての幸福

　全12巻からなる長大な『告白』の残りの部分では，暗く陰鬱な色調が濃くなっていく。ディドロやグリムらとの絶縁，『エミール』に対する高等法院の有罪宣告，それに続く逃走と亡命を綴る筆遣いは苦渋に満ちている。ヴァランス夫人との暮らしの夢のような幸福や，鮮烈な官能のめざめの描写を含む前半との落差はあまりに大きい。

　しかも読者を困惑させるのは，謎めいた「陰謀」の存在がしきりにもちだされ，自分は裏切り者たちの「闇の仕業」によって執拗な迫害を受けているといった訴えがたえず混じるようになることだ。グリム，ディドロらを中心として，彼らとは正反対の立場であるはずのイエズス会士たちもそこに加わった反ルソー勢力の網の目が張りめぐらされていると

いうのである。『告白』の執筆は、それに対し真の自己をアピールし世の信頼を取り戻す契機となるはずだった。だが最終巻では、『告白』の企画をついいろいろな人に話して聞かせたことが、自分に対する迫害をいっそう激しいものにしたという後悔が洩らされている。巻末で述べられるのは、書き上げた原稿を知り合いの貴族たちを集めて朗読した際の模様である。

「わたしは（…）朗読を終えた。一同みな黙りこんでいた。感動したように見えたのは、エグモンド夫人だけだった。彼女は明らかに身をふるわせたが、すぐ冷静にもどり、一座のひとびとと同じ沈黙をまもった。これがこの朗読とわたしの言明とからえられた成果なのであった」（第十二巻、下、252ページ）

硬く沈黙を守る聴衆の表情は、朗読が徒労に終わったことを示している。何とも苦い全巻の幕切れだ。実際に朗読会に参加した人々の証言を見ると、必ずしもルソーの文章のとおりではなかったことがわかる。17時間にも及ぶ熱烈な朗読を聞いて涙するほど感激し、共感や同情に打ちふるえた者もいたのである。だが、ルソー自身はむしろ孤立こそ自己探求の条件にして帰結であると見極めをつけた。だから彼は『告白』ののちも、もはや実効性とはほとんど関わりのない次元において、「わたし」とは何者であるかを自らに問い続け、書物のテーマとした。そこから『ルソー、ジャン＝ジャックを裁く――対話』（1777年）および『孤独な散歩者の夢想』（1778年）という二つの著作が生み出された。そこには表題の示すとおり、「対話」の試みから「孤独」へと向かうルソーの最後の歩みが記されている。

『孤独な散歩者の夢想』に含まれる、スイスに亡命したときにサン＝

ピエール島で味わった至福の体験（第5章）は，一見不幸のどん底にあったはずのルソーが到達した平穏と安寧の境地の深さを示すものとして特筆に値する。世間から隔絶した，明るく美しい景色のただなか，ルソーはひとり島の岸辺にたたずみ，波の響きや揺れ動く水面に自らの感覚をゆだねた。甘美な夢想に心を遊ばせるうち，他人の存在も時間の経過もいつしか忘れてしまう。それこそは彼にとって真の幸福の体験となった。

そのとき，「魂のいっさいの空虚」は自己が「現存するという感覚」によって満たされたとルソーはいう。それは「あたかも神のように，自ら充足した状態」であった。孤独のただなかで，ルソーはもはや何を恐れる必要もない平安に到達した。

だが，ここで思い出さなければならないのは，そんな他者の忘却，孤立の快楽とは正反対の欲望も，ルソーのうちにはつねに脈打ち，作品のはしばしに熱く噴き出しているということだ。それこそは彼が生涯にわたって決して書くことをやめず，おびただしい量の作品を残した原動力ではなかったか。自分は「あまりにも人を愛しやすい」人間なのに他人からあざむかれるばかりだ，彼らに「わたしのほんとうの価値」を理解してほしい，「わたしが彼らの愛にいかにもふさわしい人間であった」と知ってほしい（『告白』第十巻）。そんな思いもまた，ルソーのうちから消えることはなかった。

6. ルソーからの挑戦

そうしたルソーの深い願いはついに彼の没後，劇的な形で実現された。『告白』は第一部が1782年，第二部が1789年に刊行された。その出版がルソーの危惧したほどの反発を引き起こさなかったのは，大革命直前の市民たちのあいだで『不平等起源論』や『社会契約論』の著者に

対する評価が急激に高まっていたからだった。革命の先駆者としてのルソーへの敬意は崇拝にまで達した。それを示すのがルソーの遺骸のパンテオンへの移送である。

パンテオンとは，古代ローマの万神殿に倣って1791年，革命政府によってパリの中心部に設けられた施設であり，祖国のために尽くした偉人を称えることを目的とした。1794年，ルソーの遺骸はパリ郊外エルムノンヴィルの墓から，あの『村の占い師』のメロディーの伴奏つきで，パンテオンに移された。国民公会議長カンバセレスは記念演説の中でルソーを「自由と平等の使徒」と称え，「今日この至上の栄光によって国民公会は，自然の哲学者に対するフランス人からの報恩と，人類からの感謝を果たさんとする」と述べた。かくして，幼いころ古代ローマの偉人伝に胸を熱くしたルソーは，あれほど彼を迫害したはずのフランス人たちによって古代ローマの偉人にも等しい「神」として称えられるに至ったのだ。

そこには単に歴史の皮肉というだけではすまない，大きな逆説がある。優れたルソー論の著者ジャン・スタロバンスキーは，ルソーは「世間から遠ざかり，他人にたいして無になることを願ったのであるが，世間から遠ざかろうとするかれの方法が世界を変えたのであった」と書いている（『ルソー　透明と障害』山路昭訳，73ページ）。「世間から遠ざかろうとするかれの方法」とは，先に見た「自己革命」に由来するものであり，「富や名声を超越し，自由で徳高く，自足する」という理想に支えられている。それは一面ではルソーの性格の偏狭さや意固地さとして表れ，彼の人生の困難を増大させた。しかしそこには，『不平等起源論』冒頭のいわゆる「鎖につながれた」人々に向けて訴えかける力も秘められていた。「ただ自分によしと思われることだけを敢然と行う」ルソー的な勇気が，蜂起する民衆を鼓舞していたのではないか。

「自由と平等の使徒」として称えられるに値する精神の持ち主であるとともに，常人離れした個性ゆえに孤独と無理解に晒されないわけにはいかない。そうしたパラドクスを覆いがたく示し続けるところに，『告白』の面白さの秘密がある。ルソーを神格化しようとする読者を深く困惑させる部分が，『告白』の記述には含まれている。そこからどのような「わたし」の姿を掴み取るかは結局のところ，読者にゆだねられている。「わたしはすべてを語り，選択の労は読者にまかせるべきなのだ」（第四巻，上，250ページ）。『告白』を開く読者はだれしも，そんなルソーの挑戦に応えなければならないのである。

参考文献

ルソーの主要作品は『ルソー全集』全14巻（別巻2巻），白水社，1978-1984年で読むことができるが，本稿で扱った作品については以下を参照。

『告白』上・中・下，桑原武夫訳，岩波文庫，1965-1966年（本稿ではこの翻訳を引用した。他の翻訳には上記『ルソー選集』1-3に収められた『告白』小林善彦訳や，『告白録』上・中・下，井上究一郎訳，新潮文庫，1958年がある）。

『ルソー，ジャン＝ジャックを裁く』上・下，原好男訳，現代思潮社，1969年。

『孤独な散歩者の夢想』今野一雄訳，岩波文庫，1960年。

ジャン・スタロバンスキー『ルソー　透明と障害』山路昭訳，みすず書房，1993年（現代のフランス文学研究・批評を代表する一人による，透徹した分析の書）。

桑瀬章二郎編『ルソーを学ぶ人のために』世界思想社，2010年（10人の研究者が最新の知見を盛り込んで執筆した入門書。とりわけ桑瀬による「第1章　人と生涯」，「第8章　自己のエクリチュール」を参照のこと）。

永見文雄『ジャン＝ジャック・ルソー　自己充足の哲学』勁草書房，2012年（ルソー生誕300年の年に刊行された大著。ルソーの全体像がわかりやすく示されている）。

学習課題

1. 『告白』のなかで，あなたにとって特に印象的なエピソードはどんなものだろうか。そこからルソーのいかなる人間像が浮かび上がってくるだろう？ 彼の性格の好ましい点，反発を抱かせる点，いずれも考えてみよう。
2. 子ども時代が以後のルソーの人生にどんな影響を及ぼしたのか，考えてみよう。母親のあまりに早い死，父親の思い出，そして彼が受けた教育はルソーにいかなる痕跡を残したか？
3. 『告白』のヴァランス夫人をめぐる記述，さらには『孤独な散歩者の夢想』第5章の記述をもとに，ルソーにとっての「幸福」とはどのようなものか，考えてみよう。

8 | フランス（2） バルザック『ゴリオ爺さん』を読む

野崎 歓

《目標・ポイント》 近代小説の創始者とされるバルザックの作品の中から，代表的な一篇『ゴリオ爺さん』(1834年) を読み，そこで確立された小説のあり方を分析する。個人と環境，社会を結びつけて，時代の全貌を描き出そうとするのがバルザック的なリアリズム小説だが，『ゴリオ爺さん』ではそうした企図がどのように実現されているのか。とりわけ，「父」の姿がいかに重層的な形で，革命以降のフランス社会を映し出しているのかを読み解きたい。

《キーワード》 小説，リアリズム，パリ，フランス革命，王政復古，父親像

1.「バルザックは偉大だ！」

　小説の歴史は，バルザック以前とバルザック以後に分かつことができる。かつて小説は，文学のジャンルにおいて詩や演劇（特に悲劇）に比べて格の落ちるものとされていた。たわいもない読み物として片づけられがちだった小説に巨大な構築物としての威厳を与えたのはバルザックの功績だろう。「バルザックののち，小説はわれわれの父親世代が小説という語で理解していたものとは，もはや何ひとつ共通するところがなくなった。」フランスの小説家ゴンクール兄弟は，1864年10月24日の日記にそう記している。

　もちろん，小説の刷新はバルザック一人の力によってのみ可能になったわけではない。バルザック自身，「『人間喜劇』総序」(1842年) で，

スコットランド生まれのイギリスの作家ウォルター・スコットを先駆者として称えている。「ウォルター・スコットはそれまで不当に低級なジャンルとされてきた小説に巨大な相貌を与え，哲学的な高みにまで引き上げ，その中で劇，会話，肖像，風景，描写などを結合し，不可思議と真実，詩と俗を同時に見せた」というのである。

　現在ではさほど読まれなくなったが，スコットは19世紀前半，イギリスのみならずフランスでも大変人気があり，新刊が次々に翻訳されて話題を呼んだ作家だった。12世紀のイングランドを舞台に遍歴の騎士が活躍する『アイヴァンホー』(1819年) が示すように，スコットの本領は歴史小説であり，過去の時代の雰囲気を醸し出すことに手腕を発揮した。その際，バルザックの言葉にあるとおり「風景」や「描写」といった要素のもつ文学的な意義を発見したことがスコットの大きな功績だった。スコットに学びつつ彼の手法を現代小説に転用し，同時代社会のフレスコ画を描き上げようとしたところにバルザックの斬新さがある。というのも，作家が自らの生きている時代をそのまま作品のテーマとするのは，必ずしも一般的なことではなかったからである。17世紀の古典主義以来，目の前の現実を直接に描くことに対しては抑制が働いていた。だがバルザックにとって，同時代のフランスこそは描くべき事柄に満ちあふれ，創造意欲をかきたててやまない対象だった。ドイツの文学研究者クルティウスによれば，「本性からわき上がる一切の情熱をこめて，彼は己れの時代を抱擁した。(…) バルザックは自分の時代の諸々の力と姿を，技術，科学，芸術，流行を，残らず愛していた」(『バルザック論』小竹澄栄訳，156ページ)。時代のすべてをとらえようとする彼の熱望はそこに由来する。そしてバルザックは小説というジャンルのうちにその願望をかなえるだけの巨大な可能性を見出したのだ。

　1830年代以降，バルザックの作品は広範な読者を獲得し（まさにフ

ランスにおける活字メディア勃興期でもあった），さらに国外にも読者層を広げていった。バルザックを夢中で読んだ読者の一人に，若きドストエフスキーがいた。16 歳の彼は兄に書いた手紙でこう書いている。「バルザックは偉大だ！　バルザックの人間たちは宇宙的知性の所産だ！　それは時代の精神というよりはむしろ，数千年の歳月が，絶え間ない闘争の果てに人間の魂のうちにああいう形で結晶したということなんだ」（1838 年 8 月 9 日付の兄ミハイルへの手紙，高橋知之訳。『ドストエフスキー』沼野充義編集，集英社文庫ポケットマスターピース，2016 年，722 ページ）。少年ドストエフスキーの熱狂ぶりが微笑ましいが，同時に彼が「時代の精神」を超えて「宇宙的知性」や「数千年の歳月」の「結晶」をバルザック作品に見出そうとしていることに驚かされる。バルザックの小説は，現実社会に対する注意深い観察に基づき，さまざまな階層の人々の暮らしをリアリズムで描いたものとされている。しかしそうした素材を奔放な想像力で変形し，神話に近いような象徴的次元を加える点にもまた，バルザックならではの特質がある。将来の大作家ドストエフスキーはその点を鋭く感じ取っていたに違いない。

2. 都市小説のスリル

　ともあれ，バルザックの小説が感じさせるスケールの雄大さは，革命後，近代社会への道を歩み出したフランス，そして人口の急増期を迎えたパリに漲(みなぎ)る活力に見合うものだった。『ゴリオ爺さん』が描くのも，ドイツの思想家ベンヤミンのいわゆる「19 世紀の首都」（『パサージュ論』）となりつつあるパリだからこそ可能な物語なのである。

　『ゴリオ爺さん』の冒頭では，いきなり下宿屋ヴォケー館の描写が延々と続く。作者自らも「先を急ぐ読者は許してくれない」だろうというほどの微に入り細を穿(うが)つ描き方である。だがその細部のいちいちに，

明確な方向づけがなされていることを読者はすぐさま感じるはずだ。下宿が建っているのはソルボンヌ大学の近く，いわゆるカルチエ・ラタンと呼ばれる界隈の奥まった一角である。その場所についてバルザックは次のように書く。

「パリのどの地区といえども，これほどおぞましく，言ってしまえばこれほど知られていないところはない。読者は，どれほどくすんだ色調や深刻な想念を心に浮かべて準備してもしすぎる心配はない——そう，地下墓地（カタコンブ）に降りていく時，階段の一段ごとに，陽は薄れ，案内人の歌声が虚ろな響きを帯びていくように」（博多かおる訳，12ページ）

　読者に提示される未知のパリは，いかにも陰鬱で惨めな色調のもとに描かれている。「地下墓地」の比喩が示すように，かなりの誇張も混じっているようだ。誇張をとおしてあらわに感じ取れるのは作者の意図である。バルザックとしては『ゴリオ爺さん』の冒頭を何としてもおぞましく悲惨な色調で染め上げないわけにはいかなかった。それとの対照において，やがてパリのきらびやかな社交界の情景がくっきりと浮かび上がるからだ。

　ヴォケー館の七人の下宿人たちは一見，いずれもしがない連中ばかりだ。一人暮らしの老人やオールドミス，田舎から出てきたパリ大学の学生など，出自も境遇もまったく異なる者たちである。そんなばらばらの個人が隣り合って暮らしているのは，まさに大都会パリのど真ん中ならではのことだ。下宿屋は見知らぬ他人どうしが共存する猥雑な都市空間の縮図を提供している。その中でもひときわみじめなのが，「元パスタ製造業者のゴリオ爺さん」の姿である。ゴリオは下宿に入った当初は裕

福で，家賃の高い二階の三部屋を占めていた。ヴォケー未亡人のお気に入りだったのが，どんどん零落していき，部屋も家賃の安い三階，さらには屋根裏へと移った。下宿のみんなはそれを年寄りのくせに女遊びに金をつぎ込んだためだと邪推して，ゴリオを馬鹿にし，ことあるごとにいじめている。ゴリオは愚鈍な表情でじっとそれに耐えるのみだ。ところが，下宿人のうち新参者である学生のウージェーヌ・ド・ラスティニャックは，ある夜中に隣のゴリオの部屋から「瀕死の人間の喘ぎ」のようなうめき声が聞こえてくるのに気づき，様子を見にいく。

「ウージェーヌは隣人の具合が悪いのかもしれないと心配になって鍵穴に目を近づけ，部屋の中をのぞいた。すると，老人が何やらあまりに怪しげな作業に夢中になっているのが目に入ったので，自称パスタ製造業者が夜中に何を企んでいるのかよく観察すれば，社会の役に立つかもしれないと考えた。ゴリオ爺さんはひっくり返したテーブルの横棒に，金メッキをほどこした銀の皿とスープ皿のようなものを括りつけたらしく，豪華な彫りの入った食器の周りにロープのようなものを巻き，すごい力で締め上げていた。おそらく潰して銀の塊にしようというのだろう。爺さんの節くれ立った腕がロープの力を借り，金メッキをした銀をパスタ生地のように音もなくこねているのを見て，ウージェーヌは『うわっ，なんて男だ』とつぶやいた。『泥棒か，盗品売買でもしていて，ばれないで商売をしていくために鈍くて無能なふりをし，物乞いみたいな暮らしをしてるんだろうか』とウージェーヌはしばし身体を起しながら考えた」(52-53ページ)

普段は不甲斐ない様子を見せているゴリオが，深夜自室で人知れず怪力ぶりを発揮している。豪華な銀の皿を潰し，延べ棒にしているのだ

が、それはいったい何のためなのか。その「節くれ立った腕」はかつてパスタ製造業者として一代で財を成すにいたったゴリオの、思いがけない逞(たくま)しさを示している。だが延べ棒作りの真相はここではまだ明らかではない。泥棒か、盗品売買かというラスティニャックの推測に根拠は何もない。ともあれ、こうした「謎」の光景が「鍵穴」ごしに忽然(こつぜん)と出現するところに都市小説としての『ゴリオ爺さん』のスリルがある。パリのアパルトマンが、"隣は何をする人ぞ"という興味をかきたてずにはいない環境であることをバルザックは小説的に活用するのだ。ここには現代に至るミステリー小説の萌芽があるともいえるだろう。

　「謎」と出会うのが南仏の田舎から出てきて二年目の大学生ラスティニャックであることも意義深い。人生の門出——バルザックにはそういう題の小説（1842年）もある——に立った世間知らずな若者の無垢な目で眺められるとき、大都市に生きる人々の織り成すドラマはとりわけ驚異的な様相のもとに立ち上がってくるのだ。

3．三人三様の「父」たち

　ラスティニャックは南仏の貧乏貴族の一人息子で、パリで立身出世したいという野心を抱いている。そのためには社交界にデビューし、有力な貴婦人の後ろ楯を得なければならない。遠縁にあたる社交界の花形、ボーセアン子爵夫人は彼に「パリでは女にもてることがすべてです。それが権力への鍵なのです」（116ページ）と忠告を与える。何とか社交界に食い込もうとするラスティニャックは、舞踏会で魅力をふりまくアナスタジー・ド・レストー伯爵夫人とデルフィーヌ・ド・ニュシンゲン男爵夫人が、じつはゴリオ爺さんの娘たちであると知って驚愕(きょうがく)する。娘たちは父の財力のおかげで貴族と結婚させてもらいながら、結婚後はパスタ業者という父の身分を恥じて父とのつきあいを表向きは断った。ただ

しなおも父のすねをかじり続け，お金をせびっていたのである。

　こうして徐々に，自らを犠牲にして娘たちのためにすべてを投げ打つゴリオの父性愛の悲劇が明らかになっていく。先に見た銀の延べ棒作りも，アナスタジーの求めで急遽(きゅうきょ)お金を得るための方策だった。ボーセアン子爵夫人によればゴリオは「二十年のあいだ，情けと愛情を注ぎ続け」たのに，「レモンを搾(しぼ)り尽くすと，娘たちは搾りかすを道端に投げ捨てた」のである（112ページ）。そんな父の末路をとおして，いかなる主題が浮上してくるのかを見る前に，バルザックがゴリオ以外にも「父」の姿を描きこむことで，父性のテーマを重層的に表現している点に注目しておきたい。

　一方には，自分の娘を捨ててかえりみない冷酷な父親がいる。下宿屋に住む唯一の若い娘ヴィクトリーヌ・タイユフェールの父親がそれだ。全財産は息子に譲ると決め，ヴィクトリーヌには年に600フラン（約60万円）の仕送りをするのみで，会ってやろうともしない。つまりゴリオとは正反対のケースで，両者のあいだには際立ったコントラストが生み出されている。

　他方，血縁とはまったく関係なく「父親」役を買って出る者がいる。うぶなラスティニャック青年に人生を教えてやろうとするヴォートランである。この筋骨隆々の赤毛の四十男は，「豪快な強者（つわもの）」然とした風貌に強烈なうさんくささを漂わせ，最初から何か「人知れぬ秘密」を感じさせる人物だった。堅気の市民に化けたものの，その正体は「死神だまし」の異名をとる脱獄徒刑囚であることが第三章で明らかになる。ヴォートランの肩に押された徒刑囚の烙印(らくいん)が晒(さら)され，下宿屋に警官が踏み込んでくる場面は犯罪小説としての『ゴリオ爺さん』のクライマックスをなしている。

　そのヴォートランが自らの反社会的な哲学を開陳し，己が本性をあか

らさまに示すのはラスティニャックとの会話をとおしてである。彼は青年に対し人生の先輩として忠告するという以上に，一方では社会の不正義を暴きつつ，他方では世俗的な道徳など踏み越えておのれの野望を追及するようけしかけることで，いささか危険な教育者，さらには誘惑者としての相貌を表すのである。

「ご馳走を作ろうと思ったら手を汚さなけりゃならない。ただ，ちゃんと汚れを落とす方法を知っとくことだな。それこそ現代のモラルなんだから。世の中のことをこんなふうに語るのも，おれはその権利を社会から与えられているからでね。(…) 人間っていうものは，上でも，下でも，真ん中でも，みんな同じだからね。ところが，この高等家畜の百万頭につき十頭ほど勇猛果敢なのがいて，あらゆるものの上に立ち，法律さえ超越する。おれもその一人なんだ。」(155ページ)

ヴォートランはそんなふうに傲然と胸を張り，くだらない人間はひねりつぶしたっていいのだとうそぶく。そして，哀れなヴィクトリーヌの兄さえいなくなれば，ヴィクトリーヌの冷酷な父も娘に財産を相続させるしかなくなる，自分がヴィクトリーヌの兄を片づけてやるから，きみはヴィクトリーヌと結婚しろなどと物騒な提案をもちかけ，ラスティニャックはその邪まな考えに心を乱されるのである。

ここには，強者は善悪などに縛られず，他の人間を踏み台にしてかまわないという危険きわまりない思想が感じられる。その点でヴォートランの影響は，ドストエフスキーの『罪と罰』の主人公ラスコーリニコフにまで及んでいるといえるかもしれない。『ゴリオ爺さん』において注目すべきなのは，そんなヴォートランがラスティニャックに悪の哲学を吹き込みながら，同時に彼への愛情を表明してもいることである。

ヴォートランは「男と男の友情」を尊ぶ女嫌いの人物として描かれており，美青年ラスティニャックに対しては父親の位置に立つことが彼の願いである。彼はラスティニャックに向かって自分のことを「きみのヴォートラン・パパ」などと冗談交じりにいう。自分の「秘蔵っ子」としてラスティニャックに望みどおりの幸福な人生を送らせてやりたいと考えるヴォートランは，「おれの財産はきみに残してやろう」と申し出る。血縁によるのではない，ほとんど一方的な愛情にもとづく異例の父子関係を彼は夢見るのだ。ラスティニャックに対するその執着ぶりは奇しくも，ゴリオが娘たちに寄せる報われない愛のあり方と照応しあうではないか。

4．父親の情熱と受難

　こうした異なる「父」たちの姿を傍らに配しつつ，バルザックはタイトルロールであるゴリオ爺さんをとおして，いかなる父親像を提示しようとしたのか。そしてその像は時代と社会のどのようなありさまを照らし出しているのだろう。

　ゴリオはおのれの娘二人に無償の愛を注ぐ男である。子どものころから現在に至るまで，彼は「いかなる個人的な利害にも汚されていない」愛を娘たちに抱き，しかもその気持ちは「過去も未来も糧にして増していくばかりだった」（305ページ）。娘たちが成長したのちにも，彼女らへのゴリオの愛情は強まる一方なのだ。そのことがこの作品では幾度も「崇高」の語で形容されている。

　しかしながら，そんなゴリオの気持ちがまったくの片想いであって，ひたむきな奉仕が報われないばかりか，彼を不幸な境遇に追いやる一方であることもまた最初から強調されている。下宿屋に身を置いた彼が零落していったのはひとえに，娘たちに金を搾り取られたためなのに，下

宿屋の女主人や下宿人たちは，「助平爺さん」だの「変態趣味の放蕩者(ほうとう)」だのと容赦なく中傷する。彼らはゴリオに上流社交界に出入りする華麗な娘たちがいるという事実を頑として認めないのだが，それは娘だけが生きがいであるゴリオにとって人格を否定されるにも等しいことだろう。ゴリオは過酷な迫害に晒されつつそれに耐えている。バルザックはこう書く。

「この父性のキリストの表情を的確に描写するには，救世主が人類のために耐え忍ばれた受難を描こうと，パレットの巨匠たちが生み出したイメージの中に比較を認めるしかないだろう。」(302ページ)

ゴリオの受難は明確にキリストの受難と重ね合わされている。同時に小説家は，自作を偉大な宗教画になぞらえているのである。

だがゴリオの父性愛が本当に神々しいものなのかといえば，そこにはいささか常軌を逸した倒錯性もまた露呈していると思わないわけにはいかない。娘たちのために全財産を投じ，自分は1日40スー（約400円）の暮らしに甘んじるなどというのはあまりに極端である。甘やかしすぎるのは娘たち自身のためにならないし，実際のところ彼女らの結婚生活は破綻に瀕している。ところがゴリオは娘たちを苦しめる婿たちなど「ぶっ殺してやる」と叫び，娘たちを救うためなら「ヴォートランみたいに徒刑場にだって行く」(335ページ)という。わが娘可愛さにすべてを忘れるゴリオの一途さは，ヴォートラン的な悪に反転する危険さえ秘めている。

だがそうした異常なまでのパッションは，結局はパッションに身を焦がす者自身を滅ぼす。それがバルザックの生み出した破天荒な登場人物たちの多くがたどる運命であり，ゴリオはその典型だ。娘たちが夫の投

機の失敗や愛人の借金のために破滅の淵に追い込まれたことを知ったゴリオは，絶望のあまり錯乱状態に陥り，脳にダメージを受け「痴呆状態」に陥る。ビアンション——ラスティニャックの親友の医学部学生であり，のちに名医となって『人間喜劇』に幾度も再登場する——の診立てによれば，「脳の一部の機能が回復」したため，老人はときおり意識を取り戻しつつ臨終に向かう。そうした「漿液の浸透」の具合に左右される，まだらな覚醒状態においてゴリオはようやく，自らの人生の真実を悟る。死の床にいる父を娘たちが見舞いにこないのはなぜなのか。ゴリオは枕元のラスティニャックに語って聞かせる。

「腸(はらわた)が煮えくり返るようだ。今になって，自分の一生がはっきりと見えてきたぞ。わたしはだまされていたんだ！ あの子たちはわたしを愛してなんかいない，わたしを愛してくれたことなんか一度もなかった。そんなの明らかだ。(…)。わたしの悲しみも悩みも，一度だって察してくれなかった。わたしが死ぬのだって察せられないだろうよ。わたしの愛する心の内だって少しもわかっておらん。そうだ，わたしが骨までしゃぶらせる癖をつけてしまったから，何をしてやってもあの子たちはありがたいと思わなくなってしまったんだ。(…) さあ出かけて行って，ここに来ないと父親殺しになると伝えてきてください。いまさらそんな悪行を重ねなくても，もう十分，父親殺しの罪を犯してきたじゃないか。」(381ページ)

実際にはここでゴリオが解脱を遂げたというわけではなく，娘たちへの甘い気持ちがなお残っており，幻想はまた息を吹き返す。だがこの言葉がゴリオの人生の結論となっているという印象は否定しがたい。彼は「父親殺し」の犠牲者であり，同時にまたそんな娘たちの罪を過度な寛

大さによって助長した罪人でもあった。その結果ゴリオは，19世紀のフランス社会における「父性」の危機を一身に具現することとなったのである。

5.「父」なき時代を生きる

　ゴリオ自身が，娘たちの親不孝が彼個人にとってだけでなく，より大きな文脈においてもつ意味に言及している。父をないがしろにすることは現代的な不正義の表れなのだ。

　「正義はわたしの味方だ。人情も，民法も，何もかもわたしの味方だ。わたしは抗議する。父親が踏みつけにされるようでは国も滅びるぞ。そんなことわかりきっている。社会も，世界も，父親を軸に回ってるんだ。子供たちが父親を愛さなかったら，何もかも崩壊だ。ああ，あの子たちに会いたい，声を聞きたい，二人に何を言われてもいいから。そうすればわたしの痛みも和らぐのに。」(378ページ)

　だがここでゴリオが引き合いに出している「民法」は，実はもはや彼のいうほど父親の味方ではなかった。「社会も，世界も，父親を軸に回って」いたといえるのはフランス革命以前の旧体制（アンシャン・レジーム）においてである。革命によって父権専制はラディカルな批判にさらされた。王政の廃止およびルイ16世の処刑は，それまでフランスという国家が服従してきた「父」の打倒にほかならなかった。非キリスト教化政策のもと，教会が封鎖・破壊され，神父が迫害されたことも社会に重大な影響力を及ぼした。「父」としてのフランス国王の権威は神によって授けられたものであるという王権神授説が打ち砕かれるとともに，キリスト教の権威までが手ひどく傷つけられたのである。

ナポレオンは皇帝即位（1804 年）以降，旧体制的な秩序と価値を復活させる姿勢を見せ，さらにナポレオンが倒れたのちの復古王朝（『ゴリオ爺さん』の時代）は革命がなかったことにするような反動性をあからさまに示した。しかしながら，自由主義，個人主義を基盤とするナポレオン民法典は，家父長制の残滓を多く含むとはいえ，もはや革命前のような絶対性を父権に与えようとはしなかった。かつての長子相続制に代わり均等配分制が主軸とされ，その結果，一家の長の座が父から長男へ相続によって伝えられるというシステムは失われた（長子相続制は 1826 年に部分的に復活したが，1848 年には完全に廃止された）。

　そうした革命後の国家における父の座の揺らぎを憂いた一人がバルザックであり，しばしば登場人物の口をとおして自説を訴えている。『二人の若妻の日記』（1842 年）に登場するショーリユー男爵は，娘に対し「父権に基盤を置かぬどんな国も存続はおぼつかない」と述べて，現行の民法が父権を弱めたことを嘆く。そして「ルイ十六世の首を斬ることで，大革命はあらゆる家族の父親の首を斬った。今日もはや家族はなく，個人しかいない」（鈴木力衛訳）と断じる。『ゴリオ爺さん』も，まさにそうした父親の没落という文脈でとらえることができるだろう。

　ここで『ゴリオ爺さん』の原題 Le Père Goriot について考えてみたい。ゴリオは下宿屋で落ちぶれていく中，「ペール・ゴリオ」と呼ばれるようになる。軽侮の念を込めた呼び方で，「ゴリオ爺さん」という日本語定訳はもっともである。しかし「ペール」のフランス語としての第一の意味は「父親」である。子どもに裏切られ孤独に死んでいくゴリオの物語は，国王という「父」を殺し，「父」なる神さえ捨て去ったのちのフランスの物語なのだ。幾重にも重なりあう「父」の悲劇として，題名は『ゴリオ父さん』と逐語的に訳してもいいところだろう。

　そうした深刻かつ悲惨な現実を描きながら，この小説は「かならずし

も暗い印象を与えていない」と，高山鉄男は自らの『ゴリオ爺さん』翻訳の解説で述べている。実際，バルザックの筆は全編にわたりエネルギーにあふれ，下宿人たちが洒落を飛ばしあう場面のように，愉快な遊び心にも欠けてはいない。何よりも，老いたゴリオの傍らにあって唯一の理解者というべき人物が元気満々の若者ラスティニャックであることが，作品にポジティヴな逞しさを与えている。ラスティニャックの側からみれば，これは初々しい魅力に満ちた青春小説である。彼がゴリオを埋葬したのち，ペール・ラシェーズ墓地（ここにも「父」の語が隠れている）の丘からパリを見下ろして「さあ，今度はぼくらの番だ！」と啖呵を切る有名なラストシーンには，「父」ならぬ「子」のうちにみなぎる力がほとばしるかのようだ。

「こうして社会に投げかけた挑戦の第一歩として，ラスティニャックはニュシンゲン夫人の家へ夕食に出かけていった」（403ページ）という結びの文章は，虚栄心と利益追求の戦いの場であるパリの社交界へ，ラスティニャックがいよいよ本気で参戦することを予告している。ゴリオは亡くなり，「パパ・ヴォートラン」ももはや頼りにはできない。バルザックは，「父」なき社会へと青年を送り出す。いまや彼は，絶対的と信じられていたさまざまな価値が大きく揺らぐ時代のただなかで自らの道を切り開いていかなければならない。そこで生み出されるドラマの数々は，続く『人間喜劇』の諸作で描かれることだろう。ラスティニャックの出発，それはバルザックによる巨大な小説世界の始まりでもあるのだ。

参考文献

『ゴリオ爺さん』博多かおる訳，野崎歓編『バルザック』，集英社文庫ヘリテージシリーズ，2015年所収（『ゴリオ爺さん』に登場する怪人ヴォートランのその後の運命を辿れるよう，『幻滅』（抄）および『浮かれ女盛衰記』第四部とともに収録）。本稿ではこの翻訳を引用したが，他の文庫版に平岡篤頼訳（新潮文庫）や高山鉄男訳（岩波文庫），中村桂子訳（光文社古典新訳文庫，宮下志朗による解説）などがある。また『人間喜劇』の他の作品は『バルザック全集』全26巻，東京創元社，1973-75年，および『「人間喜劇」セレクション』全13巻，藤原書店，1999-2002年で読むことができる（後者の第1巻は鹿島茂訳『ペール・ゴリオ』。また別巻1『バルザック「人間喜劇」ハンドブック』大矢タカヤス編，2000年は主要人物事典や家系図・年譜，さらに論考「『人間喜劇』と服飾」を含んでおり有益。『バルザック「人間喜劇」全作品あらすじ』大矢タカヤス編，1999年には「『人間喜劇』総序」の翻訳も含まれている）。

　なおラスティニャックが脇役として登場し，『ゴリオ爺さん』以降の彼の人生をうかがわせる『あら皮』，『幻滅』，『浮かれ女盛衰記』，『ニュシンゲン銀行』が全集，および上記セレクションに収録されている。

シュテファン・ツヴァイク『バルザック』水野亮訳，早川書房，1980年（「人間喜劇」のどの登場人物にも負けないほど面白いバルザックその人の人生をめぐる興味津々の物語）。

E・R・クルティウス『バルザック論』大矢タカヤス監修，小竹澄栄訳，みすず書房，1990年（バルザックの精神に深く感応した偉大な文学研究者による古典的評論）。

鹿島茂『馬車が買いたい！』白水社，1990年，新版2009年（バルザック作品の背景となる社会の状況を，馬車という当時のステータスシンボルに注目して読み解く）。

宮下志朗『読書の首都パリ』みすず書房，1998年（フランスの出版市場の動態のなかに作家を位置づける。『罪と罰』につながる殺人の主題の系譜を論じた「マンドランを殺せ」も収録）。

学習課題

1. 『ゴリオ爺さん』の小説としての面白さはどんなところにあるか。またその面白さは，バルザックのどのような語り口，描き方によって作り出されているか。好きな場面を選んで分析してみよう。
2. 『ゴリオ爺さん』の登場人物のひとりに注目して，物語をとおしどのような変化が描かれているか考えてみよう。
3. 19世紀フランスの通貨価値は1フランがおよそ現在の1,000円（1スーは10円）だと考えられる。小説の中のお金をめぐる情報に注目して，それが人物の運命をどのように照らし出しているか調べてみよう。

9 | フランス（3）　プルースト『スワンの恋』を読む

野崎　歓

《目標・ポイント》　プルーストの代表作『失われた時を求めて』のうち，独立した小説として扱うことのできる『スワンの恋』を取り出して読み，大長編への入門を果たす。主人公の恋の進展をとおして，社会と人間のどのような深層が描き出されているのかを考えたい。同時に，そこに浮かび上がる「芸術」のテーマの重要さを考察し，『失われた時を求めて』全体への橋渡しを試みる。
《キーワード》　長編小説，社交界，心理分析，音楽，美術

1. 社交界の掟

　プルーストの『失われた時を求めて』（1913-1927年）は，フランス近代小説最大，最高の作品としてだれしも認める名作である。同時に，敬して遠ざけられがちな作品でもあるだろう。何しろ日本語訳にして400字換算で約10,000枚，つまり短めの小説であれば40冊分を超える分量を誇る。しかも巻頭から緻密でかつ息の長い文体が途切れることなく続く。性急な読者がたちまち放り出しても無理はない。

　そこでこの大長編のうち，『スワンの恋』と題された部分（『失われた時を求めて』第一篇『スワン家のほうへ』第二部に相当）のみを集中的に精読することにしたい。『失われた時を求めて』全体は作家志望の「私」の精神的な遍歴をたどる物語だが，そのなかで『スワンの恋』は物語内物語として独立性をもった小説になっている。長さも文庫本で

400ページほどで，さほど苦労せずに読むことができる。しかも内容的には『失われた時を求めて』の一種の雛型(ひながた)をなし，プルーストの魅力を凝縮して示すものとなっているのだ。

　冒頭でまず描かれるのは，ヴェルデュラン夫妻が開いている夜会の様子である。「少数精鋭」「小集団」「小派閥」などと呼ばれるその集いは，パリの社交界の一角をなす。暮らしに困らない男女が夕食をともにしながら音楽や美術などの話題を語りあう，一見上品な集まりである。だが，その集まりを束ねるヴェルデュラン夫人は「由緒正しいブルジョワ家庭の出身」で「操はかたく守っていた」としても，常連メンバーには「クレシー夫人というほとんど裏社交界の女といっても」いい人物も混じっていた。裏社交界（ドゥミ=モンド）の女とは，デュマ・フィスの『椿姫』（1848年）のヒロインがそうであったような，金持ちや有力者の囲われ者となっている女性，ありていにいえば高級娼婦のことである。夜会の上品そうなうわべの裏にはいかがわしい要素も潜んでいる。

　『スワンの恋』の面白さの一つは，われわれ日本の読者の日常からはかけ離れた集団であるパリ社交界（さらには裏社交界）の内実を，まざまざと伝えてくれる点にある。しかもそこに浮かび上がるのは，滑稽でもグロテスクでもあり，かつまた悲壮でもあるような，時代も環境も超えた人間の実相なのである。

　主人公のシャルル・スワンは自ら意識せずして，そうした実相をあぶり出す探索の案内役を果たすこととなる。彼はもともと，ごく限られた選りすぐりの面々のみが集う（と作品中で設定されている）ゲルマント公爵家のサロンをはじめとして，名だたる貴族の家に招かれる社交界の花形である。それが「由緒正しい」とはいえ単なるブルジョワ家庭出身のヴェルデュラン夫人のサロンという，彼にはふさわしくないはずの場所に出入りすることで，パリのサロンのいわばピンからキリまでを体験

することとなる。

　最初のうち，ヴェルデュラン家のサロンはもっぱら，社交界なるものの戯画を描き出すように思われる。主催者夫妻を始めとしてその忠実な「信者」たちが一様に，パリの上流のサロンに対して徹底的に敵愾心を抱き，これを歯牙にもかけないという姿勢を示す点に，彼らの滑稽さは最もはっきりと現れ出る。スワンが何とラ・トレムイユ家（実在のフランス指折りの名門貴族）に出入りしていると知ったとき，「知らない人名が出るだけで非難の黙（だんま）りを決めこむ」のがつねであるヴェルデュラン夫妻は徹底的に無視する構えを取る。

「ヴェルデュラン氏は，このような「退屈な連中（＝ラ・トレムイユ家）」の名前が信徒全員の前であからさまに発せられ，妻はさぞや辛い想いをしただろうと心配して，不安な想いでそちらをそっと見やった。すると妻がさきの話はなかったことにする決意を固め，通知された情報にはいっさい心を動かされなかった顔をし，ただ押し黙っているのみならず，まったく耳に入らなかったふりをする決意をしたのが見てとれた。（……）ヴェルデュラン夫人は，押し黙っているのは同意のしるしではなく，無生命の無関心な沈黙なのだとわかるように，突然，顔からあらゆる生命と動きとをぬぐい去った。夫人の膨らんだ額は，いまやみごとに丸く彫りあげられた習作にすぎなくなり，その額にスワンが入り浸っているというラ・トレムイユ家の名前など入りこむ余地はなくなった。」（吉川一義訳，岩波文庫，172-173ページ）

　自分の気にくわない情報をシャットアウトしようとする夫人の表情の一変ぶりが，誇張的に，そして比喩表現を駆使して面白く描き出されている。"聞く耳をもたない"という日本語表現をさらに推し進めるかの

ように，夫人は突如「無生命」状態に陥り，「白く固い石材」と化す。そのうえで夫人は「どんなにお金をいただいても，そんな連中は拙宅に出入りさせません」と宣言するに至るのだ。

ここには社交界を支配する——バルザックが『ゴリオ爺さん』ですでに鋭い観察眼を向けていたような——冷酷な掟が，はしなくも露呈している。パリの社交人士たちがラ・トレミイユ家のサロンに憧れてやまないのは，それが選び抜かれた地位の高い者のみが招待される場所だからである。ヴェルデュラン夫妻がどんなに威張ってみせようが，彼らのもとにラ・トレミイユ家から招待状が届くことはありえない。同時にまた，たとえ彼らが招待状を出したところで，ラ・トレミイユ家の人間が彼らの夜会に顔を出すこともまたありえないのである。そうした力の差を無視して「少数精鋭」を名乗るのは，馬鹿げた自惚でしかない。

2. 虚栄心と嘘

ではなぜそんなさもしい連中の集まりにスワンがしげしげと通うようになったのか。それは彼が先に見た「裏社交界の女」ことオデット・ド・クレシーに興味を抱き，彼女と親しくなろうと望んだからだった。その恋の物語について考える前に，さらに社交界の人間模様を観察してみよう。そこに浮かび上がる心理的メカニズムには，じつはスワンの恋心とも共通する要素がある。

先に見たようなヴェルデュラン夫人の空威張りは，自分の卓越をつねに周囲に印象づけたいという虚栄心に支えられている。そうした欲求が夫人のふるまいのいちいちを特徴づけ，見栄っ張りな性格を作りあげている。たとえば自宅の常連客に当代一流のピアニストがいて，見事な演奏を聴かせてくれるというのが夫人の自慢の一つである。スワンが訪れたとき，ヴァントゥイユの作曲した「ピアノとヴァイオリンのためのソ

ナタ」という，一般にはまだ知られていない曲をスワンに聞いてもらおうとヴェルデュラン氏が提案する。彼によればそれは「われわれが発見した嬰ヘ調のソナタ」なのである。すると夫人は「あら，だめ，だめ，わたくしのソナタだけは，やめてくださいまし」と騒ぎ出す。

「『この前みたいに泣きすぎて，ひどい鼻風邪と顔面神経痛をしょいこみたくはございません。とんでもない贈りものでしたわ。二度とご免でございます。みなさまはご丈夫でいらっしゃいますから，わたくしみたいに一週間も寝込んだりはなさらないでしょう。』
　ピアニストが弾こうとするたびにくり返されるこのちょっとした言い争いは，『女主人（パトロンヌ）』の魅力的な独創性と音楽的感性のあかしとして，はじめてのときと同じように居合わせた友人たちを大喜びさせた。」(60 ページ)

　くだんのソナタ自体への愛着や感動を示すという以上に，夫人のこうした大げさな反応が自らの感じやすさを「信者」たちに誇示し，お追従たらたらの彼らの賛辞を引き出すための方策であることは明らかだろう。この例が示すとおり，サロンで必要なのは自分が何を真に感じているかではなく，周囲に強い印象を与えるような演技であり，「ふり」をすることなのである。そこには必然的に多くの嘘が含まれることになる。
　夫人のお気に入りであるオデット・ド・クレシーという女もまた，虚栄心と嘘の支配する環境にすっかり染まっている。そのことをスワンはやがて認識しないわけにはいかない。オデットは，美術や詩を愛し打算を軽蔑する人たちこそがエリートだと考えている。「ただし実際にそのような趣味の持主である必要はなく，そんな趣味を表明しさえすれば充

分なのだ」（143ページ）。だから彼女は，そうした趣味を自分から公言するほど無粋ではないスワンのような本物の芸術愛好家に対しては，むしろ冷淡な態度を示すようになる。

　つまりオデットがまったくもって俗物根性そのものの女だとすれば，スワンはその対極の精神的エリートなのである。ではなぜスワンはそんな女に深入りすることとなったのか？　よほどオデットの色香に迷わされたのかといえば，そうではないところが恋愛小説としての『スワンの恋』の皮肉で独創的な，興味深い点である。何しろ知りあったとき，スワンはオデットを「なんら欲望をそそらない」と感じたばかりか「むしろ生理的嫌悪さえ覚えた」（39ページ）とまで記されているのだ。そうした根拠も実体もないような恋が男の人生を一変させ，彼の心をさんざんに食い荒らす。その猛威をプルーストは緻密な筆遣いで描き尽くそうとする。

3．想像力と嫉妬

　スワンは，美術（とりわけ当時ようやく再発見され始めていた，17世紀オランダの画家フェルメール）を研究しながら享楽的に暮らす，優雅な独身男だった。ユダヤ系株式仲買人の息子で，かなりの財力に恵まれているらしい。そして並外れた女好きであることが最初から強調されている。「貴族階級の貴婦人のほとんど全員を知って」いる彼は，いまや「辺鄙な片田舎やパリの冴えない界隈など」で魅力的な娘を見つけると「ふだんの生活で忘れている虚栄心」（30ページ）を蘇らせ，欲望を掻き立てられるのだという。「とりわけその新しい女の身分が低い場合」に大いに刺激を感じ，自分の魅力を相手に認めさせようと躍起になる。「相手が公爵夫人だと気取らずぞんざいな振る舞いに出るのに，小間使いを前にすると軽蔑されるのではないかとびくびくしていた」（31ペー

ジ)。いささか倒錯的な立場に身を置くのが彼にとっては愉しみの一つなのだろう。要するにすれっからしの道楽者なのである。

　スワンのうちには，あらゆる恋の機会をとらえて，女性をわがものとしたいという征服欲が働いている。そんな恋とは所詮は真剣味を欠いた，上流人士としての優越感に支えられた戯れだったはずだ。何しろオデットとつきあい始め，ヴェルデュラン家の珍妙なサロンに出入りし始めたころも，彼はオデットとは別に「バラの花のようにみずみずしくふっくらしたかわいい女工に惚れこんで」(83ページ) いたのであり，夕刻まずその女工と二人で過ごしてからヴェルデュラン家にやってきていたのだ。こうしてスワンの女遊びには不誠実や嘘偽り，そして秘密がつきまとっていた。

　そんな一種おごり高ぶった遊び人が，オデットという格下の女によってさんざん屈辱を味わわされ，自らの死さえ願うほど懊悩する。スワンの想いが常軌を逸したものとなっていくさまを，プルーストは段階を追って分析的に描き出す。

　オデットをくみしやすい相手と侮ったところにまず，スワンが罠に落ちる第一歩があった。彼女は最初に「あたしのようなつまらない者」とへりくだり，スワンを「偉い学者」扱いすることで彼を増長させ，かつ自分を「いじらしく感じさせ」(43ページ) ることに成功する。スワンがオデットの家にシガレット・ケースを忘れると，「どうしてこの中にあなたのお心も忘れてくださらなかったのでしょう。それならお返ししませんでしたのに」などというほろりとさせるような手紙をつけてスワンのもとに届ける。真率な恋心の発露というよりもはるかに，「裏社交界の女」ならではの手管が発揮されているのに違いない。しかしスワンのガードはすでにすっかり下がってしまっている。

　そこに加わるのが，スワンが芸術愛好家であるがゆえの思いこみであ

る。先に触れたヴァントゥイユ作曲のソナタを，スワンは以前，別の夜会で耳にして感動したことがあった。オデットに連れられて行ったヴェルデュラン家でその素晴らしい曲と再会できた喜びにより，オデットへの好意が高まる。さらにオデットの顔や姿が，ルネサンス期イタリアの画家ボッティチェリが描いたある女性像に似ていることに気づいたとき，スワンの恋は「揺るぎないものになった」。

「スワンは，あの偉大なサンドロ（＝ボッティチェリ）の讃嘆を受けたにちがいない女の価値を見損なっていたわが身を責めた。そしてオデットに会う楽しみが自分の美的教養に照らしても正当化されるのがわかって，嬉しくなった。おのが心中のオデットにもっとも洗練されたわが美術趣味が含まれているのだから，オデットを想う気持ちとわが幸福の夢とを結びつけたからと言って，想いこんでいたほど不完全な次善の相手で我慢していたわけではないと得心したのである。」（100 ページ）

　逆にいえばオデット相手の恋愛は，スワンにとって「正当化」する必要のある，根拠薄弱なものだったわけである。ボッティチェリというお墨付きを得ることでそれが安定した基盤を得た。しかしオデットのうちに「もっとも洗練されたわが美術趣味」を見出して喜ぶというのは，結局のところ生身のオデットとは別の何かに愛を注ぐことでしかない。すべては「おのが心中」のイメージの問題なのだ。
　「われわれのほうで恋愛に手を貸してやり，記憶や暗示の力で勝手に恋愛をつくりあげるのだ」（41ページ）。語り手は最初からそう解説していた。確かにそれは一般論としても成り立つことかもしれない。フランス文学で先例を求めるなら，スタンダールの有名な「結晶作用」がある。『恋愛論』（1822年）でスタンダールは，心のうちで相手を美化する

メカニズムが恋の発生において重要であると説き，これを結晶作用と名づけた。スワンの場合にもそれは当てはまる。だが小説家としてのプルーストの本領はさらにその先にあった。プルーストにおいては恋する男の想像力が暴走を始め，彼をたえず責めさいなむようになる。スワンはオデットに対する嫉妬に悶え苦しむのだ。『スワンの恋』中盤以降はその克明な描写が中心になっていく。

　はじめのうちはオデットを軽んじ，「自分より劣る相手」と見ていたスワンだったが，やがて「オデットが多くの男の目にはうっとりするほどの美人で，欲望をそそる女に見える」ことに気づく。「男たちが感じるその肉体の魅惑ゆえに，オデットを心の隅々にいたるまで完全に支配したいという悲痛な欲求がスワンのうちに目覚めたのである」（200ページ）。

　ここでもまた，スワンのオデットに対する感情は真摯な愛情というより，虚栄心と想像力の入り混じった空虚さを免れないことがわかる。彼の欲望は他の男たちの羨望に支えられているのであり，独占欲に現れているのはむしろスワンの自己愛だ。引用最後の「悲痛な」douleureux という語は，フランス語では「痛い」「苦しい」を意味する形容詞である。スワンにとっていまや恋は，それが彼のエゴに味わわせるほとんど生理的な痛みや苦しみの烈しさによって実感されるものとなったのである。

4．病としての恋愛

　それゆえ，スワンの恋はたえず病気の苦しみになぞらえて表現されるようになる。その最初の発作が起こったのは，いつものようにヴェルデュラン家で会えるものと思っていたオデットが先に帰ったと聞かされたときだった。スワンは急に会いたさが募り，彼女のいるはずの場所を

めぐってパリの町中をさまようがどうしても会えない。それが語り手のいう「神聖な病い」としての恋のはじまりだった。

「その瞬間に運命の賽(さい)は投げられ、その時点で楽しくすごしていた相手がわれわれの愛する人となるのだ。(…) 必要なのは、その相手に向ける好みが他を排除する唯一のものになることだけである。しかもこの条件が実現するのは——相手が目の前にいないこの瞬間に——、相手が同意のうえで与えてくれた楽しみを追い求めるかわりに、突然われわれの心中に、この同じ相手を対象とする不安な欲求が生じるときである。それは理不尽な欲求であり、この世の法則からして充たすのも不可能で癒すのも困難なのだが、要するに相手を所有したいという非常識で痛ましい欲求なのだ。」(114ページ)

重要なのは、恋する気持ちが高ぶるのは「相手が目の前にいない」からだという点である。不在の相手を所有することが「この世の法則からして」不可能だからこそ、その欲求は本来「理不尽」であり、それゆえ「痛ましい」(先の引用と同じdouleureuxの語が用いられている)。その痛ましさは嫉妬において際立つ。

スワンはオデットとほかの男——オデットの紹介でヴェルデュラン家にやってきた愚かしい貴族、フォルシュヴィル——の仲を疑い、苦悩する。夜遅く、オデットの住む館の前にたたずみ、鎧戸(よろいど)のすきまから部屋のあかりが洩(も)れているのを見つめながら、そこに「目には見えない憎むべき男女がうごめいている」(203ページ)様子を思い描いたりする。そんなせんさくがいまや、この豊かな知性に恵まれているはずの人物にとって「真実探求の情熱」のごときものと化す。

ところが、スワンはなかなかオデットの「真実」にたどり着くことが

できない。その点にプルーストは小説家としての巧緻を尽くしている。『スワンの恋』は一見，三人称で客観的に綴られた小説という印象を与える。だが実際にはほとんどの場合，スワンをいわゆる視点人物として据え，彼の視野に限定した描写がなされている。オデットのふるまいには確かに怪しさを感じさせる部分があるが，しかしスワンには（そして読者にも）その確証が与えられない。スワンがオデットのフォルシュヴィル宛の手紙の内容を，薄い封筒ごしに判読しようとする場面が象徴的である。「その手紙の透明な窓を通して」，スワンは「けっして窺えないと思っていた」オデットの暮らしの一端を知る。彼は「未知の人の生身に小さく明るい切り口が開いたかのよう」な印象を受ける。だがもちろん，それはごくささやかな「切り口」にすぎない。その背後には未知の領域が広がっていることがいっそう痛切に感じられる。「おまけにスワンの嫉妬も，この事態を歓迎した」とプルーストは書く。「嫉妬には，たとえスワン本人を犠牲にしてでも，おのが養分になるものをどん欲にむさぼり食らう利己的な独立した生命があると言わんばかりである」(222ページ)。

　このように嫉妬は，体内で増殖していく腫瘍か癌のような代物としてとらえられている。以後，スワンはたえずぶり返し「再発」(386ページ)する嫉妬の発作を，いわば自分の恋の実感として受け入れ，求めさえするようになる。

　三島由紀夫はプルーストにおけるこうした恋愛描写の病的性格に批判を投げかけた。恋愛観としてあまりに「悲劇的」なものであり，極端すぎるのではないかというのだ（『新恋愛講座』）。プルースト自身，もちろんそれは自覚していただろう。しかし同時に，そうした極端な相のもとでとらえられたとき，「恋という病い」は「われわれに人間存在の謎をいっそう深く問いつめさせる」(272ページ)はずだという確信もまた

彼のうちにはあった。そこでいわれる「人間存在の謎」とは，秘密に満ちたオデットの存在以上に，実はスワン自身の存在にかかわっている。

　恋愛がいかに想像力に負うところが大きいものかはすでに見た。とりわけ嫉妬の発作の場合，想像が向かうのは「自分」がいない場面であり，そこでのオデットのふるまいである。「スワンがたえず考えめぐらしながらも明確には思い描けないほんとうのオデットの暮らし，つまり自分が不在のときのオデットの生活時間という，ぞっとするほどおぞましく甘美なもの」(254ページ)——それがスワンにとっての固定観念となり，彼の恋愛の実質をさえなす。オデットが自分抜きで他の男と愉快な時間を過ごしているという考えの耐えがたさが，彼のオデットへの執着の根源なのだ。

　そうした「私」の不安の根深さこそを病的というべきかもしれない『失われた時を求めて』を最初の巻から読み進めるならば，冒頭に描かれた幼い主人公の，母親に対する執着——一種の分離恐怖——と，このスワンの心情とに通いあう部分があることを感じるだろう。しかもそんな不安は，実はこの小説に描かれている社交界のあり方そのものと通底している。スワンと名門貴族ラ・トレムイユ家とのつながりを耳にしたとき，ヴェルデュラン夫人が「無生命の無関心」を装ったことを思い出そう。名門貴族のサロンとは夫人にとって，自分が決して招かれることのない，つまりそこでは自分が不在であるような世界だ。その世界を否定し去ろうとする夫人のみぶりの根底にあるのも，実は名門貴族に対する猛烈な嫉妬ではなかったか。嫉妬に突き動かされた人間たちの姿をプルーストは多元的に描き出すのだ。

5．失われた時と芸術

　それにしてもやはりスワンの嫉妬こそは徹底的だと思わされるのは，

彼がついには過去の自己にまで嫉妬するようになるからである。二人の関係の初めのうちはスワンが優位に立っており，オデットはしきりに彼に取り入り，彼を想う気持ちを訴えていた。のちにスワンはそのころの自分がどんなに幸福な境遇にあったかを遅ればせながら悟る。そして「オデットが愛していたもうひとりの自分には嫉妬を覚えた」（352ページ）のである。そんな幸せな過去へは，「扉という扉がすべて閉じられた今では二度と戻ることはできない」。

　そこに『スワンの恋』に秘められた最も悲痛な側面を見出すことができるかもしれない。現在の自分は過去の自分から完全に切り離されており，後者はもはや存在しないという残酷な事実がスワンを打ちひしぐ。失恋はフランス語でも「失われた恋」amour perduと表現されるが，スワンの物語は（作品の総題がそうであるとおり）「失われた時」temps perduの物語でもある。プルーストは物語中に時間経過に関わる具体的な手掛かりをほとんど記していないので，これがどれくらいの期間にわたるストーリーであるのかは判然としない。ともあれ，400ページ以上の分量のある小説をしめくくるのは，「いやはや，自分の人生を何年も台なしにしてしまった」という，もはや疲れ切り，感覚が摩耗してしまったようなスワンの胸中の言葉なのである。

　だが最後に，そうした人生の空しさに対しひょっとすると救いを与えてくれるかもしれない事柄が，『スワンの恋』全体にわたって書き込まれていることを指摘しておこう。それは芸術が時を超えて人にはたらきかける力であり，その作用がとりわけ音楽——ヴァントゥイユの『ピアノとヴァイオリンのためのソナタ』——の例によって示されている。

　スワンの恋は，このソナタによって準備されていた。初めて耳にしたときに彼は得もいわれぬ甘美な感覚に打たれ，その楽節に「経験したことのない恋心」（67ページ）を抱いたのである。そして「すでに愛して

いながら名前さえ知らない女にいつ再会できるのかもわからない」とでもいうような気持ちにさせられた。ヴェルデュラン家でのその曲との再会が、オデットとの恋の始まりである。それ以来、彼らが行くとピアニストが「ふたりの愛の国歌ともいうべきヴァントゥイユの小楽節」(85ページ)を弾いてくれるようになる。恋の魅力は小楽節の魅力と分かちがたいのだ。

　だがそうした華麗なテーマ音楽としての役割に留まらない、いわば超越的な意義が音楽には備わっていた。そのことをスワンが認識するのは泥沼のような恋愛にはまりこんで何年も棒に振ってからだった。久しぶりにサン＝トゥーヴェルト侯爵夫人邸——ヴェルデュラン家とはくらべものにならない指折りの名家——の夜会に出かけたスワンは、そこでヴァントゥイユのソナタが演奏されるのを耳にし、激しく心を揺さぶられる。彼は例の小楽節とともに「失った幸福の蒸発しやすい特殊なエッセンスを永久に定着させていたものを、そっくり見出したのである」(348ページ)。オデットがかつて見せたいじらしい表情や、彼女のよこした手紙の文句、四季おりおりの印象などが彼の心には次々によみがえってくる。前にふたりの喜びに立ち会った小楽節は、いまでは「陽気ともいえる諦念の気品」をたたえながら、スワンを励まし、安らぎを与えてくれるのだ。スワンは、その作曲者ヴァントゥイユとはいかなる人物だったのか、どれほどの苦悩の底からこんな音楽を造り出しえたのかと感嘆する。「われわれの魂という巨大な闇」が宿っている「豊かで多様な富」が、そこにはまざまざと感知される。小楽節は恋愛や幸福の概念そのものの煌めきとさえ思えた。

　「もしかすると虚無こそが真実であり、われわれの夢はなにもかも存在しないのかもしれない。しかしそうだとすると、われわれの夢との関

連において存在するこのような楽節や概念もまた，やはり無と考えるべきだと感じられる。われわれは死滅するだろう。だがわれわれはこのような崇高な囚われの存在を人質にしており，この囚われの存在もわれわれと運命をともにするだろう。このような存在とともに死ぬのであれば，死もそれほど辛くはなく，それほど不名誉なことでもなく，もしかするとそれほど確かなことでないのかもしれない」(358-359ページ)。

　これはもはやスワンの考えというよりも，『失われた時を求めて』全体の語り手にして主人公である「私」の思考であり，彼の信念の吐露である。人間のなまの経験はそのままでは失われていき，「死滅」する定めにある。だが芸術にはそのエッセンスに形を与え，それがむざむざ消えていくのを妨げる力がある。「崇高な囚われの存在」といわれているのは，「楽節や概念」という言葉で示されている芸術作品のことだ。すべてを押し流していく時間の破壊作用に飲み込まれかけながらも，芸術家は何とかそれらを捕まえ，死の脅威にあらがうための人質にする。ひょっとすると芸術のみが，人間に許された「不死」の領域なのではないか。だからこそ芸術作品は「崇高」でありうるのではないか。
　そうした思想が本当に正当なものであるのかどうかを，『失われた時を求めて』の語り手にして主人公である「私」は，文学に憧れながら何も生み出すことができない悩みを抱えつつ自らに問い続ける。それに対し『スワンの恋』の主人公は，その卓越した芸術的感性にもかかわらず結局は高等遊民的な暮らしに埋没したままで終わる。おそらく，この物語がもつ格別の味わいはそこに由来する。恋も芸術も，スワンにおいては結局のところ絶対的な何かをもたらすわけではない。啓示に満ちた瞬間はあるにせよ，彼の人生は格別，創造的な人生とはいえない。だからこそ彼の物語はわれわれに，思いがけないほどの切実さを抱かせるので

はないか。むなしく失われていくスワンの日々を詳細に描き出すプルーストの煌めきに満ちた文章は，そんな日々も本当にむなしいのではなく，一見無益な生のあらゆる隅々に，「芸術」に生まれ変わるべき材料が息づいているのだと思わせるのである。

参考文献

『スワンの恋』は現在，以下の三種類の文庫本で読むことができる。鈴木道彦訳『失われた時を求めて　2　第一篇　スワン家の方へ　Ⅱ』集英社文庫ヘリテージシリーズ，2006年。吉川一義訳『失われた時を求めて2　スワン家のほうへ　Ⅱ』岩波文庫，2011年。高遠弘美訳『失われた時を求めて　2　第一篇　スワン家のほうへ　Ⅱ』光文社古典新訳文庫，2011年。いずれも詳細な注・解説の付された優れた翻訳である（本章の引用は吉川訳による）。

鈴木道彦『プルーストを読む―「失われた時を求めて」の世界』，集英社新書，2002年（記憶，愛，スノビズム，ユダヤ人，同性愛，文学の意義など主要テーマを明快に解説）。

吉川一義『プルースト「スワンの恋」を読む』白水社，2004年（フランス語原文を引用しながら名場面を読み解く。朗読CD付）。

吉川一義『プルーストの世界を読む』岩波書店，岩波セミナーブックス92，2004年（講演をもとにした概説。『スワン家のほうへ』を集中的に論じる）。

学習課題

1. スワンの恋は全体としてどのような道筋をたどったのか，曲折に満ちたその経過をまとめてみよう。さらに余力があれば，ぜひ『失われた時を求めて』の続きを読んで，スワンとオデットのその後を見届けていただきたい。
2. 社交界とはどのようなところであるのか，特徴的なエピソードを手掛かりに考えてみよう。また，もしあなたがここに描かれているような社交界の夜会に招かれたとしたら，どのようなひとときを過ごすことになるか，想像してみよう。
3. 作中に登場する芸術作品の描写に注目し，そこにどのような意味がこめられているか考えてみよう。

10 | ロシア（1）ドストエフスキー『罪と罰』を読む

沼野充義

《目標・ポイント》 19世紀ロシア文学を代表する小説家ドストエフスキーの長編の中でも，特に名作として名高い『罪と罰』を取りあげ，「犯罪小説」「思想小説」「都市小説」といった様々な側面に注目しながら，読み解いていく。当時のロシアの現実に根差したリアリズム小説という性格を強く持ちながら，同時に現実を超える幻想性・形而上性も併せ持つこの作品の現代性について考察する。

《キーワード》 小説，リアリズム，サンクトペテルブルク，犯罪小説，都市小説

　フョードル・ミハイロヴィチ・ドストエフスキー（1821-1881）は，19世紀ロシアを代表する小説家の一人である。彼は処女作『貧しき人々』以来，多くの著作を書いたが，彼の名前を不朽のものにしたのは，生涯の後半に書いた五つの長編小説だった。順番に名前を挙げれば，『罪と罰』（1866）を最初として，次に『白痴』（1868），それから『悪霊』（1872），『未成年』（1875），最後に『カラマーゾフの兄弟』（1880）。近代小説史上にそびえ立つようなこれらの長編は古典的な傑作として認められているだけでなく，現代でも広く読み続けられている。最近「古典新訳」がブームとなって，清新な現代語訳によって古典の面白さを再認識する機運が高まっているが，その流れの中心にあったのもドストエフスキーだった。彼の長編は，すでに日本では数えきれないほど何回も，様々な翻訳家によって訳されてきたが，このところまた次々

と新訳が出て、多くの読者に歓迎されている。

　五大長編と呼ばれることもあるこれらの長編群のなかでも、『罪と罰』はとりわけ有名だ。主人公の貧乏学生ラスコーリニコフは、自分が社会の法を「踏み越える」権利があると思い込んで、金貸しの老婆を殺害する——こんなそのプロットもいまさら説明の必要もないくらいよく知られている。

　しかし、これはいまから150年以上も前、日本ではまだ江戸時代の末期にあたるころに書かれた作品である。帝政ロシアの首都で起こる殺人事件を軸に展開する、ある意味では単純な古めかしい犯罪小説が、現代の私たちにとって面白く読めるものだとしたら、それはなぜなのか。現代世界が直面する様々な問題の「予言者」としばしば呼ばれることもあるドストエフスキーは、どんなメッセージを現代のわれわれに送っているのだろうか。この作品のいまだに色あせない現代的魅力の秘密を、これからさぐってみたい。

1. ドストエフスキーの現代性

　ロシア文学というと、深刻で、重厚長大でとっつきにくいというイメージが付きまとうが、中でもその代表格がドストエフスキーだろう。しかし、ドストエフスキーの小説はそれほど近づきがたいものでもなければ、難解なものでもない。また深遠な解釈はしたければいくらでもできるけれども、小説としての軽妙でモダンなフットワークが欠けているわけでもない。特に『罪と罰』などは、21世紀初頭の今になって、ロシアからはるかに遠い日本で読んでみても——あまりに現代的なので、びっくりさせられるような面がある。

　小説の場所はドストエフスキーの同時代、つまり1860年代のサンクトペテルブルクである。主人公はラスコーリニコフという貧乏学生。こ

の男は自分がナポレオンのような「選ばれた」天才だと信じ，そういう者にはくだらない他の人間を殺すことも許されるという考えにとりつかれ，金貸しの老婆を殺害してしまう。しかし，思いがけないことに彼は殺人の後で，激しい苦悩に陥り，最後にはついに自首してシベリアへの懲役刑に服する。そして彼を愛する心清らかな元娼婦のソーニャに支えられながら再生への道を歩み始めるのだった。

　『罪と罰』はおおざっぱに要約すれば，だいたいこういった筋書きの物語である。ただし，もちろん，筋書きを知ったからといって，小説を読んだことにはならない。この小説のテクストの至るところに，個性的な人物たちの生々しい姿が描きこまれ，謎めいた細部が埋め込まれ，そして言葉と言葉がぶつかりあって，人間のドラマであると同時に思想のドラマである物語が展開する。そのすべては単一の視点から「モノローグ」的に構成されているわけではなく，20世紀ロシアの文芸学者ミハイル・バフチンの言葉を借りていえば「ポリフォニー」（多声）的な世界を成しているのである。そして，このように作られているドストエフスキーの小説を読み，その世界に引き込まれていくという圧倒的な体験は，まさに彼の書いたテクストそのものにじっくり向き合うことからしか得られない。

　小説には，主人公ラスコーリニコフの他に，様々な人物が登場する。飲んだくれで「どこにも行き場がな」くなって自滅するしがない役人のマルメラードフ。その娘で貧しい家計を支えるために自分を犠牲にして娼婦となったけなげなソーニャ。ラスコーリニコフの犯罪を鋭く見抜き，論理的に彼を執拗に追い詰めていく予審判事のポルフィーリイ。さらに悪徳の権化のような謎めいた男スヴィドリガイロフなど。いずれも見事に造型された，忘れがたい個性の持ち主である。

2. 犯罪小説／思想小説としての『罪と罰』

　さて，こういう小説の「現代性」について，どういうことが言えるだろうか。

　一つには，いま紹介した筋書きからも明らかなように，『罪と罰』は，主人公が殺人という大きな罪を犯し，捜査の手に追い詰められながら，自白に導かれていくという「犯罪小説」だということが挙げられるだろう。しかも，それはいたずらに深遠で思想的な構築物ではなく，意外に卑俗な――現代の日本の都会の喧騒（けんそう）からさほど離れた世界ではない――現実に基づいた「犯罪小説」なのである。

　さらにこれに関連して強調しておくべきことは，ドストエフスキーが意外なほど「ジャーナリスティック」なセンスの持ち主だったということだろう。ラスコーリニコフが金貸しの老婆を殺害するという，長編の筋の核心に関しては，じつは当時世間を騒がした実際の事件があり，ドストエフスキーは新聞のいわば三面記事を丹念に読みながら，それをモデルとして使っている。つまり，この作家は決して，無から，そして抽象的な思索から砂上の楼閣を作り上げたわけではなかった。こういった「時事的」性格は後の長編『悪霊』の場合に，もっと顕著になる。『悪霊』のモデルになった革命家集団内のリンチ殺人事件（ネチャーエフ事件）は，はるか後に，日本の連合赤軍事件を思わせるものだった。

　主人公がある信念ゆえに殺人を犯すなどというのは，動機付けとしては不自然だという見方もあるかも知れない。しかし，現実に日本で起こり続け，テレビや新聞をにぎわしてきた様々な奇怪な事件を考え合わせれば，じつはこれこそ「事実よりも奇」なる小説のリアリティなのだ，とも考えられる。ラスコーリニコフの殺人は，21世紀初頭の日本にとって決して他人事ではない。

『罪と罰』が時事的な要素を強くもった「犯罪小説」ということは，要するに推理小説，ミステリーの要素もあるということだ。犯人がラスコーリニコフだということは最初からわかっているのだから，ミステリー小説のいわゆる「謎解き」の要素は薄いが，殺人後の主人公の心理的苦悩のサスペンスにはまさに手に汗を握らせるものがある。いや，むしろ主人公のためらい，懐疑，苦しみ，自己正当化の試みとその失敗といった複雑な心理的プロセスそのものが，この小説の緊迫感の核にあると言ってもいいだろう。犯行直後，彼がサンクトペテルブルクの町をさまよう様子を，見てみよう。

　彼は二十コペイカ銀貨を手に握りしめて，十歩ばかり歩いてから，宮殿の見えるネヴァ河の流れへ顔を向けた。空には一片の雲もなく，水はほとんどコバルト色をしていた。それはネヴァ河として珍しいことだった。寺院の円屋根はこの橋の上からながめるほど，すなわち礼拝堂まで二十歩ばかり隔てた辺からながめるほど鮮やかな輪郭を見せる所はない。それがいまさんらんたる輝きを放ちながら，澄んだ空気を透かして，その装飾の一つ一つまではっきりと見せていた。（中略）彼はじっと立ったまま，長い間瞳を据えてはるかかなたを見つめていた。ここは彼にとって格別なじみの深い場所だった。彼が大学に通っている時分，たいていいつも——といっても，おもに帰り道だったが——かれこれ百度ぐらい，ちょうどこの場所に立ち止まって，しんに壮麗なこのパノラマにじっと見入った。そして，そのたびにある一つの漠とした，解釈のできない印象に驚愕を感じたものである。いつもこの壮麗なパノラマが，なんともいえぬうそ寒さを吹きつけてくるのだった。彼にとっては，この華やかな画面が，口もなければ耳もないような，一種の鬼気に満ちているのであった……彼はそのつど，われながらこの執拗な謎めか

しい印象に一驚をきっした。(中略)どこか深いこの下の水底に、彼の足もとに、こうした過去いっさいが――以前の思想も、以前の問題も、以前のテーマも、以前の印象も、目の前にあるパノラマ全体も、彼自身も、何もかもが見え隠れに現われたように感じられた……彼は自分がどこか高いところへ飛んでいって凡百のものがみるみるうちに消えていくような気がした……彼は思わず無意識に手をちょっと動かしたはずみに、ふと拳の中に握りしめていた二十コペイカを手に感じた。彼は拳を開いて、じっと銀貨を見つめていたが、大きく手をひとふりして、水の中へ投げ込んでしまった。それからくびすを転じて、帰途についた。彼はこの瞬間かみそりか何かで、自分というものをいっさいの人と物から、ぷっつり切り離したような思いがした。(米川正夫訳)

　ドストエフスキーの文章はこれを読んでも分かる通り、確かに息が長くねっとりと続いていくような感じがあり、容易には短く切れないので、ここでも少し長めに引用してみた。引用箇所の最後、殺人という決定的な行為をしてしまった主人公が、斧で他人を殺しただけでなく、じつはいっさいの人間たちからまるでかみそりで自分の存在を切り離したかのようだった、という描写にはぞっとするほどの心理的リアリティがある。ここで投げ捨てられる小銭は、決して無意味なディテールではなく、断ち切られた日常の世俗的な生活の象徴になっていることにも注意を向けよう。
　「犯罪小説」というジャンルに欠かせないのは、犯人だけでなく、犯罪を捜査する側の人間だろう。実際、この小説には、ラスコーリニコフと心理的なかけひきをするポルフィーリイという忘れ難い「予審判事」が登場する。「予審判事」と日本語に訳される身分は、当時のロシアの司法制度に独特のもので、警察や検事とは独立して刑事事件の捜査にあ

たった。ポルフィーリイという男は鋭い頭をしていて、ねちねちとラスコーリニコフを追い詰めていくのだが、その展開はまるで現代の推理小説のようである。

3. 都市小説

　もう一つ、いま引用した箇所からはっきりわかるのは、『罪と罰』が、サンクトペテルブルク（しばしば簡略に「ペテルブルク」とも言う）という町そのものを前面に打ち出した、近代的な「都市小説」でもあるということだろう。19世紀ヨーロッパのリアリズム小説は、ディケンズのロンドン、バルザックのパリなどに典型的に見られるように、なによりも都会を舞台にした都市小説として発展した。ドストエフスキーのサンクトペテルブルクもまた、ロンドンやパリに並ぶ「文学の都市」としてロシア文学の舞台となったのである。この町は当時のロシア帝国の首都であり（ただしモスクワもまた首都としてのステータスを保持していたので、しばしば「両首都」と呼ばれた）。街の通俗な日常生活のまっただなかに降りていくことを恐れなかったドストエフスキーが、悪夢と現実を変幻自在に交錯させながら描き出すのは、ペテルブルクという街そのものの日常的であると同時に神話的な光景だった。

　ドストエフスキーの描く町の様子は、基本的にはとてもリアルである。この小説は「七月初め、途方もなく暑いころ、夕刻、一人の青年が……」と始まり、街の異様な暑さが強調され、それが殺人事件をつつむ異様な雰囲気につながっていく。つまり「暑さ」はここでは単なる気象現象ではなく、精神的な状況と深い関係にあるのだが、その一方で、この暑さは想像の産物ではなく、実際にあったことだった。1865年の夏、ペテルブルクは実際に異様な猛暑に襲われていたのである。北国のロシアにとって、夏の猛暑は珍しいことで、一時的なものとはいえ、暑さに

慣れていない市民たちにとって耐えがたいものだった。

　またラスコーリニコフは犯罪を計画しているとき，自分の下宿から金貸しの家までの距離を計算し，730歩としているが，これも現実のペテルブルクの地理に基づく，きわめて正確なものだった。それゆえ，ラスコーリニコフはもちろん架空の人物だが，彼が住んでいたとされる建物は具体的に特定されている。ドストエフスキーの描く町は，こういった瑣末ともいえるディテールにいたるまでリアリズムに基づいていた。

　ところが，引用箇所には，このリアリズムとは次元をことにする，もっと象徴的というか，神話的ともいっていい光景が描かれている。ラスコーリニコフがネヴァ河岸で見かける「パノラマ」，つまりこの世のものとは思えないような壮麗な眺望である。北方のヴェネチアと呼ばれることさえあるペテルブルクの景観にとって，ネヴァ河とその回りの運河の数々は決定的に重要なものになっている。ラスコーリニコフがこのネヴァ河岸で見る幻影のような光景は，粗末な下宿部屋や，登場人物たちの長広舌が展開する場末の居酒屋や，多くの人が行きかうセンナヤ広場の雑踏などとは違って，やや大げさにいえば，形而上（けいじじょう）的な雰囲気を漂わせるほどの終末論的光景になっている。実際，ここでもラスコーリニコフは壮麗なパノラマを目の前に見ながら，それが「みるみるうちに消えていく」ような幻想を抱くのである。

　このようにドストエフスキーの描き出す町は，現実の町としてとてもリアルなものであると同時に，現実を超えていく幻想的な要素をいつもはらんでおり，その両方の面をあわせもったものとして異様な迫力をもって現代の読者にも迫ってくる。ロシア文学は，19世紀前半のプーシキン，ゴーゴリ以来，20世紀初頭のアンドレイ・ベールイ（彼の代表作の一つが，長編小説『ペテルブルク』である）に至るまで，ペテルブルクを舞台にし，街そのものが主人公であるかような作品を次々に生

み出してきたが，近代ロシア文学におけるそういった「ペテルブルク神話」の中心に位置するのがドストエフスキーだったと言えるだろう。

4．踏み越える力

　『罪と罰』のちょうど真ん中あたりに，殺人者となってしまったラスコーリニコフが，ソーニャという女性の住まいを訪ね，彼女の部屋で聖書を読んでもらうという印象的な場面がある。ここで彼が朗読を求める「ラザロの復活」とは，新約聖書のヨハネによる福音書11章に出てくるエピソードであり，ここでイエスは「私は復活であり，命である。私を信じる者は死んでも生きる」と言う。そして，実際，亡くなってしまったラザロという男が，イエスの力によって奇跡的に生き返る。聖書のこのくだりを読み上げるソーニャという信仰心の厚い少女は，貧しい家族の家計を支えるために自分の体を犠牲にして娼婦となった。つまり，その行為は自分で自分を滅ぼすことに他ならない。一方，ラスコーリニコフも思想的信念ゆえに人を殺したわけだが，その行為は結局自らをも滅ぼす行為となった。つまり破滅した二人がどう復活できるのか，がこの小説の思想的な主題であると考えられる。

　「ラザロの復活」をソーニャが読み終えた後の描写を見てみよう。

　その先を，彼女はもう読まなかった。読むことができなかった。彼女は本を閉じ，素早く椅子から立ち上がった。
　「ラザロの復活のところは，これでおしまいです」きびしい声で，途切れ途切れにそうささやくと，彼女はぴたりと足をとめ，そのまま動かなくなってしまった。彼に向かって目を挙げる勇気もなく，それに，目を挙げるのを恥ずかしいと感じてもいるらしく，ただ脇のほうを向いたままだった。熱病やみさながら体の震えは，まだ続いていた。もうかな

り前から燃えつきかけている歪んだ燭台の上の蠟燭(ろうそく)の光が，奇しくもこの貧しい部屋に落ち合って永遠の書を読むめぐりあわせとなった殺人者と売春婦の姿を，ぼんやりと照らし出していた。五分たった。あるいは，それ以上かもしれない。
　「僕は，話さなければならない事があって来たんだ」(小泉猛訳)

　ラスコーリニコフの犯罪から，その後の苦悩，そして自首へと，最後まで一直線に突っ走るような迫力のあるこの小説で，一つのクライマックスをなしているのが，この箇所である。罪と破滅，そこからの復活の希望——まさに，この小説の決定的な転回点であることは確かだろう。ラスコーリニコフは殺人を犯し，他人を殺してしまっただけではない。自分自身をも破滅させてしまったのである。同様にソーニャもまた，家族のためとはいえ，自分の身を滅ぼしてしまった。つまり二人の罪人，二人の破滅した命が，ここで復活の希望へと向かう転機を迎えるのだ。信仰者の立場からこれを読めば，これはキリスト教的な死者の復活への信仰が引き金となって生ずる決定的な「反転」である（例えば加賀乙彦氏の解釈）。信仰という文脈を少し離れて，小説全体の構造という観点から見ても，これは象徴的に仮死と再生という，『罪と罰』の全体を貫くモチーフの要になっていることは否定できない。
　そのように劇的な場面ではあるのだが，少し「引いて」見ると，これはいささか通俗的でメロドラマ的な光景でもある。殺人者と「聖なる娼婦」という組み合わせじたい，ひどくわざとらしく卑俗な作り物の風俗小説のようではないか。しかもこの二人がいっしょに聖書を読む，というのは冒瀆(ぼうとく)的にも思える。まさにこの点を痛烈に批判したのは，洗練された美意識を持ったロシア出身の亡命作家ウラジーミル・ナボコフだった。彼は『ロシア文学講義』の中で，「殺人者と淫売婦が永遠の書を読

んでいる——なんというナンセンスだ。(中略) それは安っぽい文学的トリックであって, 偉大な文学の情念や敬虔(けいけん)な心ではない」(小笠原豊樹訳) とまで言っている。ドストエフスキーを二流の作家程度にしか評価していなかったナボコフの見方は, こういった読み方に端的に現れている。

　もっとも, ドストエフスキーは, おそらくナボコフが考えていた以上に聖書的なコンテキストを深く踏まえてこの箇所を書いていた。ヨハネ黙示録には「新しいイェルサレム」に入ることを許されない呪われた者たちとして, 殺人者と姦淫(かんいん)を行う者が挙げられており, ドストエフスキーはその組み合わせをおそらく念頭に置いていたのではないだろうか (ロシア文学翻訳家・研究者として名高い江川卓が『謎解き『罪と罰』』という著書で, この点を明快に指摘している)。

　つまり, この場面をどう読むか, ということは, じつはドストエフスキーが好きになるか, 嫌いになるかの, 分かれ目だとも言える。深遠と通俗, 高邁(こうまい)さと安っぽさが同居しながら, 破綻しながらもぎりぎりのところで形を保ちながら魅力的な型破りの世界を作っているということが, ドストエフスキーの小説世界のユニークさなのだから。

　いま引用した箇所の先で, ラスコーリニコフはソーニャに対して, こんな風に語り掛ける。

「でも, 僕には分った。お前は僕に必要だ, だから, 僕はお前のところへやって来た」
「分らないわ……」ソーニャはささやいた。
「いまに分るとも。お前だって, 同じことをしたじゃないか, そうだろう？　お前もやはり踏み越えた……踏み越えることができた。お前はわれとわが身に手を下した, お前は生命を滅ぼしたんだ……自分のをね

（だからって，何の違いもありゃしない！）」（小泉猛訳）

　ここで注目されるのは，ラスコーリニコフがソーニャに向かって「お前もやはり踏み越えた」と言って，「踏み越える」という言葉が何か特別な意味を持つもののように扱われている点である。じつはこの小説のタイトルそのものにあらわれる「罪」（ロシア語で「プレストゥプレーニエ」）という言葉も，本来の意味は「踏み越えること」で，それが転じてロシア語では「犯罪」という意味で普通に使われるようになった。このようにドストエフスキーは「踏み越える」という言葉一つをとっても分かるように，言葉の網を巨大な小説全体に張り巡らすような書き方をする，緻密な言葉の芸術家でもあった。そういったことに留意しながら小説を注意深く読んでみると，「敷居」や「階段」などの場所も象徴的な意味をになって登場することに気づかざるを得ない。またドストエフスキーは「突然」という副詞をかなり頻繁に使うのだが，これも多くの場合，「踏み越え」と関係がある。というのも，常にためらいや曖昧さの中にある登場人物が（小説の冒頭，外に出てきたラスコーリニコフが「なんとなく思いきり悪そうに」歩き始めることを思い出そう。彼は最初からためらっているのである），あるきっかけから，突然の「踏み越え」を行い，別の状態へ劇的に変化していく，というダイナミックな構造がドストエフスキーの小説を貫く原理になっているからである。

5. 極端から極端へ揺れ動く精神の運動

　ドストフスキーは一面ではこのような繊細な言葉の芸術家だったのが，その反面，乱暴ともいえるほど俗悪なドラマを小説に持ち込むことも平気で行った。無神論的な殺人者ラスコーリニコフと信心深い売春婦ソーニャという組み合わせも，その端的な例で，ナボコフが指摘すると

おり，下手をするとこれは卑俗な風俗小説になりかねない。とはいえ，ナボコフはもともと気質的にドストエフスキーが嫌いだったので，評価があまり公平でなかったということはあるだろう。深遠と通俗，高邁さ(こうまい)と安っぽさが同居しながら，破綻しかけてもぎりぎりのところで形を保ちながら魅力的な型破りの世界を作っているということ——むしろそのことが，ドストエフスキーの小説世界のユニークさであり，魅力なのではないだろうか。

　ドストエフスキーの小説の魅力はこのように，普通なら同居が不可能なものをやすやすと組み合わせる点にある。主人公は「ラザロの復活」朗読の直前に，突然全身を折り曲げ，床に身をすりつけるようにして，ソーニャの足に接吻(せっぷん)する。そして，驚いて「いったいどうしたんです？」と訊くソーニャに対して，彼は「僕は君のまえにひざまずいたんじゃない。僕は人類全体の苦痛の前にひざまずいたんだ」と答える。これも普通だったら歯が浮いて口にできないような大げさな科白(せりふ)だが，売春婦と都会の片隅で向き合っているという卑俗な現実から，いきなり「人類のすべての苦悩」という形而上的な次元に飛躍して読者を巻き込む力こそ，ドストエフスキーならではのものだろう。そもそも彼の小説世界は，個人の苦悩からいきなり全人類や全宇宙に飛んでしまうような振幅の大きさがある。

　しかし，それと同時に，「永遠」なんてものは「田舎の風呂場みたいなすすけたちっぽけな部屋があって，その隅々に蜘蛛(くも)が巣を張っている程度のことだ」などというアイロニカルな言葉も出てきて，これまた読者を驚かせる。いま引用したのは，『罪と罰』のなかでもっとも謎めいた，少々悪魔的な登場人物スヴィドリガイロフの言葉だが，ドストエフスキーはこんなことを彼に言わせて，形而上学的な概念をいきなり地上に引きずりおろしもするのである。

ロシア人は極端から極端に走りがちな性格を持つとよく言われるが，ドストエフスキーはそういったロシア人の精神の振幅の大きさをもっともよく表現した作家だった。『罪と罰』はそのドストエフスキーにしては比較的コンパクトな作品であり，プロットは主人公一人を中心にほぼ一直線に突き進み，その意味では分かりやすいのだが，もっと後に書かれた最後の長編『カラマーゾフの兄弟』となると，小説の構成そのものがはるかに複雑になっている。ここに登場する「兄弟」とは，奔放な情熱と善良さを兼ねそなえた長男ドミトリー，「神がなければすべては許される」と考える冷徹な無神論者イワン，敬虔(けいけん)で純粋な魂を持った三男アリョーシャであり，彼らが描き出す人間の心のあり方は信じがたいほど多様である。作中でドミトリーが「人間〔の魂〕は広い。広すぎる。狭めてやりたいくらいだ」と慨嘆している通りだ。『罪と罰』を読破したら，次にはドストエフスキーの最高峰であるこの大作にぜひ取り組んでいただきたい。

　ドストエフスキー小説の世界では，『罪と罰』を筆頭に，おびただしい死（自死も殺人も），物質的に悲惨な生活，精神的な苦しみなどが描かれていて，常識的に言えばとうてい「明るく楽しい」ものとは言えないだろう。しかし，彼が小説で示した驚くべき精神の振幅——極端から極端へと激しく振れ動く幅の大きさということだが——そこには，21世紀を生きていくためのエネルギーが備わっていて，だからこそ現代の読者も彼の小説を読むと，力づけられるのではないだろうか。

参考文献

　ドストエフスキーの日本語訳は，1892年，内田魯庵が『罪と罰』を訳してから（英語からの重訳）長い歴史と伝統があり，現在では水準は高く，種類も多い。話題になっている新訳は読み易い現代的な日本語になっているが，それ以前の訳が悪いわけでも決してないので，各自，自分の好みにあった文体の訳を捜してみることをお勧めする。

　全集は，個人全訳としては，米川正夫訳（河出書房新社，日本語が少々古めかしいが，独特の雰囲気と魅力がある。不世出の超人的ロシア文学翻訳者による偉業）の他，小沼文彦訳（筑摩書房）があり，また木村浩・江川卓・原卓也などの当時の代表的ロシア文学者たちによる新潮社版全集がある。

　文庫版でいま手に入るものとしては，『罪と罰』は江川卓訳（岩波文庫），工藤精一郎訳（新潮文庫），亀山郁夫訳（光文社古典新訳文庫）など。

研究書・伝記・評論など
ミハイル・バフチン『ドストエフスキーの詩学』望月哲男・鈴木淳一訳，ちくま学芸文庫，1995年。
江川卓『謎とき『罪と罰』』，新潮選書，1986年。
中村健之介『ドストエフスキー人物事典』講談社学術文庫，2011年。
亀山郁夫『ドストエフスキー　父殺しの文学』上・下，NHK出版，2004年。
『21世紀　ドストエフスキーがやってくる』（大江健三郎，加賀乙彦，島田雅彦他，が寄稿）集英社，2007年。
沼野充義編『ポケットマスターピース10　ドストエフスキー』（『罪と罰』小泉猛訳）集英社文庫ヘリテージシリーズ，2016年。

学習課題

1. 『罪と罰』はどの程度，現代の日本でも理解され，現代の日本人に影響を与え得る作品か。あるいは理解しにくい点，現代ではすでに「時代遅れ」と思われるところがあるとすればそれは何か。
2. 『罪と罰』のラスコーリニコフ以外の印象的な登場人物のひとりを選んで，どのように描かれ，小説の中でどのような役割を果たしているか，考えてみよう。
3. この小説はこれで完結していると言えるだろうか。主人公の未来の「新しい物語」はどんなものになると想像できるだろうか。各自，続編を構想してみよう。

11 | ロシア（2） トルストイ『アンナ・カレーニナ』を読む

沼野充義

《目標・ポイント》 トルストイは，ドストエフスキーと並んで19世紀ロシア文学を代表する小説家であるだけでなく，19世紀ヨーロッパ・リアリズム小説の頂点の一つをなす存在である。その代表作『アンナ・カレーニナ』を取りあげて，小説の規模の大きさと細部への繊細なまなざし，作品に盛り込まれた作者の思想と芸術的表現の関係といった点に特に注意を払い，ロシア流リアリズム小説を成り立たせている原理についても考える。
《キーワード》 小説，リアリズム，全知の視点，メトニミー，細部描写

　トルストイは1828年，ロシアの裕福な貴族の家（伯爵家）に生まれた。まず，幼年時代を美しく抒情的に描いた自伝的作品『幼年時代』で注目された。作家としての名声を不動のものにしたのは，規模も壮大な『戦争と平和』によってだった。トルストイのもう一つの長編代表作『アンナ・カレーニナ』が書かれたのは1870年代のことである。当時トルストイは40代半ばから後半にさしかかる時期だった。そのほぼ10年前に『戦争と平和』を書いて作家としての地位を固めた彼は，最高の円熟期に入っていた。
　この小説は欧米でも人気が高く，たびたび映画化されてきた。現代日本でも人気は根強く，村上春樹の小説にも『アンナ・カレーニナ』の熱烈な読者が登場する。それにしても，140年ほども昔，しかも日本から遠いロシアという国で書かれた小説が，どうしていまでもこれほど愛読されているのだろうか。その魅力の秘密は何なのか。

1．ぶよぶよ，ぶかぶかのモンスター？

『アンナ・カレーニナ』は今風に言えば，「不倫小説」である。

まだ若く，生命力に溢(あふ)れた美貌の人妻アンナが，20歳も年上の夫カレーニンとの結婚生活に飽き足らず，近衛騎兵ウロンスキーとの情熱的な不倫の愛に走ったあげくの果てに，最後には一人で鉄道自殺という悲惨な結末を迎える。いまさら紹介する必要もないほどの，古典的な筋書きである。しかし，「不倫小説」という安っぽい言葉で形容してしまったら，軽薄な流行を先取りする風俗的作品のように見られてしまう恐れがあるが，「不倫」というものはなにもトルストイによる文学的発見ではない。そういう言い方をするなら，フローベールの『ボヴァリー夫人』も，ホーソーンの『緋文字(ひもじ)』も，同様に「不倫小説」である。近代小説の古典と呼ばれるもののかなりの部分はじつは不倫（婚姻外の愛）を扱った小説なのだ。そもそも，西欧近代の恋愛観の源流となったトゥルバドゥール（南欧の宮廷詩人）の詩学によれば，騎士が愛を捧げる相手は必ず既婚婦人でなければならず，結婚の枠の中に丸く収まるような愛はむしろ文学の対象とはならなかった。

その意味では，『アンナ・カレーニナ』は，西欧文学の「正道」を行くものとさえ言えるのだが，もちろんこれは並の不倫小説ではないし，不倫だけ扱った小説でもない。ここには，ペテルブルクの社交界から，田舎での農作業にいたるまで，リアルなディテールに裏打ちされたロシア社会の見事なパノラマがあるし（その意味ではこれは「社会小説」である），性愛や家庭生活の意味，そして人間の生と死に関するトルストイの苦しい思索の跡もくっきりと刻印されている（その意味では「思想小説」と言えるだろう）。イギリスの批評家マシュー・アーノルドはかつて『アンナ・カレーニナ』について，これは文学作品ではなく人生そ

のものだと賛嘆し，さらに「作家（トルストイ）はこれを思いつき，組みたてたのではなく，これをじっさいに見たのだ。このすべては彼の内なる眼の前で起こったのだ」と言った。たしかにトルストイがつくり出したのは，小説という人工的なものの枠組みをはるかに越えて，まさに生そのものであるかのような，壮大な幻影だったと言ってもいいかもしれない。それは少なくとも欧米の読者には，自分たちの西欧の小説美学とはとても相容れない，なにか異様なものに見えただろう。ヘンリー・ジェイムズがトルストイのこういった巨大な小説を評して，「ぶよぶよ，ぶかぶかのモンスター」（loose, baggy monsters）と言ったことは有名である。

同じトルストイの作品でも，『戦争と平和』と比べた場合，『アンナ・カレーニナ』のほうがまだ多少「小ぶり」で，構成も把握しやすいし，なんといっても全体を引っ張っていく「不倫」のストーリー展開がはっきりしている。とはいえ，やはり「モンスター」に違いはなく，その巨大な体のどこに突き当たるかによって，読者の受ける印象はじつに様々なものになる。

2. 世界文学でもっとも魅力的なヒロイン

『アンナ・カレーニナ』を魅力的な小説にしているのは，多くの読者にとって，なんといっても小説の表題にもなっているヒロインだろう。ロシア出身の亡命作家ウラジーミル・ナボコフは，ドストエフスキーに対しては非常に辛辣であったのに対して，トルストイはほとんど手放しで賞賛し，アンナのことを「世界文学の中でも最も魅力的なヒロインの一人」とさえ呼んでいる。

しかし，研究者の間ではよく知られた事情だが，『アンナ・カレーニナ』の創作過程を見ると，不倫の愛ゆえに自殺するアンナは最初はもっ

と軽薄で，醜く，罰せられるべき女として構想されていたのに，次第により魅力的な——美貌であるだけでなく，精神的にもより深みのある——女性に変貌していった。興味深いのは，その反面，最初はかなり高潔な人間として構想されていたアンナの夫で高級官僚のカレーニンは，最後には嫌らしく，冷酷な官僚タイプの人間になり，アンナがこのような夫との息の詰まるような結婚生活の桎梏(しっこく)に耐えかねて不倫に走るのも無理はないと読者に思わせるほどになる。

　このような創作過程を調べると，優れた文学作品の場合時々あることだが，アンナという作中人物は，まるで作者から独立した生命を得たかのように，トルストイの最初の意図に反して成長していったように見えてくる。その意味で象徴的なのは，アンナが小説の中で初めて登場する場面——ペテルブルクからモスクワに汽車でやってきたアンナが駅に降り立ったとき，後に不倫の愛のパートナーとなるウロンスキーとすれ違ったときの描写である。

　ちらっと見やっただけで，ウロンスキーには，秘められた生気が彼女の顔面に踊り，その輝かしい眼と，赤い唇をゆがめているかすかな微笑との間にちらついているのを認めることができた。それは，なにか過剰なものが彼女の内に満ちあふれ，それがひとりでに，まなざしの輝きや微笑の中にあらわれているかのようだった。彼女は故意に眼の光を消したが，それはかえって彼女の意志に反して，ほんのかすかな微笑のうちに輝いていた。

　この描写を読むと，不思議なことに，作者トルストイでさえも，アンナの内にみなぎっているものを抑えることができず，作者の意志に反してさえも輝いてしまうかのような印象を受ける。しかし，そうだとした

ら，アンナの「不倫」に対して，作者はどのように考えていたのだろうか。その手がかりになるのは，巻頭にエピグラフとして掲げられた《Мне отмщение, и аз воздам.》という謎めいた言葉である。古いロシア語で書かれたこの文は，「復讐（ふくしゅう）するは我にあり。我これに報いん」という意味で，新訳聖書「ローマ人への手紙」からの引用である（さらにその元は旧約聖書「申命記」に遡る）。常識的にこれを読むと，アンナは不倫の恋に走った罰として神に罰せられるべきなのだ，ということになるだろう。そしてアンナは実際，小説の末尾では，このエピグラフの警告通り，鉄道自殺に追い込まれる。しかし，小説家は神ではない。トルストイは，アンナが罰せられるべき存在であると理解しながらも，彼女の情熱のドラマに引き込まれていったのではないだろうか。その場合，このエピグラフの意味は，「復讐するのは神の仕事だが，小説家の自分の仕事ではない」ということになるかもしれない。

　アンナは，本来「不道徳な女」であるはずなのに，あまりにも魅力的である。アンナは著者のコントロールを超え，そして神の意志にさえも反して，自分の情熱を生きようとし，戦い続けた。トルストイの小説は，倫理的な批判のまなざしの下にではあるが，そのアンナの破滅へと突っ走る姿を，深い共感をこめて見守っている。

3. 要約を拒む小説美学

　トルストイの小説は，難しい顔をして読まなければならない退屈な古典ではない。そこにはいまでも驚くべきみずみずしい力と発見の喜びがみなぎっている。しかし，どこが面白いのかと要約しようとすれば，とたんに要約を拒む小説の抵抗に直面して，途方に暮れることになる。『アンナ・カレーニナ』が発表された直後，この小説で何を言いたかったのかという虫のいい質問をしたストラーホフという批評家に対して，

トルストイは「もしもこの小説で表現したかったことをすべて言葉で言おうとしたら，私は自分が書いた同じ小説をもう一度最初から書かなければならないでしょう」と書き送っている。(1876年4月23日付け)

　要約を拒むということに関していえば，その最たるものは細部である。『アンナ・カレーニナ』は大作だが，じつは細部描写にまで緻密な配慮が行き届いて，それが小説の魅力の大きな要素になっている。好き嫌いの激しい審美家として有名なナボコフは，ドストエフスキーを凡庸な作家としてけなす一方で，トルストイを「ロシア最大の小説家」と評価し，彼に対して賛辞を惜しまなかった。しかし，ナボコフはトルストイを思想家として崇めていたわけでは決してない。ナボコフの『ロシア文学講義』は，彼がアメリカの大学で行っていた講義を彼の死後に編集したものだが，『アンナ・カレーニナ』を扱った章には，「言葉，表現，形象こそが文学の真の機能である。思想ではない」という言葉も見られる。たしかに，トルストイの言葉の的確さは，たとえば——何でもないような，とるにたらない細部だが——レーヴィンに話しかけるキチイの，こんな描写からも感じられるだろう。

「あなたは熊をお撃ちになったとかうかがいましたけれど？」とキチイは，つるつるすべって思うようにならぬキノコをフォークで刺そうとむだ骨を折りながら，白い腕のすけて見えるレースの袖をひらひらさせて言った。

　あるいは，小説の有名な冒頭はどうだろうか。おそらく世界の小説の中でももっとも有名な冒頭の一つである。

すべての幸福な家庭は互いに似ている，不幸な家庭はそれぞれに不幸で

ある。

　原文では接続詞もなしに,「幸福な家庭」と「不幸な家庭」の二つが鮮やかに対比されている。「すべての」幸福な家庭はここでは文法的には複数形で，ある種のもの全部をひっくるめて，という一般化の働きがある。しかし，リアリズム小説家トルストイが着目するのは単数形で使う「それぞれの不幸な家庭」のほうである。つまり，それぞれの，個別の，一つ一つ他とは違った人や家庭が織り成す世界のほうに目が向いている。

　このような個別の細部へのまなざしに貫かれた『アンナ・カレーニナ』は20世紀の実験的な小説とは違って，いったんその中に入り込んだら抜け出すことのできないような，ゆったりとした独自の時間の流れを持っている。トルストイの長編は「長すぎる」がゆえに非現代的なものとして敬遠されることがあるが，じつは単に長いのではなくて，むしろその中で人間の生理感覚にぴったり対応するように時が流れているのではないかと思う。その時間のなかに入り込むことは，他の何にも代えがたい喜びである。

4．ハリネズミか，狐か？──思想小説としての矛盾

　読者の中には，悲劇のヒロイン，アンナに魅力を感じる反面，トルストイの分身のように生真面目なレーヴィンの存在をとってつけたもののように感じる者がいるかもしれない。しかし，アンナの不倫の愛の対極にあって，清らかな愛に基づいた家庭生活を田舎の自然な環境の中で送ることを理想とするレーヴィンがトルストイの思想を代弁しているのだとすれば，むしろレーヴィンこそが小説の真の主人公だ，とする立場もあり得る。おそらくそのどちらも間違っているわけではない。対立する

様々な要素をはらみながらも，そのすべてを呑み込んだうえで，作品として成り立っているからこそ，この小説は時代と国を越えて読みつがれ，読み手の視点に応じて新たな魅力を見せ続けているのではないだろうか。

つまり敢えて言えば，この小説はある種の根源的な矛盾をはらみながら，全体として大変な力業によって構築された構造物のようになっているのである。矛盾は，むしろトルストイ自身が奥深くに抱え込んでいた根源的な矛盾に関係していて，おそらく読者の誰もがうすうす気づいてきたことなのだろう。

「根源的な矛盾」とは，およそこんなことだ。つまり，トルストイは一方では，みずから組み立てた倫理的な思想のもとに一元的に生を統御しようとする強烈な志向を持っていたにもかかわらず，他方では，そういった倫理には還元できない，生の多面的な快楽をあまりにもよく知っていた。ロシア象徴主義時代の作家メレジコフスキーがかつて使った言葉を応用して言えば，トルストイは「肉」の世界の多面性を知っていたにもかかわらず，いや知っていたからこそ，その恐ろしく危険な力を抑えるためにも，それを「精神」の一元性で縛ろうとしたのではないか。この矛盾はトルストイの内では決して最後まで解消されなかったし，『アンナ・カレーニナ』という小説の根底にも横たわっている。そして解消されなかったからこそ，緊張をはらみながら作品を作品として成り立たせるための微妙な均衡が得られたのである。

レーヴィンとキチイが築く，清純な愛に基づいた家庭生活をトルストイが理想として掲げようとすればするほど，それに対置されたアンナとウロンスキーの，肉欲に基づいた，破滅を避けられない愛が妖しく輝きを増していく。この自然な成り行きをトルストイはおそらくどうすることもできなかった。ドストエフスキーが形而上的な観念をまるで生身の

人間のように感ずることができた作家だとすれば，トルストイは生きることの生々しさをその多様性においてとらえ，感じることのできた作家だった。

　こういったトルストイの矛盾について考えるとき，参考になるのは，イギリスの政治思想家，アイザア・バーリンによる小さな名著『ハリネズミと狐―「戦争と平和」の歴史哲学』である。この論考でバーリンは古代ギリシャの詩人アルキロコスの「狐はたくさんのことを知っているが，ハリネズミはでかいことを一つだけ知っている」という言葉を出発点にして，思想家や文学者をハリネズミ・タイプと狐タイプの二つに分けて説明しようとする。「でかいことを一つだけ知っている」のは，要するに世界を一つの原理によって説明し，自分の一つのヴィジョンの強力な枠組みの中に統合しようとするタイプで，ドストエフスキーがその典型。それに対して狐型というのは，世界の多様性を受け入れ，多彩な現実をその多様性において享受できるタイプで，モーツァルトやプーシキンがその典型と言えるだろう。さて，トルストイはといえば，一つの原理によって世界を見ようとした強力な視力に関してトルストイほどの人物は他にまれであることを考えると，当然，ドストエフスキーと同じハリネズミ型と言えそうなのだが，バーリンはそんな単純な判断は下さない。バーリンによれば，トルストイは自分で自分のことをハリネズミだと思いたがっていた狐だ，ということになるのだ。

　この見方はなかなか鋭い。確かにトルストイの生涯を見ると，一つの原理によって自分を律しようとしながらも，この世の多彩な美と快楽に決して無関心なわけでなく，性的禁欲を説きながら自分はおそらく人一倍強い性欲を持ち，たくさんの子供をもうけた。矛盾に満ちた巨人だったのだ。しかし，それこそが彼の魅力の秘密ではないか。

　晩年のトルストイは，世俗的な芸術を一切否定したうえで，自分の作

品の価値さえ否定したほどだった。しかし，晩年のある日，何気なく取り上げ途中から読み始めた本があまりにも面白くて，読むのをやめられなくなったことがある。そして「こんなに小説をうまく書いているのは誰だろう」と不思議に思って表題を見ると，そこにはトルストイ作『アンナ・カレーニナ』と書いてあったという。これは一口話であって，おそらく事実ではないが，ある本質的な点を突いている。つまりトルストイは自らの思想によって芸術を否定しようとしながら，自分の作り出した文学の魅力を否定できなかったということである。彼自身の人生は多くの矛盾に満ちていた。性欲を否定しながら多くの子供を作り，裕福な貴族でありながら私有財産を否定し，世界の平和を訴えながら自分の家庭を平和に保つことができず，高齢になっても老成することなく家出をして死んでしまう。しかし，そういった矛盾そのものを生き抜くことを通じて，彼は人間的に途方もなく魅力的だったし，作品も豊かになった。

5. 世界的な影響力

　1910年は日本では，幸徳秋水らの「大逆事件」の年でもあり，日韓併合の年でもあった。そしてこの年の4月には，トルストイの人道主義の影響を多分に受けていた若者たちが『白樺』という雑誌を出し，11月には82歳の高齢にもかかわらず突然家出をしたトルストイが，旅先の寒村の駅で肺炎のため亡くなった。その異様な死に方は世界的な大事件として報道された。

　そこからさらに10年ほどさかのぼって，1901年，ノーベル文学賞が発足したとき，誰もが第一回の受賞者はトルストイになるだろうと考えた。ところが，シュリ・プリュドムというフランスのあまり有名でない詩人への授賞が決まったものだから，スウェーデン・アカデミーには抗

議が殺到してノーベル賞委員会は釈明をせざるを得なくなった。そのとき出された声明を見ると、なんと、トルストイはノーベル文学賞が対象とする理想主義的な傾向からかけ離れているため、賞に相応しくない、というのである。

　これは現代の目で見ると、驚くべきことのように思える。トルストイほど人道主義を貫き、理想主義を激しく追い求めた作家はいないからだ。ところが、当時の世界の権力者たちからすると、トルストイはむしろ過激な危険人物だったのである。彼は社会的な矛盾や不正義に公然と抗議して国家権力を恐れず、真の宗教を追求しながら、教会の権威を否定したため、ロシア正教会から破門されたが、それでもひるまなかった。「いまロシアには二人の皇帝がいる。トルストイとニコライ二世だ」と、スヴォーリンというジャーナリストは日記に書いたほどだ。

　どうしてトルストイは、それほど巨大な影響力を持つことができたのだろうか？　普通、人はそれをラディカルな社会批判を含む思想の力だと説明するのだが、私はやはりその根源には文学的ヴィジョンがあったのではないかと思う。小説が直接に社会を動かしたとは言えないにしても、彼の文学の中に、後に皇帝を恐れさせるほどの透徹した物の見方がすでに宿っていた、ということだ。

　しかし、壮大な規模で歴史や社会を描いたとしても、トルストイの文学は常に具体的な生の手触りとその喜びを扱っている。巨編『戦争と平和』には、歴史哲学だけでなく、戦場で倒れた主人公がふと見上げた青空の初めて見るような美しさが描かれているのだ（日常的なものの背後を見通し、その驚くべき本質を開示するこういった手法は、後にロシア・フォルマリズムの文芸理論家シクロフスキーによって「異化」と呼ばれるようになった）。

　トルストイの影響力は、現代日本でも失われていない。世界的に広く

読まれている人気作家，村上春樹もトルストイの『アンナ・カレーニナ』を愛読してきたようである。たとえば彼の短編「かえるくん，東京を救う」には，この小説が好きでたまらないらしい「かえるくん」という巨大な蛙(かえる)の化け物が登場する。この蛙は自分の会話相手の銀行員が『アンナ・カレーニナ』を読んだことがないと知ると「ちょっと残念そうな顔」をするのである。また村上の別の短編「ねむり」(1989 年)(のちに短篇集『TVピープル』(1990 年)に収録)では，不眠に苦しむ女性主人公が夜な夜なひたすら読み続けるのが『アンナ・カレーニナ』だった。

参考文献

トルストイ『アンナ・カレーニナ』望月哲男訳，全4巻，光文社古典新訳文庫，2008 年(他に，木村浩訳が新潮文庫，中村融訳が岩波文庫に入っている)。トルストイの著作はその他，『戦争と平和』を初めとして各種文庫で読むことができる。全集は，中村白葉訳による『トルストイ全集』河出書房新社がある。
アイザー・バーリン『ハリネズミと狐――『戦争と平和』の歴史哲学』河合秀和訳，岩波文庫，1997 年。
ナボコフ『文学講義』野島秀勝訳，河出文庫，2013 年。
ナボコフ『ロシア文学講義』小笠原豊樹訳，河出文庫，2013 年。
村上春樹『TVピープル』文春文庫，1993 年(短編「眠り」を収録)。
村上春樹『神のこどもたちはみな踊る』新潮文庫，2002 年(短編「かえるくん，東京を救う」を収録)。

学習課題

1. 『アンナ・カレーニナ』のエピグラフ「復讐するは我にあり，我これに報いん」は，この小説に即して考えた場合，何を意味しているのか。複数の可能性を検討してみよう。
2. この小説では，都会と農村，サンクトペテルブルクとモスクワ，貴族と農民，ロシアと外国，死と出産といったいくつかの鮮やかな対立が見られる。その一つを取り上げ，小説全体の構造の中でどのような役割を果たしているか，考えてみよう。
3. 『アンナ・カレーニナ』を原作とした映画をいずれか一つ観て，原作と比較して，どれほど原作に忠実か，あるいは原作からどれくらい離れているか，検討してみよう。
4. 村上春樹の短編「ねむり」で，主人公はどうして『アンナ・カレーニナ』を読むという設定になっているのか。トルストイの小説のヒロインと，村上春樹の短編の女性主人公の間にはどんな関係があると考えられるか。

12 | ロシア（3） チェーホフ 短編小説と戯曲『かもめ』を読む

沼野充義

《目標・ポイント》 ロシア文学史上，ドストエフスキーやトルストイといったリアリズム長編作家の後を受けて登場したチェーホフは，短編小説や戯曲というジャンルで才能を発揮した。チェーホフのこれらの「小さな」作品のうち短編「せつない」「ワーニカ」「かわいい」，戯曲『かもめ』を精読しながら，そこに現れるコミュニケーション不全の問題やアイロニー，不条理感覚などを分析し，先行するリアリズム文学と比べたときのチェーホフ文学の新しさを解明する。

《キーワード》 短編小説，戯曲，コミュニケーション不全，喜劇，アイロニー，不条理

1. 短編「せつない」——思いは伝わらない

　「せつない」（従来の訳では「ふさぎの虫」）は，イオーナ・ポタポフという辻橇（つじぞり）の御者を主人公としている。年の頃は，「老人」という記述も作中にはあるが，家族構成からいえば，むしろ中年と言うべき年齢ではないかと思われる。彼は降りしきる雪の町角で，「およそ生身の人間にはこれ以上はできないというくらい」深く身を折り曲げ，憂いに沈んだ様子で客待ちをしている。彼の愛馬もみすぼらしい駄馬だ。じつは最近，彼は自分の後継者として将来を期待していた息子を急病でなくし，そのショックからまだ立ち直れないでいる。妻もすでになく，田舎には娘を残して，イオーナは町でひとり，生計を立てるために辻橇の御者をしているのだが，ろくな稼ぎはなく，馬に食べさせる藁（わら）の金にもならな

いくらいである。しかも，息子を失ってから彼はやるせない悲しみにとりつかれ，その気持ちを誰かに話したくてならないのだが，身よりも友人もいない孤独なイオーナには，話しかける相手としてはせいぜい自分の辻橇に時折乗り込んでくる客たちしかいない。

　意を決して，彼はある日，乗客に「じつは息子に死なれまして……」と切り出してみるのだが，御者の息子のことにも，御者の悲しみのことにも興味のない心ない乗客たちはまったく取り合おうともしない。そういうことが二度繰り返され，とぼとぼと同業者たちが泊る宿に戻ってきたイオーナは，宿で同室になった若者にも話しかけるがこれも無視される。こうして三度まで，人間を相手に自分の悲しみを話すことに失敗した彼は 厩舎(きゅうしゃ)に出向き，唯一彼に残された話し相手である愛馬に，息子を失った悲しみを語り聞かせようとするのだった。

　イオーナを襲ったやるせない悲しみは，ロシア語で「タスカー」（または「トスカー」と表記されることもある）といい，これはそのまま小説のタイトルになっている。これはロシア語の基本単語の一つだが，なかなか外国語に訳すのは難しい。いわばロシア人特有の強烈な憂鬱，悲しみ，せつなさであって，それにとりつかれた人間は何も手につかなくなり，最悪の場合には自殺の誘惑に駆られたりもする。イオーナの場合はこんな風だ。

　またもや彼はひとりぼっちになり，またもや彼に静けさが訪れる……。しばらく鳴りを潜めていたタスカーがふたたび姿を現し，以前よりも強い力で胸を締めつける。イオーナの目は通りの両脇をせわしく行き来する人の群を，不安そうに，苦しそうに，きょろきょろ見回す。この何千人もの群衆の中に，せめてひとりでも，話を聞いてくれる人はいないだろうか。しかし人の群は走っていくだけで，何も気づかない──

彼のことも，タスカーも……。タスカーはとほうもなく大きく，果てしない。もしもイオーナの胸が裂け，タスカーが流れ出たら，それは全世界を覆い尽くすのではないだろうか。それなのに，それは目に見えないのだ。そいつはちっぽけな殻の中にでも隠れることができるので，昼間に火をともしても見ることができない……。

　タスカーに襲われた主人公が望むのはただ一つ，誰かに自分の悲しみを話し，共感してもらうことだけなのだが，誰も彼の話を聞いてはくれない。そこで最後には馬に話して聞かせるという，ある意味では滑稽で不条理な結末になるわけだが，ここで浮かび上がってくるもう一つの重要な主題は，イオーナの孤独とコミュニケーション不全である。一般にコミュニケーションがうまく機能せず，台詞(せりふ)のやりとりがとんちんかんになったり，メッセージがしかるべきところに届かなかったりというのは，チェーホフの文学に一貫して出てくるモチーフであり，それが『かもめ』から『桜の園』に至る後期四大戯曲の不条理性を支えているともいえるのだが，そのモチーフは人間に話を聞いてもらえず，馬に話を聞かせようとする主人公の姿にすでに現れていたのである。ちなみに，「メッセージは届かない」という主題を鮮やかに描き出した初期の短編としては，祖父に救いを求める大事な手紙が住所不備のため宛先に届かないという少年の悲喜劇を描いた「ワーニカ」(1886)が有名だが，これも「タスカー」と同じ年に書かれている。

　イオーナは「タスカー」に苦しめられるあまり攻撃的になって人を傷つけたりはしない。彼はあくまでも孤独で「かわいそう」な存在なのである。結末で彼が自分の愛馬に話しかける場面が，その意味では象徴的と言えるだろう。彼はこう言っている。

「そうなんだ、雌馬ちゃん……イオーナのせがれ、クジマーはもういないのさ……。あの世に行っちまった……。ぽっくり、何の理由もなく死んじまった……。そうだなあ、たとえばいま、お前に子馬がいて、お前がその子馬の実の母親だとしよう……。で、突然、その子馬があの世に行っちまったとしたら、どうだい……。かわいそうだろう？」

　チェーホフの「タスカー」は子供を失った親の悲しみを悲しみとして描くだけでなく、その境遇が「かわいそう」なものだということを、母馬の立場になって考えるといういささか突拍子もない譬えを用いて読者に訴えかけ、共感を呼び起こす。逆にいえば、そのような共感を呼び起こすようなタイプの「タスカー」をチェーホフは描くことに成功したのだった。

2．短編「ワーニカ」──手紙は届かない

　若き日のチェーホフは、家計を支えるために、医学部の学生時代に、ユーモア作品を書きまくった。これらの作品は、後年のより本格的な作品よりも軽く見られることが多いが、「せつない」の場合にもはっきり表れているように、笑いはせつなさといつも境を接していて、シリアスな後の純文学的作品にも見られないほどの深みと複雑さを獲得していることがある。その端的な例が、「せつない」と同年に書かれた短編「ワーニカ」である。

　タイトル「ワーニカ」は、主人公の少年の名前である。ワーニカというのは、正式にはイワンなのだが、その卑小形、つまり相手を少し馬鹿にしたり、見下したり（とはいえ多くの場合親しみもこめて）といった態度を示すときに使う形である。田舎の村から大都会モスクワの靴屋の家に、見習い奉公に出された九歳の少年ワーニカ・ジューコフは、そこ

でひどい扱いをうけ，ちょっと失敗してもすぐにぶたれ，ろくな食事も与えられない。彼は父も母もいない孤児なので，頼れる身内は田舎のおじいちゃんしかいない。そこでクリスマスになつかしいおじいちゃんに手紙を書き，自分がどんなに辛い思いをしているか切々と，幼い文章で説明し，「おじいちゃん，助けに来てください」と訴えかける。

ただそれだけの話なので，日本語の翻訳でさっとこの物語を読んでプロットを把握しただけでは，この作品のどこがそれほど可笑しいのか——ありがちなお涙頂戴の哀しい話としては読めるだろうが——分かりにくい。チェーホフはその意味では「つかみどころのない」作家だとも言える。

まずワーニカの手紙の文章が可笑しい。当時のロシアでは，まともな教育を受けたこともない農民の九歳の子供に，きちんとした手紙が書けるわけがなかった。ところがワーニカは，例外的に，地主屋敷の「お嬢様」が暇をもてあましてワーニカに「読み書きや，百までの勘定や，カドリールの踊り方まで」（！）教えてくれた，ということになっている。

そのおかげで，ワーニカは自分の窮状を訴える手紙をまがりなりにも自力で書くことができた。そのロシア語たるや，間違いだらけの奇怪なしろものだった。さらにこの作品を決定的に可笑しくしているのは，彼の手紙の宛名の書き方である。

「早くきて，じいちゃん」ワーニカは続けた。「お願いだから，おれをここからつれてって。不幸なみなしごをかわいそうだと思って。だって，みんなにぼこぼこにされるし，腹ペコで死にそうだし，口で言えないくらいさみしくて，泣いてばかりいるんだから。こないだも，靴の型でご主人様に頭をなぐられたもんだから，ぶっ倒れちまって，やっとのことで気をとりもどしたんだ。どんな犬よりもひどい，どうしようもな

い毎日なんだ……。アリョーナや，めっかちのエゴールカや，御者のおじさんによろしく。ぼくのアコーディオンは誰にもあげちゃだめだよ。いつまでもマゴのイワン・ジューコフじいちゃん早くきて」

ワーニカは書き上げた紙切れを四つにたたむと，前日のうちに一コペイカで買っておいた封筒に入れた……。そして，ちょっと考えてから，ペンをインクに浸して，宛名を書いた。

　村のじいちゃんへ

それから頭をかいてまたちょっと考え，「祖父のコンスタンチン・マカールイチどの」と書き足した。誰にも書くことを邪魔されなかったのに満足して，帽子をかぶり，コートも着ないでシャツ一枚のかっこうでそのまま外に飛び出した……。

手紙には宛名を書かなければいけない。ワーニカは最初，「田舎のじいちゃんへ」と書くのだが，それからちょっと考えて，「コンスタンチン・マカールイチどの」と書き足す。小さい子供なりに精一杯考えたことだろう。しかし，住所が書かれていないし，コンスタンチン・マカールイチというのも，ファーストネームと父称（つまり父親がマカールだということを示す名前）だけで，苗字がないのである。幼いワーニカには，名前プラス父称という，子供が普通使わない大人っぽい言い方を苦心して使ったところまでは立派だったが，苗字をここで書かなければ宛名が正式なものにならないということがまだ分かっていない。これでは手紙は届かない。手紙が届かないというのは，もう少し広い言い方をすれば，メッセージが届かず，人間と人間の間のコミュニケーションが成り立たない状態を指している。

「ワーニカ」のこの結末は，考え方によってはかなり残酷である。作品の冒頭でワーニカが——自分のための書き物机などももちろん与えられ

ていないので——聖像を横目で見ながら，紙を腰掛けの上に置き，その前にひざまずいて手紙を書いていたというディテールも思い出そう。この手紙は祈りだったのだ。その祈りが聞き届けられないということだろうか？

　いや，チェーホフは夢の形ではあるが，甘い慰めをワーニカのために用意したのだ，とも考えられる。手紙をポストに投函し終えたワーニカは，安心してすやすや眠り，そのとき見た夢が物語の結末になっている。

　甘い希望になぐさめられてほっとしたワーニカは，一時間もするとすやすや眠っていた……。その夢に現れたのは暖炉(ペチカ)だった。暖炉のうえには，じいちゃんが腰をおろし，はだしの足をぶらつかせ，料理女たちに手紙を読み聞かせている……。なんだ，暖炉の周りを歩き回っているのはドジョウ（訳注　黒い犬の名前）じゃないか，しっぽを振ってるぞ。

　しかし，チェーホフは「田舎のじいちゃんへ」という宛名のトリックの次に，もう一つ意地悪い罠(わな)を用意していた。識字率が低かった当時のロシアのことなので，「田舎のじいちゃん」もまた文字が読めない可能性が高いのだ。つまり手紙は届かないだけでなく，仮に届いたとしてもその受取り手はそれを読むことができない。手紙はかくして二重に配達を拒否される。メッセージを遮断された「みなしご」のワーニカは，これからどうやって生きていき，どんな大人になれるのだろうか。

3．短編「かわいい」——聖女か，バカ女か？

　三番目に取り上げるのは，チェーホフの数ある短編の中でもっとも有名なものの一つ，「かわいい」(1899) である。これは，日本では「可

愛い女」（神西清訳，原卓也訳），「かわいい女」（小笠原豊樹訳，木村彰一訳，松下裕訳）を初めとして，いくつか微妙なヴァリエーションはあるものの，おおむね同じような邦題で知られていた作品だが，ロシア語の原文にない「女」という言葉を盛り込んでしまうと，誤解を招く恐れがあると考えて，「かわいい」と訳すことにする。

　ヒロインは退職官吏の娘オーレンカ。この名前はオリガの愛称形である。親しみのこもった呼び方だが，大人の女性を呼ぶにはやや馴れ馴れしく，子供っぽい感じがする。それをチェーホフはあえて，小説の語りの中で一貫して使っているので，その感じを出すためにこれは「オリガちゃん」と訳すことにしよう。彼女はまず，遊園地と劇場を経営する興行主クーキンの話を聞いているうちに，彼のことが好きになってしまう。

　オリガちゃんは男の話にじっと真剣に聞きいり，その目に涙が浮かぶこともあった。しまいに彼女はクーキンの災難に心を動かされ，彼が好きになってしまった。（中略）彼女はいつだって誰かのことが好きで，好きな人なしではいられなかったのだ。以前好きだったのは自分のパパだったが，いまではそのパパも病気になり，暗い部屋で肘掛け椅子に座り，苦しそうに息をしている。それから，二年に一度くらいブリャンスクからやってくるおばさんのことも好きだった。もっと前，中学生だったころはフランス語の男の先生が好きだった。

　そしてクーキンと結ばれると，オリガちゃんは夫と一体化し，幸せに暮らす。

　彼女は知り合いに，この世で一番すばらしく，一番大切で，一番必要

なものは演劇であって，本物の楽しみを味わい，教養ある人情豊かな人間になることができる場所は劇場だけだ，とまで言うようになっていた。

 ところがこのクーキンが病気で急死すると，オリガちゃんはしばらくの間，嘆き悲しみ，泣き暮らすのだが，三ヶ月も経つと，今度は材木商のプストワーロフという男と知り合い，ほんの十分ばかり話しただけで，彼のことが好きになってしまうのだ。

 どのくらい好きになったかというと，一晩中眠れず，熱病にかかったみたいに恋いこがれ，翌朝には年配のご婦人を呼びに使いを走らせたほどだった。やがて縁談がまとまり，それから結婚式が行われた。
 プストワーロフとオリガちゃんは，結婚して楽しく暮らした。

 今回もオリガちゃんの夫との一体化は完璧である。いまや彼女は「自分がもうずっと昔から材木を商っていて，人生で一番大切で一番必要なものは材木だと思え」るほどだった。そして，「夫の考えがそのまま，彼女の考えになった」のである。

 もしも彼が，部屋の中が暑いとか，最近は景気がかんばしくない，などと思えば，彼女もまったく同じように思った。夫はおよそ娯楽や気晴らしというものを知らず，祝日は家にこもっていたが，彼女も同様に過ごした。
 「いつも家か事務所にいらっしゃるけれど」と，知り合いが言った。「お芝居とか，サーカスにでも行けばいいのに，かわいいオリガさん」
 「うちのワシリーちゃんとわたしはお芝居なんて見に行くヒマ，あり

ませんわ」と，彼女は真面目くさって答えた。「わたしたちは仕事人間ですからね，そんなくだらないものどころじゃないんです。お芝居なんて，どこがいいんでしょうね？」

　つまり興業主と結婚すれば芝居のことばかり熱心に語っていた彼女は，彼が死んで次に材木商と結婚すれば芝居のことなどけろりと忘れて今度は，材木の商売に精を出す。という具合なのだ。二度あることは三度ある。六年ほど経って材木商が病死してしまい，またしてもオリガちゃんは哀しみのどん底に突き落とされるのだが，「好きな人なしでは一年も暮らすことができない」オリガちゃんはやがて町に駐屯している連隊付きの獣医と男女の仲になるのだが……。
　要するにオリガちゃんとは，男次第でくるくると言うことが変わる，主体性のない女性である。主体性がないだけならまだしも，彼女は男と一体化すると，よく分かっていないくせに，その男の仕事に余計な口を出しさえもする。明らかに戯画的，風刺的な描きかたである。このような女性をチェーホフはどのような意図をもって描いたのか。このような女性をチェーホフは本当に「かわいい」女性として示したかったのだろうか，それともこれはアイロニー（皮肉）だろうか。
　ここで，そもそもロシア語の原題はどうなっているのかについて，少し考えておく必要がある。この小説の原題は《Душечка》（ドゥーシェチカ）といって，ロシアのあれこれの辞書を見ても，説明はおおよそ，主に女性や子供について「かわいい人」の意味で使う言葉だという説明がある。普通名詞として使われるよりは，むしろ，相手に対して優しい気持ちを込めて使う呼びかけの言葉という性格が強いものだ。この言葉自体は「女」を意味するものではない点に注意していただきたい。確かに女性について使うことが多いのは事実だが，女性のセクシュアリティ

を含意するような言葉ではない。これは「かわいい」存在に対するいとおしさを表す呼びかけなのである。

「かわいい」は発表直後から、激しい読者の反応を呼び起こした。作品の評価が分かれるのは特に珍しいことではないが、この作品の場合、特徴的なのは、チェーホフはオーレンカを嘲笑しているのか、賛美しているのかという点でそもそも読者の理解が真っ二つに割れてしまったということだろう。別の言い方をすれば、チェーホフが描き出したこの「かわいい」存在というのは、人間の最高の美徳をそなえた素晴らしい人間なのか、単なる「おばか」な女なのか、という点に関して、激しい議論が起こった。

当然予想されることだが、チェーホフの描いた女性像について、これは女性蔑視であるとか、女性に対する嘲笑であると憤慨した女性の読者たちがいた。ところが、逆に、これを女性の理想像として賞賛した読者もいた。典型的なのは、作家のトルストイである。彼は、自分の存在のすべてを捧げて人を愛することができる「かわいい」女は、滑稽であるどころか、神聖であり、このような無私の行為こそが、人間をもっとも神に近づけるのだと考えたのだった。

これほど単純な小品でありながら、解釈がこれほど食い違ってしまったとのは、どうしてだろうか。そこにこそ「捉えがたい」チェーホフを読み解くための、一つの鍵があるように思う。新聞社主でジャーナリストのスヴォーリン宛ての有名な手紙の中でチェーホフ自身が言っているように、彼の考えによれば、芸術家がなすべきことは「問題の正しい提示」であって、決してその「解決」ではなかった。「かわいい」の場合も、彼は女の姿を見事に「提示」したけれども、彼女の抱えた問題を「解決」するつもりはなかった。だからこそ、作者はしばしば登場人物に対して両義的に見える態度を取るようになり、その意図が読者にはう

かがい知れず、様々な解釈が出てくるのである。

4. 戯曲『かもめ』

　チェーホフの戯曲の代表作というと、『かもめ』『ワーニャ伯父さん』『三人姉妹』『桜の園』を挙げるのが普通で、これはよく「四大戯曲」とも呼ばれる。その中で一番早く書かれたのが『かもめ』であり、まだ完全にチェーホフらしい洗練を極めていない部分があるとはいえ、それだけに荒削りな魅力を秘めていると言えるだろう。そのためだろうか、日本では四大戯曲の中でも、『かもめ』はことのほか愛されてきた。上演回数も一番多いのではないかという印象がある。

　『かもめ』はロシアの地方の貴族屋敷を舞台にした戯曲である。主要な登場人物と言えるのは作家志望の20代の若者トレープレフ、その母親で有名な女優のアルカージナ、そして彼女の愛人である著名作家のトリゴーリン、その作家に憧れる近隣の地主の若い娘ニーナといったところだが、人間関係は複雑に絡み合っていて、単純にプロットを説明できないのがむしろこの作品の新しさになっているとも言えるほどである。

　興味深いのは、チェーホフがこの作品を「喜劇」と指定していることだ。チェーホフ晩年のいわゆる四大戯曲はいずれも挫折、自殺、絶望、殺人（未遂）、失意、没落といったモチーフに満ち、普通に考えたらその内容は楽しいというよりは、むしろ悲しいものであることは明らかなのだが、チェーホフはこれらの作品を「喜劇」と考えていた。特に『かもめ』と『桜の園』はチェーホフ自らわざわざ「喜劇」と副題に書き込んでいたほどなのである。

　『かもめ』はこれまで何度も訳され、親しまれてきた作品で、言葉もさほど難しくないのだが、科白を一言一言吟味していくと、細部にずいぶん重要な意味がしばしば込められていること分かる。一つだけ、例を

挙げると，第三幕で女優のアルカージナとその息子トレープレフが言い争う場面で，興奮した親子は互いに罵りあい，息子が母親を「けち」と言うと，母親は息子を「ボロすけ」と言い返す。ここで「ボロすけ」にあたる原語は，「ボロボロの服を着た人」の意味で，日本語ではその意味を込めた一語の罵りが見当たらず，筆者は新訳でこのような新語めいたものを作ってしまった。ここで見落としてはならないのは，トレープレフがボロを着ているのは実際にアルカージナがケチだからだ，ということである。つまり，息子がボロを着ているのは他ならぬ母親のせいなのに，母親は息子が「ボロを着ている」と罵っているわけで，考えてみると，そう言って息子を罵るとは，ずいぶんひどい母親である。そして，それを念頭に置けば，これは非常に喜劇的でもある。

　この戯曲には謎めいた箇所が多い。おそらく戯曲全体にとってもっとも大事な「謎」といえば，複雑な人間関係そのものではないだろうか。チェーホフ自身はこの戯曲について「五プードの恋」がある，と言っている（「プード」はロシアの昔の重さの単位で，約15キロ）。つまり，非常に沢山の恋愛関係が展開するという意味だ。実際，数え出してみると，メドヴェジェンコ→マーシャ，マーシャ→トレープレフ，トレープレフ→ニーナ，ニーナ→トリゴーリン←アルカージナ，ポリーナ→ドルン（矢印は好意・恋愛感情の向きを示す）といういずれも片思いか，幸福な結婚に結びつかない恋愛関係が少なくとも六組は存在している。しかも，ひょっとしてアルカージナとドルンもかつて恋仲であったかもしれないと考えると，アルカージナ→ドルン←ポリーナの三人が結びつき，すべてが鎖のように一つながりになってしまう。このようにあまりに沢山の恋があって，どこに中心があるかわからない構造は型破りなもので，チェーホフ自身「フォルテに始まり，ピアニッシモで終わった。演劇芸術のあらゆる法則に反して」と言っていて，ここには明らかに現

代的な演劇手法を先取りするものがあった。

　斬新だったのは, 一つの中心がないということだけではない。多くの登場人物の間で意志の疎通がうまくいっておらず, 互いにどこまで相手の気持ちがわかっているのか, 観衆にもよくわからないような書き方になっているし, そのうえ, 大事な出来事は舞台の上では起こらず, 舞台裏で起こったり（典型的なのは結末のトレープレフの自殺）, あるいは説明されない過去のことだったりする。

　この戯曲の斬新さを示すもう一つの特徴は,「かもめ」のイメージをシンボリックに全編にわたって使っているということだろう。チェーホフの友人の中には, 実際に銃で自殺未遂をし, カモメを撃ち殺したレヴィタンという画家がいたことが知られているので, このカモメは現実に発想の根拠を持つものだが, 戯曲の中では撃ち殺されたカモメが, 遊び半分の男にだまされ, 破滅の道を歩むことになる若い娘の人生の象徴になっていることは言うまでもない。そしてニーナは「わたしはカモメ」と何度も繰り返すことになるのだが（ロシア語には冠詞がないので, 複数の解釈が可能だが, これは一つの可能性としては,「わたしはあの（撃ち落された）カモメだ」という意味に取ることができるだろう）, 最後に興味深い転換が起こる。ニーナは結局, たくましく生きていこうとするのに対して, トレープレフのほうが自分を撃ち殺してしまうのだ。つまり, 最後にカモメになるのは, じつは彼のほうなのである。驚くべき逆転がこんな風に舞台の裏でひっそりと起こり, 観衆は悲劇のカタストロフを十分に味わえないという不条理な感覚の中に取り残される。そんな戯曲を, チェーホフはあくまでも「喜劇」だと考えていた。

　どうしてこれが「喜劇」なのかということは, これまた, いまだに多くの研究者を悩ませる「謎」なのだが, 簡潔で明快なようでいて, 至る

ところに残るこういった不条理な感覚こそが，チェーホフの本質とも言えるだろう。このようにしてチェーホフは，ドストエフスキーやトルストイが確立した重厚長大な19世紀リアリズム小説の時代を受け，より現代的な20世紀モダニズムへと移行する過渡期にあって，独自の道を切り拓いていったのだった。

参考文献

チェーホフ作品の翻訳
沼野充義編訳『新訳 チェーホフ短篇集』集英社，2010年。
チェーホフ『かもめ』沼野充義訳，集英社文庫，2012年。
『チェーホフ全集』全16巻＋別巻『チェーホフ研究』『チェーホフの思い出』神西清・池田健太郎・原卓也他訳，中央公論社，初版1960-1961年（その後，何度か版を重ねている）。
その他，チェーホフの短編および『かもめ』『三人姉妹』などの戯曲は，神西清，小笠原豊樹，浦雅春などの翻訳で，岩波文庫，新潮文庫，河出文庫などに入っているが，いずれも訳者の個性が発揮された優れた訳である。翻訳者による文体の違いに注意しながら，読み比べるのもよい。沼野充義による新訳は，伝統的に通用しているタイトルを大胆に変えているものがある点に注意。

研究・解説書など
沼野充義『チェーホフ かもめ』（NHKテレビテキスト 100分de名著 2012年9月号），NHK出版。
沼野充義『チェーホフ 七分の絶望と三分の希望』講談社，2016年。
浦雅春『チェーホフ』岩波新書，2004年。

学習課題

1. 「かわいい」の主人公オーレンカに対するチェーホフ自身の作中人物に対する評価や態度は，どのように作品中に表現されているだろうか。作者の「意図」はどのように読み取ることができるだろうか。
2. 「ワーニカ」や「せつない」の主人公のこの先の人生は，どのように思い描くことができるだろうか。作品の中に書き込まれた手がかりから，彼らの将来を予期できるだろうか。それともこれらの作品は完結していて，登場人物のこの後を想像することは無意味だろうか。
3. 『かもめ』は悲劇か，喜劇か，あるいはそういう分類に意味はないのか。自分なりの読解に基づき，テクストから具体的な論拠を示しながら，論じてみよう。

13 | アメリカ（1） ナサニエル・ホーソーン『緋文字』を読む

阿部公彦

《目標・ポイント》 ナサニエル・ホーソーンの『緋文字』は，現代の日本人が読んでもその迫力に圧倒される力強い古典小説だが，その背景を知ると理解がより深まる。アメリカの魔女狩りの歴史，ピューリタニズムの抑圧，作家自身の先祖への思い，近代個人主義とプロテスタンティズム，19世紀の超絶主義との関係，英米の小説作法の違いなど読み所は多岐にわたる。「あ，これは自分のために書かれた物語だ！」と自分に引きつけて読むことも可能だが，建国から数十年をへた19世紀半ばのアメリカでどのように小説が書かれ，読まれたかといった事情に思いをめぐらせるのもおもしろい。本章ではアメリカ小説の中でももっとも有名なものの一つに数えられるこの作品のあらすじと登場人物の特徴などを確認した上で背景事情に触れ，読解のためのヒントを探ってみたい。

《キーワード》 米文学，アメリカ史，ピューリタン（清教徒），プロテスタンティズム，個人主義

1. ヘスター・プリンの出獄

　『緋文字』はホーソーン初期の作品で，彼がすでに発表した「ヤング・グッドマン・ブラウン」などのよく知られる短編に続く初の長編作品である。それほど大きなアクションがあるわけではないし舞台も限られているが，登場人物たちの心理の奥にあるものを徹底的に描き出すことを通じ，時代や地域を越えた普遍的な問題を提示している。その心理ドラマの濃厚さは，一度読んだら当分忘れないものだろう。

　作品の冒頭を飾るのは「税関」と題された章である。ホーソーンは作

品執筆の前まで税関で働いており，そのときの経験が生かされていたと考えられている。作品の語り手も税関の職員。この章ではその体験が細々と書きこまれる。一件，本筋とは無関係にも見える部分だが，やがて彼はこの税関でヘスター・プリンという女性の記録と出合うことになる。本筋が始まるまでの過程がかなり長々と描かれていることに不満を持つ人もいたようだが，作家ホーソーンにとってはこの部分はどうしても必要だった。

　この「税関」の章の後，ヘスター・プリンの記録をたどる形で舞台は約200年前，17世紀のボストンへと移る。ボストンはイギリスからアメリカに渡った人たちが最初にその植民地を築いたニューイングランドの中心で，建国者たちの精神的支柱となったピューリタニズム（清教徒主義）の牙城ともなった町である。

　冒頭では，姦通罪（かんつう）の刑期を終えて出獄したヘスターが，胸に姦通adulteryを示すAの文字をつけられ，人々のさらし物になるところがたっぷりと描写される。

　若い女は背が高く，その容姿は完璧な優雅さを存分にそなえていた。そのみどりなす豊かな黒髪はつややかに日光を反射して輝き，顔は，端正で目鼻立ちが整って美しいばかりか，高くすぐれたひたいと底知れぬ黒い瞳のために印象的であった。また，彼女には，当時のやんごとない生まれの貴婦人といった，ある種の威厳と気品があって，それは今日のお上品な婦人の特徴とされる繊細で，はかなく，いわく言いがたい優雅さとはちがっていた。（七七）

　もし清教徒たちの群にカトリック教徒がいたなら，胸に赤子を抱いた，この風変わりな服装と容姿の美しい女性のなかに，これまで数多く

の画家たちがきそって描こうとしてきた聖母マリア像を思い出させるような姿を見いだしていたかもしれない。この世をあがなうべきみどりごを生んだ，かの清純無垢なる母性の聖なる姿を，まるで反対なのだが，思い出させる何かを見いだしていたかもしれない。(八一)

　不名誉さと罪をたっぷりと背負ったはずのヘスター。しかし，その姿には凜(りん)とした美しさがみなぎり，ほとんど聖なる輝きさえたたえているという。ヘスターはこの後，裁縫の仕事に打ち込みながら幼子を育て，その慈愛に満ちた所業のおかげもあって，徐々に人々の信頼を得ていく。

　『緋文字』という作品で重要なのは，事件がすでに終わっているということである。主人公ヘスター・プリンは，夫がいるにもかかわらず別の男と関係を持ち，投獄されたのである。しかも，子供を身ごもってしまった。姦通というテーマは文学の「華」。近代小説は姦通抜きには語れない。ただ，この作品では姦通事件そのものの詳細は最後までほとんど書かれず，そのかわりにこれでもかとばかりの荘重な文体で，この姦通事件の当事者たちの心理ドラマが描き出される。事件そのものの記述なしでこれほどの迫力を持った作品に仕上がっているというところは驚嘆すべき点であろう。

　そもそも姦通がかくも文学作品に数多く描かれるようになったのはなぜか。それは初期の小説で「いかに上手に結婚するか」というテーマが好んで選ばれたことと関係する。イギリス小説の父と言われるサミュエル・リチャードソンの『パメラ』(1740)は，貴族の屋敷で働く女中が，その当主の性的誘惑を退けながら最終的にはきちんと正妻の座を得るという物語だった。まだ印刷物の数が少なく，現代のようなジャンル分けも確立していなかった当時，小説は単なる娯楽ではなく，他にもさまざ

まな役割を担ったジャンルだった。文章の書き方のお手本として読まれたり、日常の振る舞いの決まりを知るための作法書として流通したりしたのである。とりわけその中でも「結婚の方法」について指南するという要素は大事だった。

そんな中で、ジェーン・オースティンの『高慢と偏見』のようなハッピーエンドに終わるものだけではなく、男性の誘惑に負けたがために悲惨な末路を辿る女性の物語も数多く書かれることになる。いわゆる「感傷小説」と呼ばれるような作品では、男性に騙された暗い過去を隠し持つ女性が登場することも多い。『緋文字』もそうした物語の系譜につらなる作品の一つと見ることができる。

2. アーサー・ディムズデールの苦悶と救い

さて、冒頭部に続いて焦点となるのは出獄後のヘスターの生き様である。「過去のある女」として登場するヘスターは、罪の意識を心の内にかかえたまま、まぶしい外の光を浴びる。彼女はこのあと、どのように社会に適応していくのか。彼女が何より優先したのは、自分を抑えることだった。社会に尽くすことを第一に考え、本性を押し殺す人間として生きていこうとするのである。そこから彼女には聖性さえ生まれるかに見える。Aの文字が、姦通 = adultery よりも、天使 = angel の頭文字に見えてくる。

しかし、そんなヘスターの社会への「適応」に微妙に影を落とすのが、娘のパールの存在である。パールにはどこかふつうの子供とは違う「魔性」が宿っているように見える。勘が強く、何を考えているのかわからないパールは、ヘスターにとっても自分から生まれたとは思えない不気味な存在と見えることさえある。しかし、重要な場面でパールの行動や言葉は、深い意味を持ちもする。とりわけヘスターと関係を持った

張本人アーサー・ディムズデールの前では，パールはまるで異界からの使者のようにふるまい，その場の感情に流されそうになる二人に警告となる言葉を発したりする。

　その次にスポットがあたるのは，ヘスターの姦通相手である。世間はまだそれが誰であるかを知らない。その名はアーサー・ディムズデール。彼は何と聖職者だったのである。17世紀のニューイングランドでは，宗教指導者たちは民衆の間でも非常に尊敬され，強い力も持っていた。出獄後のヘスターも彼らによって見守られることになる。ところが，そんな聖職者のひとりが実はヘスターの姦通相手だったというのである。

　これはきわめて皮肉な事態だった。社会の中でもっとも徳が高いと見なされている聖職者の一人が，実は最も蔑まれ呪われる行為に手を染めていた。しかも，そのことを誰も知らない。ヘスターは決して姦通相手の名前を明かさず，一身に世間の呪詛(じゅそ)を浴びている。アーサーはそれを目の当たりにする。しかし，どうしても真実を言うことができないのである。表向き聖職者の仮面をかぶりつつ，心の内に罪の意識をかかえつづける。このゆがんだ状況ゆえ，彼の精神と身体とは次第に荒廃していく。

　そんな中，もう一人，重要な人物がいる。ヘスターの元夫のロジャー・チリングワースである。すでに初老のロジャーは，医術を専門とした広範な知識の持ち主だったが，人間としての暖かみに欠け，妻に対する愛情も薄く，それがヘスターの姦通の原因ともなった。そのロジャーが元夫ということを世間には隠したままヘスターに近づく。そして，進んでその体調管理を引き受けるのである。

　ヘスターにとってはこれは拷問にも等しい状況だった。しかし，ロジャーの「自分が夫であることをぜったい口外するな」という命に彼女

はおとなしく従わざるをえない。彼は復讐の鬼と化し，妻の姦通相手を突き止めようという暗い情念に突き動かされていた。だから，こうして至近距離からヘスターを監視し続けようとしたのである。

そこへ今ひとつの皮肉な事態が生ずる。原因不明の病で体調が悪化する聖職者のアーサーの面倒を，まさにロジャーが見ることになったのである。姦通した男と，姦通された男とが，患者と医者という関係となったのである。二人は同じ家に住み，日々顔を合わせる。二人とも，当初は相手の真実を知らない。しかし，アーサーは次第にその視線を苦しく感じる。他方，ロジャーはアーサーの心のガードがあまりに堅いことに怪しいものを感じていた。そんなある日，ついにロジャーが，文字通りアーサーの胸に刻まれた秘密を知るに及ぶのである。「犯人」をついに突き止めたロジャーは，心の中で復讐の炎を燃えたたせる。そして，アーサーを生殺しにするべく，陰湿な目を光らせる。

アーサーはどんどん追い詰められていく。ロジャーの正体も知らず，彼に秘密をかぎつけられたこともわからないまま，とにかく憔悴していく。そんなアーサーの苦境を知ったヘスターは，ついにロジャーが元夫であることをアーサーに告げる。この場面は『緋文字』のもっとも大きな山場の一つである。そのセッティングが森であることは重要だ。この森はただの森ではない。人間の秩序と理性が支配する町とは対照的な，魔界としての森なのである。狂気や犯罪や悪霊がうごめく森。その森で，ヘスターはＡの文字をかなぐりすて，ついにアーサーを抱擁する。

突然，絶望的な情熱にかられて，彼女は両腕で彼をひしと抱きしめ，彼の頭を胸に押しつけた。彼のほおが緋文字に当たっていたが，彼女は気にとめなかった。彼は身を離そうともがいたが，無益だった。ヘス

ターは彼を逃そうとはしなかった。彼にきびしい目つきで見つめられたくなかったのだ。世間は彼女に顔をしかめてきた——七年という長いあいだ，世間はこの孤独な女性に眉をひそめてきた——それでも，いまなお彼女はそのことごとくに耐え，ただの一度も，その断固たる悲痛な目をほかにそらすことはなかった。
　（二八二）

　こうして森の中でヘスターは再び変貌した。罪を悔い改めて社会に従順につくす女から，ワイルドで行動力に満ちた女へ。そして彼女はアーサーとともに国外に逃亡することを計画する。
　しかし，そこでパールが拒絶反応を示すのである。抑圧の象徴であったＡの文字をかなぐり捨てた母親の胸を指さしたパールは，二人の元に近寄ろうとしないのである。非常に示唆的な行動である。

「いうことをきかない子ね，ほら，小川をとびこえて，こっちへ走っていらっしゃい！　でないと，おかあさんがそっちへいきますよ！」
　しかしパールは，母親が懇願してもいうことをきかなかったように，おどしたことでいっこうに驚いた様子はなく，こんどは突如として癇癪をおこし，はげしく手足をばたつかせ，その小さなからだをおよそ極端にねじまげてみせた。彼女は，この激情の発作と同時につんざくような叫びをあげたので，これが森のいたるところにこだまして，実際には子供がひとり理不尽な怒りを爆発させただけだのに，まるで森にひそむもろもろの者どもが彼女に同情して声援を送っているかのようであった。
　（三〇六）

　森での出来事の後，ヘスターは密航の準備を進める。アーサーも，あ

る記念日(「選挙日説教」)に一世一代の演説をした後に,人々の前から姿を消す覚悟を決めた。不思議なことに,その日のアーサーの最後の演説はこの世ならぬ熱気で人々を酔わせることになる。聴衆はその聖なる力に打たれた。ところが,その姿を見ながら,真相を知るロジャーはひとりほくそ笑んでいる。実はロジャーも彼らと同じ船に乗りこむ手はずを整えていたのである。絶対逃さないぞ,と言わんばかりに。ヘスターはそのことを知って愕然(がくぜん)とする。

しかし,物語の結末はロジャーとヘスターの予想を超えるものだった。アーサーは演説の後,壇上で,一堂に会した彼の崇拝者に対して,ついに自らの罪を告白するのである。そしてすべてを口にした後,胸に刻まれたAの文字を人々の前にさらす。ロジャーはその姿を見て,「やめろ!」と叫ぶ。劇的なシーンである。アーサーはそのまま息絶える。

3. イノセンスと罪

この小説の明白なテーマは罪である。しかし,罪は単純な「悪」として提示されているわけではない。ヘスターとアーサーの犯したのは姦通という罪だが,その罪を背負って生きていくことで二人はむしろ誰よりも聖性に満ちた領域へと踏み込んでいこうとする。

これはキリスト教でしばしば見られる「回心」(conversion)の物語を彷彿(ほうふつ)とさせる。罪深い生活を送った人間が悔い改め,正しい信仰に心を向けるいわゆる「回心」の物語は,キリスト教世界ではアウグスティヌスの『告白』をはじめさまざまな形で語られてきた。回心をへた者はより高い宗教的確信を得るともされる。そして,アウグスティヌスの書名にもあるように,「回心」の過程にはしばしば「告白」という行為が伴う。『緋文字』の結末が告白で終わるのは,いかにもキリスト教的なパターンだと言えるだろう。キリスト教が力を失ったと言われる19世

紀以降現在に至るまで，こうした告白の物語はさまざまな形で語り直されてきたが，これはキリスト教が力を失ったと見えてその発想がいまだに社会の中で生きている証拠かもしれない。

　ただ，回心の物語をなぞっているようでありながら，『緋文字』にはキリスト教に対するアンビヴァレンスもある。たとえばヘスターとアーサーの二人への復讐に燃えるロジャー・チリングワースは，他者の罪を許さない「不寛容の罪」に陥っているが，この不寛容さはホーソーンの先祖が担った厳格なピューリタニズムの根にあったものでもある。ホーソーンはこうした罪との付き合い方そのものに深い問題意識を持っていた作家だった。

　ホーソーン家の先祖ウィリアム・ホーソーン（1607-1681）はナサニエルからすると五代前（great-great-great-grandfather）にあたり，最初期にイングランドからアメリカに渡ったまさに「建国の父」の一人だった。彼はボストンに定住すると，異なる宗派に不寛容な厳格なピューリタンとして知られることになる。その子のジョン・ホーソーンも，悪名高い「セーラムの魔女裁判」にかかわった人物として，その不寛容さで知られることになる。この魔女裁判では多数の女性が魔女の嫌疑をかけられて処刑され，ニューイングランドの歴史に暗黒の一頁を刻んだのである。ホーソーンは，自分の直系の祖先がこうした歴史にかかわっていたことに胸を痛めていた。

　ちなみに，ロジャー・チリングワースのような「復讐の鬼」は，イギリスの文学作品にもしばしば描かれてきた。もっとも有名なのは『失楽園』の魔王である。神に対して反乱を起こした魔王は，戦いに敗れて地獄に落ち，神への復讐を誓う。そしてエデンの園で暮らすアダムとイブを誘惑するというストーリーである。その激しい情念と悪意とは，人間の究極の真実を表現しているとも言える。こうした悪意と執念の具現

は，たとえば『オセロー』のイアーゴ，『嵐が丘』のヒースクリフ，『フランケンシュタイン』の怪物，アメリカ文学では『白鯨』のエイハブ船長など，数々の名作に描かれてきた。彼らはあきらかに「悪」と「過剰さ」を背負い，病的なほどの執着を見せる異様な人物として描かれているが，にもかかわらず単におぞましさを見せつけて終わるわけではない。彼らには何か訴える力があり，作品を読み進めるうちに私たちはつい感情移入してしまったり，その迫力に言いしれぬ感動を覚えたりする。単なる「悪」として片付けられないこうした人物には，私たちの誰もが心のうちに抱えている闇が体現され，そのことで作品にも深みが与えられているのである。

　ところで，大人たちがそれぞれの罪の重さを背負っているのに対し，パールはイノセントな子供として登場する。しかし，彼女はまさにそのイノセンスゆえに魔力を備えてもいる。ホーソーンが生きた19世紀前半は，アメリカでもロマン派的な想像力が力を持った時代だった。イギリスではワーズワスが子供を天上界から生まれ落ちたばかりの聖なる存在ととらえたが，そのネオプラトニズム的で神秘主義的な子供像は，ホーソーンのパールにも共有されている。パールは大人からすると，わけのわからない不気味な存在とも見えるが，実は人間社会の秩序を越えた「目」を備えてもいるのである。そんな存在を狂気と紙一重の微妙な境地の中に描き出すあたりは，ホーソーンの個性であり魅力だとも言える。

　アメリカン・イノセンスという言葉があることからもわかるように，アメリカ小説では必ずといってもいいほど「イノセンス」のテーマが扱われてきた。これはヨーロッパから渡ってきた白人の植民者たちが，アメリカという土地をヨーロッパ的な腐敗から逃れた清く無垢な場所としてとらえたこととも関係する。もちろん，アメリカにも先住民がいて，

彼らはそうした先住民を追い出すことでこそ「無垢な土地」を手に入れたわけだから，これは都合のよい自己正当化とも見える。ホーソーンの描き出す無垢の微妙さはそうした要素も含めて考えることができる。

4. 時代背景

　ホーソーンが生きたのはいったいどういう時代だったろう。彼の同時代には『白鯨』で知られるハーマン・メルヴィル，超絶主義のR・W・エマソン，『ウォルデン』のH・D・ソロー，『草の葉』のウォルト・ホイットマンといった作家や詩人がいる。彼らが活躍した時代は「アメリカン・ルネッサンス」と呼ばれ，アメリカ文学史上のもっとも輝かしい時代となった。

　アメリカ建国は1776年。それまでイギリスの植民地の一つにすぎなかった土地が，戦争をへて，ついに国としての政治的な独立を勝ち取った。しかし，歴史上しばしば見られることだが，文化的な独立は政治的独立よりも遅れてやってくる。アメリカもその例に漏れない。本国イギリスから見れば辺境の地であったアメリカでは，文学作品も本国の潮流の圧倒的な支配下にあった。アメリカで18世紀から19世紀にかけて流行したのは，ヨーロッパで18世紀に流行したような古典主義的な作品や，先にも触れたような婦女子の教育を目的とした感傷小説である。そのアメリカではじめて「国民文学」と呼べる独自の作品が生まれるようになったのが19世紀半ばの「アメリカン・ルネッサンス」の時期だった。1850年代のごく短い期間に多くの力のある作品が世に出たのである。

　彼らの最大の特徴は強烈な内面性だった。その本質はロマン主義的なものであり，ワーズワスなどイギリスロマン派との類似性も強い。中でも大きな影響力を持ったエマソンは，五感の経験を超えた真理の把握を

目指すいわゆる「超絶主義」（transcendentalism）を唱えたが，それを支えたのは独特の楽天性と自己信頼であった。当時のアメリカは物質主義に傾く一方，奴隷問題などの矛盾も表面化しつつあり，こうした精神主義的な姿勢は，そんな潮流に対する一つの真摯な答えとしてアメリカ文化の支柱となっていく。

『緋文字』にも明らかにこうした精神主義的な内面性が見て取れる。ホーソーンは「ノヴェル」（novel）と「ロマンス」（romance）を区別し，前者が蓋然性の高い記述に基づいたいわゆる「リアリズム」を基礎とするのに対し，後者では想像力と象徴性が駆使されるとした上で，自分はどちらかというと「ロマンス」に軸足を置くと言っている。即物的な世界の向こうにより精神的な意味を見いだすというのがホーソーンの姿勢だったのである。

ここにはアメリカ小説とイギリス小説の違いとしてことあるごとに持ち出される対立軸が見えて興味深い。イギリス小説の背景にはいつも社会があり，社会の中の個人を描くことに力が注がれる。novelの世界をつくるのは，個人と社会の関係である。これに対しアメリカ小説では，中心となるのは何と言っても個人であり，個人と自然とか，個人と世界といった対立が小説世界の土台となる。ホーソーンは，同時代の作家の中では比較的イギリス小説的な手法も身につけた作家で，デリケートな人間関係や繊細な描写も得意としていたが，そんなホーソーンだからこそ「ロマンス」を意識していた。

『緋文字』でも，ホーソーンが駆使したのは寓話的な技法である。紅の色で刺繡された「A」という文字。その象徴性は明らかである。主人公のヘスター・プリンはadultery（姦通）という語の頭文字である「A」を胸につけることで罪を背負う。まぎれもない「スティグマ（不名誉の印）」なのである。しかし，この「A」がやがて別の意味を持つ

ようになるというのが作品の読み所でもある。

　こうした意味の過剰さは，私たちが今，馴染んでいる小説の作法からすると，ちょっと「やり過ぎ」と見られることもあるかもしれない。何より「A」の文字をずっと胸につけさせられるとか，アーサーの胸に「A」の文字が刻まれるといった展開は，ほとんどSFやファンタジーの世界とも見える。こうした象徴や寓意の多用は，前近代的で，どこかおとぎ話的な世界を連想させるかもしれない。しかし，ホーソーンの独自性は，そうした前近代的な物語の枠を使いつつも，たとえば出だしの章で「税関」のリアリズムを介在させたり，人物の心理をきわめて精緻に書きこんだりしながら，読者を引きこんでいくところにある。啓蒙主義のもと，物質主義的な思考が世の中の主流となりつつある中で，どうやって人間の心を文学作品の中で表現するかに作家たちは心を砕いた。19世紀リアリズムに見られるように，「もの」との関係を徹底的に描くという方法もあったが，アメリカン・ルネッサンスの作家たちは軸足を「内面」に置くことで，濃厚で迫力ある心理ドラマを提示することに成功したのである。

◇作品テクスト
　『緋文字』の翻訳は多数ある。本章の引用は，八木敏雄訳『緋文字』（岩波文庫）による。

参考文献

諏訪部浩一編『アメリカ文学入門』(三修社　2013)
F・O・マシーセン，飯野友幸・江田孝臣・大塚寿郎・高尾直知・堀内正規訳『アメリカン・ルネサンス　上巻　エマソンとホイットマンの時代の芸術と表現』『アメリカン・ルネサンス　下巻　エマソンとホイットマンの時代の芸術と表現』(ぎょうせい　2011)

大井浩二『ナサニエル・ホーソーン論』(南雲堂)
成田雅彦・西谷拓哉・高尾直知『ホーソーンの文学的遺産』(開文社出版)
丹羽隆昭『恐怖の自画像』(英宝社)
山本雅『ホーソーンと社会進歩思想』(篠崎書林)

西前孝『記号の氾濫――「緋文字」を読む』(旺史社)
斎藤忠利編『緋文字の断層』(開文社出版)

学習課題

1. 『緋文字』の小説としての面白さ，迫力，不思議さはどんなところにあるか。好きな場面を選んで説明してみよう。
2. 『緋文字』の登場人物をくらべて，それぞれどのような人間として描かれているか考えてみよう。
3. 18世紀から19世紀，20世紀と欧米の結婚観は大きく変わっていく。その背景にはどんな事情があったのか考えてみよう。

14 | アメリカ（2） ヘンリー・ジェイムズ『ねじの回転』「密林の獣」『黄金の杯』を読む

阿部公彦

《目標・ポイント》 本章で扱うのはアメリカの作家ヘンリー・ジェイムズの中期から後期にかけての複数の作品である。『ねじの回転』は中編、「密林の獣」は短篇、『黄金の杯』は後期長編三部作の一つである。
　ジェイムズは19世紀から20世紀にかけてのアメリカ文学を代表する作家だが、その読み所は目がクラクラするほどの繊細な心理描写にある。当地の文学にもいよいよ爛熟の域に達した作品が生まれつつあった。その文体は後期に近づくにつれてさらに洗練され、ときには勢いあまって、ほとんど常人の読解を許さない迷路のような究極の難解さを示す。しかし、そうした難解さにもジェームズなりの小説的な意味があった。このやり方でしか表現できない何かをジェイムズは追求したのである。
　この章で焦点をあてたいのはそこまで難解な部分ではないが（ジェイムズにはそういう箇所もたくさんあるが）、別種の難しさを示す箇所である。単語や構文そのものはとてもやさしい。問題になるのはitとかtheyといった語にすぎない。でも、ごくやさしい単語なのに、それらが何を指すのかがよくわからない。ジェイムズの作品にはしばしばこういうことが起きる。しかもとても重要なところで起きる。
　これはどういうことなのか。大事なものをうまく指示できない。登場人物が相手の言っていることを理解できない。だから腹の探り合いになる。ジェイムズがこうした事態を通していったい何を表現したかったのか考えることを通して、ジェイムズならではの魅力に迫りたい。
《キーワード》 米文学、米小説、ゴシック、英文学、心理描写、アメリカノヴェル、小説、物語、ロマンス

　アメリカに生まれたジェイムズは、父親の方針で幼い頃からヨーロッ

パ各地を訪れる機会が多く，小説家として活躍するようになってからはイギリスに住んで社交界にも頻繁に出入りするようになる。モーパッサン，フローベール，ゾラといった作家と交流を持ったのもこの頃だ。

　ジェイムズ作品の会話部分には微妙な機微がふんだんに織りこまれているが，このことからもわかるように，彼はアメリカ出身ながらイギリス小説的なキャラクター造形に基づいた小説作法——「ノヴェル」の伝統——をしっかりと受け継いだ作家だということがわかる。13章でも触れたように，アメリカ小説ではしばしば主人公が自然や世界そのものと対峙し，その中で寓話(ぐうわ)的な意味が生まれてくる。「ロマンス」と呼ばれる作品の傾向である。これに対し，イギリス小説では，社会の中の個人という枠組みで人間をとらえる視点が優勢で，個人と共同体の葛藤がテーマ化されることが多くなる。人間観察に主眼がおかれ，人物造形も緻密になる。

　ジェイムズの背後には，イギリス小説の母とも呼ばれるジェーン・オースティンから受け継がれてきた人間観察の系譜があったのである。主人公や語り手のエゴをぐいぐい押しつけるような語り口よりは，一歩ひいたところから，ときに少し意地悪な視線を交えながら相手を観察する。現実の会話でも聞き上手だったと言われるジェイムズは，会話の中の微妙なトーンを聞き分けることについては天才的で，小説中でもそれが驚異的な精妙さで描き出されている。

　しかし，他方，ジェイムズはいかにもアメリカ作家らしく無垢なものへの絶えざる関心を持ち，真実とは何か，人間は真実に対してどのように振る舞いうるのか，といったより純粋で理念的な課題への興味も強く持っていた。作品中でもそうした関心を生かすような人物配置が行われることが多い。どことなく洗練を欠いた，しかし純粋なところのあるアメリカ人と，洗練はされているが道徳的に退廃しているヨーロッパの人

第14章　アメリカ（2）　ヘンリー・ジェイムズ『ねじの回転』「密林の獣」『黄金の杯』を読む　│　221

という対立はジェイムズが好んで用いた図式である。

　ジェイムズの作品は初期，中期，後期と三つにわけて考えられるのがふつうである。初期の『ある貴婦人の肖像』や「デイジー・ミラー」といった代表作で前景化されるのは，新世界としてのアメリカと旧世界としてのヨーロッパという対立である。両方の世界を行き来したジェイムズはアメリカとヨーロッパの価値感の相違を骨身にしみて感じていたのであり，それがまずは小説のテーマとして生かされることになった。

　中期になると目立つようになるのが，真実を求めつつもその究極のあいまいさに直面せざるをえない，という展開である。「アスパンの恋文」「密林の獣」，そして『ねじの回転』といった中短篇がこの時期の代表作である。

　ジェイムズ後期は『鳩の翼』『使者たち』『黄金の杯』の三作で代表される。いずれもスケールの大きい長編で，主要人物の心理の綾をほとんど超絶技巧とも言っていいような，ときに読解不可能なほどの入り組んだ精妙な文章で表現するようになる。その背景には初期の作品からジェイムズが継続的に持っている無垢なものへの関心があり，裏切りや姦通、心理の読み合い，騙し合いなどが，それほどアクションの多くない設定の中できわめて高い緊張感とともに描き出されている。

1. 『ねじの回転』

　まず『ねじの回転』から見ていこう。本作はかなりゴシック小説的な舞台設定をとっていて，暖炉を囲んだ夜話から，伝聞調をおりまぜた物語が展開するという仕掛けになっている。主人公は若い女性。彼女が家庭教師（ガバネス）として貴族の屋敷に住み込み子供の教育を受け持ってほしいと依頼されるところから物語は始まる。ガバネス物という枠組みは19世紀のイギリスで盛んに書かれたもので，ジェイムズもこの枠

組みを利用した。

　親をなくしたふたりの子供の面倒を見てほしい，と彼女に頼んできたのは，ある紳士だった。彼女がこの依頼主に対しほのかな憧れを抱いていることも示唆されるが，紳士自身はその教育に積極的にかかわることはない。ともかく屋敷は立派で美しく，子供たちも当初は天使のように汚れない，と見える。

　ところがやがて娘は「人」を目撃するようになる。幽霊のようにも見えるこの人影が，小説の中心的な関心事となる。そのうちにわかってくるのは，どうやらこの屋敷で，かつて淫行事件があったらしいということである。事件の鍵となった二人は，すでにこの世にはいない。幽霊めいた人影は段々と子供たちに接近してくる。家庭教師は幽霊から子供たちを守らなければならないと思う。ところが子供たちはすでに娘を越えて幽霊と接触しているとも見える。何かを知っているようでもある。しかも知っているにもかかわらず，知らないふりをしているようでもある。

　以下に引用するのは，人物たちの微妙な視線の交錯が描かれる箇所である。彼女は外の人影に気づくが，その人影は彼女がまったく予想していなかった人だった。その人影は別の誰かに目線を送っている。そこではいったい何が起きているのか？

　いえ，それだけではありません。ああいう月夜でしたから，異例なまでに見通しがよかったのです。芝生に立つ人影がわかりました。遠目に小さく見える人影が，微動だにせず，魅入られたようにもなって，私が窓にいる塔を見上げているのです。いえ，私を見ているというよりは，どうやら私の上方を見ようとしていました。私の頭上に誰かいると思ってよさそうなのです。誰かが塔の上階にいる――。では芝生にいた人物

第14章　アメリカ(2)　ヘンリー・ジェイムズ『ねじの回転』「密林の獣」『黄金の杯』を読む　| 223

はというと，私が急いでここへ来て，きっとまた出合うはずと思っていた相手とは，まったくの別人でした。芝生に立っていたのは——その正体を知って胸が苦しくなりましたが——なんと，まだ子供のマイルズだったのです。

　マイルズは家庭教師よりも多くのことを知っているのか。幽霊のことも知っているのか。そして彼女のことを出し抜いているのか。こうして物語の争点が，無垢に見える子供たちが何らかの「汚れ」にまみれているのか，というところにしぼられてくる。文章を通して主人公の女性の情緒の高まりがインフレ的に表現されるなかで，もっとも核心的な「性」にまつわる情報は徹底的に隠蔽される。この隠蔽ぶりがほとんど病的なほどに過剰なため，かえって倒錯的な形で作品のエロティシズムを高める。ジェイムズ自身が，無垢なるものと退廃したものとの間で揺れているのがそうした過剰な抑圧から透けて見える。

2.「密林の獣」

　ジェイムズを読む楽しみの一つは，このような隠蔽が進行する中で，表だって核心部分に触れることを避け続ける人物たちが繰り広げる「腹の探り合い」の緊張感を味わうことにある。『ねじの回転』であれば，家庭教師の女性と子供たちとの間にそうした腹の探り合いが展開するし，ジェイムズの傑作短編の一つ「密林の獣」では，男女の間でそれが起きる。以下の引用を見てもわかるように，ジェイムズの人物たちは肝心の部分を名指さず，the thing とか it といった曖昧な言葉を使い続けるのである。この箇所ではメイ・バトラムが，ジョン・マーチャーの気持ちに期待をよせている。ジョンの「何かが起こりそうだ」という言葉に，それが自分にとって意味のある何かであってほしいと願ったりも

する。

"... I think of it simply as *the* thing. *The* thing will of itself appear natural."
"Then how will it appear strange?"
　Marcher bethought himself. "It won't—to me."
"To whom then?"
"Well," he replied, smiling at last, "say to you."
"Oh then, I'm to be present?"
"Why, you *are* present—since you know."
"I see." She turned it over. "But I mean at the catastrophe."
　At this, for a minute, their lightness gave way to their gravity ; it was as if the long look they exhanged held them together. "It will only depend on yourself—if you'll watch with me."（72）

　ジョンのあいまいな言葉の真意を何とかとらえようとメイは，彼の言う"the thing"の意味を確定しようとするが，それが彼女自身に向けられる"love"にかかわる何かなのかどうかもはっきりしない一方，"say to you"とか"if you'll watch with me"といった言葉のはしばしには彼女の関与も暗示されつづける。

　奥ゆかしいメイ・バトラムは，言葉の真意をジョン・マーチャーに確認することができない。「何か」に直接触れてしまうことで気まずい雰囲気をつくりださないよう，彼女は核心のまわりをぐるぐるまわりつづけるのである。

"Are you afraid?" she asked.
"Don't leave me *now*," he went on.
"Are you afraid?" she repeated.
"Do you think me simply out of my mind?" he pursued instead of answering. "Do I merely strike you as a harmless lunatic?"（73-74）

　メイが"the thing"の正体をみきわめようと必死になっているのに対し、ジョンの関心はやや違う。彼は彼女が本気になって自分を相手にしてくれるかどうかを心配している。読者の位置からは二人の意図とその微妙なずれがわかる。

"You mean you feel how my obsession—poor old thing!—may correspond to some possible reality?"
"To some possible reality"
"Then you *will* watch with me?"
She hesitated, then for the third time put her question. "Are you afraid?"（73）

　何という絶妙なずれ具合だろう。二人の問答がかみ合わないのは、核心部分にある「何か」が明確に名指されないためである。語られ得ない「何か」のために会話に何とも言えないぎこちなさと緊張感が生じている。メイにとっての「何か」とジョンにとっての何かの間に溝があるのだ。同じように"the thing"に関心を抱いているといっても、二人がそれを共有しているとはとても言えない。同じ場所にいて、同じことについて話し合っているようでいて、二人は別々の「何か」を見ている。そんな状況を、ジェイムズは神業的なバランスで描き出している。物語のラ

スト，ジョンは自分が決定的にメイの気持ちを見誤っていたことに気づき，愕然とするのである。

3. 『黄金の杯』

　『黄金の杯』に話をうつそう。この作品は姦通をめぐる小説である。中心人物となるアダム・ヴァーヴァーと娘のマギー。ジェイムズ作品によく登場する，どこか無垢なところのある金持ちのアメリカ人の親子だ。このふたりがそれぞれ，いかにもヨーロッパ的な陰をたたえた美女シャーロット・スタントとイタリア人の貧乏貴族アメリーゴ公爵と結婚する。このあたりからすでに寓話的なニュアンスが漂ってくるのだが，小説はきわめて精緻な心理描写とともに進行するので，そうした図式性に読者が鼻白むことはない。

　やがて明らかになるのは，どうもシャーロットとアメリーゴの間が怪しいということである。過去に関係があったようだし，ひょっとすると今も？という疑惑が生じてくる。アダムとマギーの親子はそろってだまされているのか。

　『黄金の杯』は決して短くはない小説だが，それほどの脱線もなく，私たちは「姦通はあったのか，どうか？」という核心のまわりをぐるぐる旋回するようにして読み進めることになる。その求心性は執拗なほどである。ここでも大きな効果を発揮しているのは，ジェイムズの心理描写である。ジェイムズは人物を描くに際し，わざとその視野を限定することで，奥の方がよく見えないようにしながら遠近感を出した。おかげで，相手の心理を読み合おうと目を光らす人物たちの心の動きが，より高い迫真性とともに表現されることになる。私たち読者もその奥の方を必死に見ようと注意深くなり，「わからなさ」を媒介にした感情移入が起きるからである。会話などの節々にも，「この人はいったい何を考え

ているのか？」という疑念や猜疑心、「そうか！」という発見、それから「あれ？」といった驚きなどが散りばめられる。

　そんな中でやはり持ち味を出すのは、ジェイムズ特有のわかりにくさである。次にあげるのは物語が佳境に入り、シャーロットとアメリーゴとの関係をマギーが疑いはじめる一節である（ここではアメリーゴはPrincessと呼ばれている）。マギーはつのる猜疑心から、ファニー・アシンガムに相談を持ちかける。シャーロットとアメリーゴとのことを何かしら知っているのではないか、と思ったのである。しかし、アシンガム夫人は、ふたりの間には何もない、と断言する。そんな疑いを持つこと自体が禍々しいと言う。その場面は次のように描かれる（her Counsellorと呼ばれているのがアシンガム夫人）。

It very properly encouraged her counsellor. "What your idea imputes is a criminal intrigue carried on, from day to day, amid perfect trust and sympathy, not only under your eyes, but under you father's. That's an idea it's impossible for me for a moment to entertain."

"Ah there you are then! It's exactly what I wanted from you."

"You're welcome to it!" Mrs Assingham breathed.

"You never *have* entertained it?" Maggie pursued.

"Never for an instant," said Fanny with her head very high.

Maggie took it again, yet again as wanting more. "Pardon my being so horrid. But by all you hold sacred?"

Mrs Assingham faced her. "Ah my dear, upon my positive word as an honest woman."

"Thank you then," said the Princess.

So they remained a little ; after which, "But do you believe it, love" Fanny enquired.

"I believe *you*."

"Well, as I've faith in *them* it comes to the same thing."

Maggie, at this last, appeared for a moment to think again ; but she embraced the proposition. "The same thing."（407）

　これで彼女の相談相手は大いに勢いづいた。「あなたの考えによると，すっかり気持ちを預けて信頼していると思ったら，日々，破廉恥な陰謀が進行していて，それもあなたの目の前だけじゃなく，お父さんの前でも堂々とそれが行われていたということね。そんな想像，とてもじゃないけど，あたしには無理ですよ」

　「あら，やっぱり！　その言葉が聞きたかったんですよ」

　「それはよかったわ」アシンガム夫人は息をついた。

　「今まで一度も，そんな想像したことがない、ということですね？」マギーはこだわった。

　「一時たりともないわ」ファニーは堂々と胸を張って言った。

　マギーはもう一度それを受け入れたが，もう一度，確証も欲しかった。「しつこくてごめんなさい。神に誓っても，ですか？」

　アシンガム夫人はマギーの顔を正面から見た。「いいわよ。誠実なひとりの女として，はっきりとそう誓うわ」

　「ありがとう」マギーが言った。

　ふたりはしばらくそのままでいた。それから「じゃ，ほんとうだと信じるの？」とファニーが訊いた。

　「あなたを信じます」

　「まあ，あたしはあのふたりを信じているわけだから，結局は同じこ

とね」

　マギーはこれを聞くとしばらく考えにふけっているようだったが，最後は彼女もファニーの言うことを受け入れた。「同じことですね」

　『黄金の杯』はそこら中に山場のある小説で，この会話にもかなり際立ったとげとげしさがあるが，ここでも大事なのは，表だって言われていることではなく，言われていないことの方である。ふたりのやり取りを通してなされるのは，表層的にはアシンガム夫人からマギーへの「そんなことないわ。思い過ごしよ」というメッセージの伝達。しかし，会話の要所要所でアシンガム夫人の発言を疑うマギーの気持ちや，疑われていることを悟るアシンガム夫人の自意識，さらには，まるでわざとマギーに猜疑心を起こさせるかのようなアシンガム夫人の挑発などを通して，鋭く危機的な瞬間が生み出される。ここでも人物たちの腹の探り合いが，「核心」にあるもののまわりをぐるぐる旋回するのである。

　そこで大きな機能を果たしているのがどの言葉なのかに注目してみよう。実に単純な語なのである。*have* と *you* と *them*。いずれもイタリック体になっている。英語のイタリック体はもともと力点の強調のために使われるもので，ここでもとりあえずは意味をきわどく確定するために使われている。それぞれにこめられたニュアンスをわかりやすく示すと，以下のようになる。

you never *have* entertained it?「あなたはそんな考えを持ったことはないのか？」（→「今，持っていないとしても，未だかつて持っていないとまで言えるのか？そういう風に考えたこともあるのではないか？」など）

I believe *you*.「あなたを信じる。」（→「何かがあったのかどうかは

わからないけど，あなたがそこまで言うなら，無理にでも信じる」or「何かがあったのかもしれないけど，あなたの顔をたてて信じたことにする。」)

Well, as I've faith in *them* it comes to the same thing. 「あたしは彼らを信じているわけだから，同じことね」(→「あなたは，あたしを信じるというけど，そういうことをいえば，あたしとしてはあのふたりを信じるしかない。」or「あなたはあたしに免じてというけれど，あたしもそれならあのふたりに免じて，と言うわ。」)

　しかし，よく見てみると，もともと意味の明確化のために使われているイタリック体が，上記の括弧内の言い換えからもわかるように，実際にはむしろ逆の効果を持っているのがわかる。イタリック体を用いた部分では，表向きの素朴な言い方の陰に，もっと複雑で，微妙で，様々に解釈できるようなニュアンスが生み出されているのである。ここではイタリックが，意味の単純化や明確化につながるどころか，むしろ複雑化をもたらしているということである。

　これはおもしろい事態だろう。英語のイタリック体はその「強さ」と「限定」の身振りゆえ，本来は意味の確定をこそもたらす。しかし，ここではそうなっていない。そうすると，ジェイムズがイタリック的な強調を通して行おうとしているのは，いったい何なのか，ということになる。

　ここで起きているのは，「ここは意味があるのだ！」という事実そのもののクローズアップではないかと思われる。特定の「意味」をクローズアップするかわり，「ここは意味があるぞ」もしくは「ここでは意味が起きているぞ」ということを訴える。しかも，ほんとうならさらに言葉数を費やしてその複雑なニュアンスを説明しなければならないとこ

ろ，ごく少ない言葉で表現しているために，意味の充溢と密度の濃さがより強く突きつけられる。言ってみれば，危機がシャープな点のようなものとして訪れるのだ。

　その結果，イタリックにされた語には大きな負荷がかかる。考えてみれば，have, you, them といった語は一般に英語においてふつうはそれほど多くを意味しない。どの語も，どちらかというとつなぎ役，脇役である。機能的で黒子的なことばなのだ。なぜだろう。もし言葉に大きな負荷を担わせたいのなら，そこで選択されるのは，それなりに重みに耐えられるような，シンボリックであったりアレゴリカルであったりする表現のほうがよさそうである。なのになぜ，ジェイムズはこういう軽量級で「意味なさ気」な言葉ばかり選ぶのか。なぜそんなことばを選んで，この重要な場面のキーワードとしてイタリック体にするのか。

　これは，次のように考えられるかもしれない。ここでのジェイムズのイタリック体には，「本来たくさんの言葉を費やさなければならないことを切り詰めて言っている」という効率性も感じられるが，ほんとうに大事なのはむしろ，「言葉数を費やして説明しなければならないのに，それができていない」というためらいではないか，ということである。そこには作家の「この言い方ではまだまだ違うんだけどね，」と，本来そうでない言葉を隠れ蓑にしているという態度——嘘や一時しのぎの意識のようなもの——がイタリック体の効果として生じているのではないか，ということである。そこに表現されるのは，「本来的でない言葉」に，「本来的なもの」が乗っている／隠れているという意識だと言える。

　ジェイムズがなるべく重要に見えない語をイタリック体にしたことは，時代的コンテクストから言ってもとても興味深い。なるべくふつうで，当たり前で，意味なさそうな言葉をえらんで小説的に重要な瞬間を

担わせる。これは19世紀から20世紀という過渡期を生きたジェイムズという作家が，一方で19世紀リアリズム的な心理主義を洗練させつつも，他方で，そうしたものを相対化するモダニズム的な視点をも持っていたということを感じさせる。なるべく「そうでない」と見えるような言葉を差し出し，その一見何もなさそうな場所に何かがある，という状況をジェイムズは表現したいのではないだろうか。だからこそ，haveやyouやthemといった，ごくふつうの語なのである。

　ヴァージニア・ウルフやジェイムズ・ジョイスといった20世紀初期の作家たちは，19世紀的な「崇高」の感覚を疑うところから出発している。神の存在は疑われ，英雄ももはやいない。彼らの目の前にあらわれつつあったのは，もはや大きなアクションも起きない，のっぺりと退屈な日常風景だったのである。そんな中で作家は，すべてを見渡すような全能の語り手よりも，あちこち見えない部分だらけの視野を通してこそ小説的なおもしろさを探求しようとした。書き手も読者も，出来事そのもののおもしろさより，出来事を見る「目」の不思議さに目覚めつつあったということである。「目のリアリティ」こそが彼らを引きつけた。こうして人間心理をめぐる小説家の探求は，見えない部分や語り得ない気分に照準を合わせるようになっていく。ジェイムズは時代的には彼らよりも少し早めの作家ではあるが，すでに同じ空気を呼吸していたのである。

　◇本章は，著者による『英語文章読本』(ジェイムズを扱った第七章)や「振り子の不安——*The Golden Bowl*における気まずさの正体」での議論が下敷きになっている。

◇作品テクスト

ジェイムズ原文からの引用は，手に入りやすいペンギン版からとっている。
「密林の獣」は *Jolly Corner and Other Tales*（Penguin, 1990）
『黄金の杯』は *The Golden Bowl*（Penguin, 1985）。
翻訳は『ねじの回転』は小川高義訳（新潮社）からとり，他は拙訳による。

参考文献

阿部公彦「振り子の不安―― *The Golden Bowl* における気まずさの正体」（『リーディング』12号 1992年，41-57）
――『英語文章読本』（研究社，2010）
海老根静江『総体としてのヘンリー・ジェイムズ――ジェイムズの小説とモダニティ』（彩流社，2012年）
里見繁美・中村善雄・難波江仁美編『ヘンリー・ジェイムズ，いま――歿後百年記念論集』（英宝社，2016年）
ジェイムズ，ヘンリー，舟阪洋子・市川実香子・水野尚之訳『ヘンリー・ジェイムズ自伝――ある少年の思い出』（臨川書店，1994年）
――舟阪洋子・市川実香子・水野尚之訳『ヘンリー・ジェイムズ自伝第二巻・第三巻――ある青年の覚え書・道半ば』（大阪教育図書，2009年）
中村真一郎『小説家ヘンリー・ジェイムズ』（集英社，1991年）
マシーセン，F・O，青木次生訳『ヘンリー・ジェイムズ――円熟期の研究』（研究社，1972年）
藤野早苗『ヘンリー・ジェイムズのアメリカ』（彩流社，2004年）

学習課題

1. ジェイムズの作品の中で「わかりにくい」と思われる箇所をえらんで，その効果について考えてみよう。
2. ジェイムズの登場人物のしゃべり方の特徴について考えてみよう。
3. なぜジェイムズは語り手の視界を狭めるような設定を好んで用いたのか，考えてみよう。

15 | ヨーロッパ近代文学を翻訳で読む楽しみ

野崎 歓　阿部公彦　沼野充義

《目標・ポイント》 日本の読者がこれまでヨーロッパ文学を旺盛に受容してきた背景には，翻訳の存在がある。翻訳とはいかなる営みであるのか，どのような創造的側面をもつのかを考え，翻訳文学が「世界文学」にとってもつ意味を探る。

《キーワード》 翻訳，小説，世界文学全集，文学史，文学的カノン，世界文学

1．翻訳は「裏切り」ではない

野崎　歓

　ヨーロッパ文学の代表的な名作に親しもうとするとき，多くの読者は翻訳書を手に取ることになるだろう。ところが，翻訳に対して一種のアレルギー反応を示す人たちもいるし，翻訳が原作に対して何らかの違い（あるいは間違い）を含むことを半ば定めとするため，翻訳に不信の念を抱く読者もいる。「翻訳家は裏切り者である（Traduttore, traditore）」というイタリア語起源の表現が広く人口に膾炙しているゆえんだ。

　そもそもこの表現自体，トラデュットーレとトラディトーレという音の類似に支えられているのに，その点を日本語訳に反映させるのは困難であり，翻訳によって音を裏切る結果を露呈せざるを得ない。

　だが，それにもかかわらず翻訳は擁護されなければなるまい。翻訳が

われわれの文化を豊かにする営為であることに疑いの余地はないからだ。それは日本でのみ顕著な事柄ではない。カナダ出身のフランスの現代作家ナンシー・ヒューストンは，ある講演で次のように述べていた。

「私たちを育んでくれるもの，大きくしてくれるものは何であれ，摂取すべきなのです。（中略）翻訳すること，それこそが必要なのです。翻訳家は裏切り者ではない，それどころか翻訳こそは裏切らないための唯一の方法であり，翻訳しか真なるものはないのです。翻訳すること，永遠に翻訳し続けること。ドストエフスキーもリルケもソフォクレスもガルシア・マルケスも（……）なしで，一体私の人生はどうなるでしょう？　私は彼らの翻訳者たちに，永遠に感謝し続けます」（ナンシー・ヒューストン「バイリンガリズム，エクリチュール，自己翻訳――その困難と喜び」拙訳，「新潮」2008年11月号，250ページ）

そう述べたのちヒューストンは，文学をその「広大さ」と「多様さ」において愛するために翻訳が必須であることを説き，「翻訳は，裏切りではないというだけではありません。それは人類にとっての希望なのです」と講演を結んでいた。あらゆる局面でグローバリズムがいわれながら，その実，異なる社会や文化のあいだの障壁がかえって高くそびえてもいる現代において――さらには若い世代が"ガイブン"（＝外国文学）を敬遠しがちになってしまったわが国の現状に照らして――傾聴するに足る意見ではないだろうか。

　そもそも，日本は本来外国の文物を受容し血肉と化すことにおいて，どの国にも負けないほどの力を発揮してきた。ヨーロッパ近代文学に関してもそれはまぎれもない事実である。そのことを以下では，フランス文学に例を取って考えてみたい。

最初に翻訳紹介されたフランス文学の名作は，ジュール・ヴェルヌの『八十日間世界一周』だった。川島忠之助が明治10年（1878年）に『新説八十日間世界一周』の邦題でフランス語原典から翻訳刊行している。その後，他の訳者によって多くの訳が出ているが，タイトルは今日に至るまで変わっていない。この事実はそれだけで，原文を尊重しできるだけ忠実に訳そうとする態度が川島にあったことの証左である。事実，川島訳は漢文訓読体の文章ゆえ今日のわれわれには読みにくいとはいえ，きちんとした逐語訳になっていた。その点については研究者も，「大幅な削除や付加はほとんどない」「禁欲的な翻訳態度」と認め，「愚直なまでの原文への柔順さ」を指摘しているほどなのだ（中丸宣明「『新説八十日間世界一周』の位置」）。ここで「愚直」とはもちろん蔑みの言葉ではなく，原文をとことん重視しようとする翻訳の真剣さ，さらには倫理性をさえ含意する言葉だろう。川島はフランス語やフランス文学の専門家というわけではなく，横浜の商社勤務のサラリーマンだった。仕事で渡欧した際に英訳でヴェルヌの作品を読んで感銘を受け，帰国後，フランス語から翻訳したのである。何の経験もない川島が，難解な箇所もごまかしたり省いたりすることなく訳したひたむきさが，明治期における日本人の西洋文化受容がいかに真剣であったかを伝えているように思う。そしてまたパイオニアが示した真率な姿勢は，それに続く者たちにおいても失われることがなかった。

　たとえば明治12年から13年にかけて出た宮島春松訳の『哲烈（てれまく）禍福（かふく）譚』を見よう。原作はフェヌロンの『テレマックの冒険』（1699年）である。ルイ十四世の孫のために書かれたこの物語は，オデュッセウスの息子テレマコスの旅を描くもので，ギリシア神話やホメロスの『オデュッセイア』の知識を前提にしている。従って翻訳には大変な苦労があったはずである。しかし訳者宮島――陸軍省に務め

フランス兵書の翻訳を担当していた——は，ヴィーナスを「于干酸（うにす）の神」，キューピッドを「愚非鈍童子（くぴどんどうじ）」などと漢字で表現しつつ，ごまかしなく内容を伝えようと懸命に努力しているのだ。

そうした努力の根底にあるもの，そして明治以来の日本の翻訳家たちの仕事を支えてきたものとは，原書尊重の一念だったに違いない。宮島は訳書の冒頭に「素より学芸正則の書に非ざれば語詞（ことば）を採（とら）ず専（もつぱら）其意を意として本文を解し」云々と，自らの訳が逐語訳とはいえないことを弁解している。実際，原作の内容を多少省略したり，逆に潤色を施したりしている部分もあるようだ。しかし逆にいえばすでにこの時点で翻訳における「学芸正則」が規範としての力をもっていたのだろうし，宮島もまたそれを意識していたわけである。

原書の文章に厳密に即し，その内容をできるだけ忠実に訳していくという姿勢は，決して自明のものではない。それどころか，むしろ翻訳する側の事情にあわせ勝手に書き換えることのほうが推奨される場合もある。フランスにおいては，翻訳に対し「忠実な醜女」よりも「不実な美女」，つまり原典に照らしての正確さよりもフランス語としての読みやすさを求める意識が長らく強かった。その背景にはフランス語こそは最も明晰（めいせき）で美しい言語であるという"中華思想"があり，翻訳によってフランス語の純粋さが損なわれることへの嫌悪があった。その純粋さとは宮廷貴族の嗜好（しこう）に合わない下品な言葉を排除することから成り立っていた。たとえば18世紀のフランスでは文学書に「ろば」という言葉を使うことさえ憚（はばか）られたほどで，18世紀初頭のアンヌ・ダシエによるホメロス仏訳では「ろば」が「忍耐づよくて丈夫だが，のろくてまなけものの動物」と訳されているという（辻由美『翻訳史のプロムナード』，134ページ）。ところが「ろば」をそう訳したダシエは当時，「不実な美女」

派を批判し原典への忠実さを唱えた先覚者だったのだから，他は推して知るべしだろう。

　ヨーロッパ近代に，そうした不実さと真っ向から対立する翻訳の一大ムーヴメントが巻き起こったのは，18世紀後半のドイツにおいてだった。語学の天才にして，シェイクスピアやダンテから，サンスクリット語で書かれた『バガヴァッド・ギーター』まで一人で訳してしまうA・W・シュレーゲルのような巨大な翻訳家が登場する中，ドイツ・ロマン派の文学者たちは翻訳という営みの重要性を盛んに論じるとともに，翻訳文学をとおしてゲーテのいわゆる「世界文学」の時代の到来を実感した。「一国の言語の力というものは，異質なものを拒絶するところではなく，それを貪るように取り入れるところにある」というゲーテの言葉を引きつつ，アントワーヌ・ベルマンはドイツ近代文学の成立において翻訳が演じた役割の意義を強調する（『他者という試練』藤田省一訳，26ページ）。ベルマンの論の要点は，翻訳がつねに異質なもの，異なるものと対峙するという試練であるということだ。相手の他者性を認識しながらも排除せず，むしろそれを自らのアイデンティティを問い直す契機として自己を鍛え上げ，新たな同一性を獲得する。ベルマンはそんなダイナミックな意義をもつものとして翻訳を捉え直そうとする。

　そうした議論は，ドイツ・ロマン派のみならず，明治維新以来——あるいは『解体新書』（1774年）以来——，西洋の書物相手に格闘してきた日本人たちの営為にまさしく当てはまるものだ。そこには巨大な他者としての西洋を理解し，その精髄を咀嚼してわがものとしようとする努力の絶えざる積み重ねがある。異国の言葉を何とか自国の言葉に移し替え，新たな表現を開花させようという真摯な願いが一貫している。グローバリゼーションが進み，日本と西洋のあいだの差異がほとんど消えたかのように見えようとも，言語という根底的な差異は頑として残り続

ける。翻訳文学を読むことは，その困難に挑もうとする緊張に満ちた試みに加わることである。同時に，一冊の翻訳書とは訳者が何らかの形で困難を乗り越えたことの喜ばしい証しでもあるはずだ。そしてその「形」の多様性もまた，翻訳に固有の面白さだと考えたい。

　フランス文学の名作でいえば，プルーストの長大な『失われた時を求めて』の個人訳を，われわれはいま四種類，読むことができる。最初のページを開いてみると——

　「長い時にわたって，私は早くから寝たものだ」（井上究一郎訳）
　「長いあいだ，私は早く寝るのだった」（鈴木道彦訳）
　「長い間，私はまだ早い時間から床に就いた」（高遠弘美訳）
　「長いこと私は早めに寝（やす）むことにしていた」（吉川一義訳）

　同一の作品でありながら，訳文はそれぞれに微妙な違いを示している。《Longtemps, je me suis couché de bonne heure》という原作の一行目が翻訳というプリズムをとおして多様なスペクトルを描き出す。それは翻訳がどこまでいっても絶対的な「正解」ではなく，畢竟，相対的なものに留まることの表れだろう。しかし同時に，それは翻訳が原作によって引き起こされた新たな創造であることを示す事態でもある。訳者が独自の工夫を凝らして取り組む創造の瞬間に立ち会うスリル——海外の小説を翻訳で読む楽しみには，そんな要素もあるのではないだろうか。

参考文献

辻由美『翻訳史のプロムナード』みすず書房，1993年（ヨーロッパにおける翻訳の歴史，名翻訳家の業績をたどった興味津々のエッセー）

『翻訳小説集』（『新日本古典文学大系 明治編14-15』）岩波書店，2002-2003年（川島忠之助訳『新説八十日間世界一周』，宮島春松訳『哲烈禍福譚』および中丸宣明「『新説八十日間世界一周』の位置」を含む）

『翻訳家の仕事』岩波書店編集部編，2006年（一線で活躍する翻訳家たちが，その経験に基づき自らの翻訳観を綴る）

アントワーヌ・ベルマン『他者という試練――ロマン主義ドイツの文化と翻訳』藤田省一訳，みすず書房，2008年（翻訳の文化的意義をドイツ・ロマン主義の時代を例にとって縦横に論じた現代翻訳論の古典）

2．20世紀文学と翻訳

阿部公彦

　前節でも触れられているように，翻訳というと，これまではその「限界」が語られることが多かった。原文の味わいが消える，訳文がぎこちない，誤訳がある……等々。しかし，最近はむしろ翻訳がいかに創造性に満ちた複雑な作業であるかが話題になりつつある。とくに注目を浴びているのが「アダプテーション」という概念である。もともとこの語は文学作品を映画や舞台作品に移し替えることを示すごくふつうの言葉だったが，近年，こうした移し替えや改作という行為が，近代文化の本質的な部分を成しているのではないかと主張する人が出て来た。

　こうした考えに沿って，この節では小説というジャンルで，いかに「オリジナルの作り替え」という発想が重要かを説明してみたい。

　今，私たちは当たり前のように小説というジャンルに親しんでいる。最近，小説を読まない人が増えたとも言われるが，短編小説の一つも読んだことがないという人はそれほどいないだろう。ましてや放送大学のこの講座を受講されている方なら，そういう人はまずいないはず。

　しかし，いわゆる「近代小説」の歴史はそれほど長くない。たかだか200年～300年である。物語そのものは太古の昔からあったが，私たちが今，無意識のうちに「小説」と見なしているジャンルは人類の長い歴史の中で見るとごく新しいもので，そこには旧来の物語にはないいくつかの明確な特徴がある。

　その中でももっとも重要なものが「内面」の描写である。そう言うと，「内面なんか，誰でも持っているじゃないか。昔の人だって，内面くらいあっただろう」と反論する人もいるかもしれない。もちろん「心

の中で何かをこっそり考える」という意味での内面性は，古代人でも持っていた。しかし，近代へと時代が移行する中で，「内面」の持つ意味合いが変化したのである。そして，一見些少(さしょう)に見えるこの変化が，実際には大きな人間観の変化に基づいてもいた。この人間観とは，かいつまんで言うと一人一人の人間にそれぞれ別の「個性」なるものがあって，その「個性」はその人が心の中で何を考えているかに基づく，というものだった。

　こうした中で小説というジャンルは，個人が内面に抱える「個性」を描出するという役割を担うようになる。もっと言えば，小説が書かれ，読まれることを通してこそ，人々は「ああ，そうか。人間には内面なるものがあって，それが個性を形成するのだな」と考えるようにもなった。小説は一方で近代文化の産物でもあるとともに，近代文化の生みの親でもあったのである。近代文化が形成されるにあたっては，小説的発想がきわめて大きな役割を果たしていたと言える。

　このあたりから少しずつ「翻訳」の話につながってくる。というのも，小説中の内面描写では，必ず言い換えや解釈といった要素がからんでくるからである。そもそも内面が奥に隠れていて見えないのなら，それを表にさらすのは本来，不可能のはずだ。だから，何らかの形でそれを外に出すための「加工」や「変換」が必要となってくる。内面描写が翻訳という行為と重なるのはそこである。

　では，具体的にはそれはどのように行われただろう。実はこれはいまだに解決されていない問題でもある。内面描写の方法は時代に応じてさまざまに変化してきたし，今現在も，小説家はあれこれ知恵をめぐらせながら，どうやって人間の「心」を描くかに腐心している。流行はあってもおそらく正解はないのだ。

英文学でいうと，内面を表現する装置としてこれまでよく使われてきたのは「手紙による告白」という方法だった。英文学の父と言われるサミュエル・リチャードソンの『パメラ』(1740)は手紙の体裁をとる。貴族の屋敷で使用人として働く若い娘が，再三，当主による性的誘惑を受けつつも一生懸命抵抗し，最後は見事正妻の地位を得るという筋書きなのだが，ストーリーを語る小説本文は，主人公が親元に送る手紙として書かれている。そこには主人公の赤裸々な気持ちがつづられ，私たちもある程度それを「事実を告げる文書」として頼りにする。こうした形をとったのは『パメラ』という作品が，もともと手紙の書き方の教本として書かれていたためでもある。手紙のサンプルとして読まれていたものが，段々と別の読まれ方をするようになり，人気を博するようになったのである。この方法は書簡体小説として流通するようになり，現代でも依然として，そうした作品が書かれることがある。
　ただ，時代が進むと，全篇手紙という作品よりも，「大事な真相」や「ほんとうの気持ち」だけを手紙という形で表現する作品が増えてくる。ジェーン・オースティンの『高慢と偏見』『分別と多感』『説得』といった作品はいずれも手紙による真相の開示で山場が訪れ，物語が大きく動く。これらの作品は，心の奥の奥にある「ほんとうの気持ち」の発見に重きが置かれているのが特徴で，そうした「気持ち」を劇的に明らかにするのに手紙がとても有効な装置となったのである。
　この頃から少しずつ重要な役割を果たすようになったのは，登場人物よりもちょっと上の位置にいて，世界全体を見渡すような「目」を備えた語り手である。語り手は作家とある程度重なることもあるが，完全に同一とも言えない。この語り手が登場人物の内面を外からのぞきこんで，かわりに私たち読者に伝える，というプロセスが19世紀の小説では頻繁に見られるようになっていく。いわゆる「全知の語り手」

(omniscient narrator) の登場である。

　こうした語りの方法が主流になる背景にあったのは，「共感」(sympathy) という価値への注目である。他者の心など本来はわからない。しかし，共感の力を通してそれを推し量ることができる，また，それがとても価値のある行為だという考えが次第に根付いていった。その延長上で，小説家も登場人物の心の中を推し量ることに力を注ぐようになる。

　おもしろいのは，そうした「推し量り」に伴って語り手が登場人物への敬意や愛を示したり，逆にやや意地の悪いアイロニカルな視線を送ったりするということである。英語の小説では，「自由間接話法」(free indirect discourse) という，直接話法と間接話法の中間的な話法を通して，語り手がまるで腹話術師のように登場人物の心の中で起きていることを伝えるという手法が使われることがある。こうした部分で表現されるのは，登場人物の「生の声」とは言えない。というのも，愛であるにせよ，皮肉であるにせよ，必ずそこに語り手がその人物に対してとる「態度」が織りこまれ，何らかのニュアンスが付け加えられるからである。語り手と登場人物との間にはちょっとした距離ができていて，その距離をあけたまま語り手が腹話術のように語ってみせるので，読者としても登場人物の声をそのまま聞くというより，その間接性をこそ味わうことになる。

　以下にジョージ・エリオット『サイラス・マーナー』の一節を引用してみる。この小説のストーリーでは複数の人物の人生がからみあうが，その中心となるのがサイラス・マーナーの物語である。サイラスは友人に裏切られて性格がゆがみ，守銭奴と化して隠遁者のような生活を送っている。しかし，寒い雪の日に生まれたばかりの赤ん坊が戸外に放置されていたの見つけ，拾って育てることで大きな変化が起きる。この赤ん

坊との出会いを通し，サイラスは新しい自分を発見するのである。

　赤ん坊はモリーという女性の子供だった。しかし，モリーは自分を捨てた領主の息子に復讐(ふくしゅう)しようと赤ん坊を連れて雪の中を歩く途中で行き倒れになって死んでしまう。以下に引用するのは，そのモリーの心理を描いた箇所である。彼女が「夫」と呼ぶゴドフリーへの呪詛(じゅそ)に満ちていて，非常に迫力がある。

　自分の夫は，自分の存在など暗い心の隅におしかくしてしまって，人に笑顔をむけたり笑顔をむけられたりしていることだろう。しかし自分はどうしても彼の歓びを打ちこわしてやるのだ。汚いぼろをまとったまま——かつては誰にもおとらず美しかった顔もやつれたままに，髪の毛や目もとが父親に生き写しの子供をつれていって，自分はこの家の長男の妻だと，スクワィヤーに名のってでてやるのだ。不幸な人々は，自分のその不幸は，自分ほどには不幸でない人からもたらされたものである，と思わずにはいられないものである。(107)

　この部分はカギ括弧がついていない。つまり，モリーの台詞として直接話法で書かれているわけではないのだが，小説の語り手はまるでモリーがしゃべっているかのような声色でその内面を代弁している。アヘン中毒で身体がぼろぼろになったモリーの声を聞き取ることで，語り手は彼女に対してそれなりの共感を示すようでもある。ただ，他方でその直後に「不幸な人々は，自分のその不幸は，自分ほどには不幸でない人からもたらされたものである，と思わずにはいられないものである」と断罪するような一言をはさんで突き放したりもする。

　これは19世紀小説的な「代弁」の典型である。語り手はすべてを知る語り手として，小説世界全体に責任を持つが，ときおり個別の人物の

内面にも足を踏み入れ，彼らの限定的な視点から世界がどのように見えているかを示して見せる。

　20世紀小説になると，全知の語り手によるこうした「代弁」よりも，より直接的に人物の内面の声を伝えようと，作家たちは継起する意識そのものを未整理のまま表現したりするようになる。ヴァージニア・ウルフの『ダロウェイ夫人』，ジェイムズ・ジョイスの『ユリシーズ』，ウィリアム・フォークナー『響きと怒り』といった作品にはそうした実験の痕跡が明確に残されている。これもまた人間の心の「翻訳」。小説というジャンルの翻訳をめぐる冒険はまだまだつづくのである。

◇作品テクスト
　G. エリオットの引用は拙訳による。テクストは*Silas Marner*（Penguin, 1996）に基づく。

参考文献

◇アダプテーションについては理論的な土台を形成したLinda Hutcheon *A Theory of Adaptation*（New York：Routledge, 2006）のほか，日本語でも岩田和男・武田美保子・武田悠一編『アダプテーションとは何か——文学/映画批評の理論と実践』（世織書房，2017），小川公代・村田真一・吉村和明編『文学とアダプテーション——ヨーロッパの文化的変容』（春風社，2017），波戸岡景太『映画原作派のためのアダプテーション入門』（彩流社，2017）などがある。

◇自由間接話法については，平塚徹『自由間接話法とは何か』（ひつじ書房，2017）など言語学方面のアプローチが多数ある一方，蓮實重彦『「ボヴァリー夫人」論』（ちくま書房，2014），芳川泰久『『ボヴァリー夫人』をごく私的に読む—自由間接話法とテクスト契約』（せりか書房，2015）など文学方面からの興味深い論考も多数ある。

◇小説ジャンルの歴史については，ウォルター・アレン，和知誠之助訳『イギリスの小説——批評と展望』（上・下）（南雲堂，1984）が古典的著作。その他，たとえばMichael McKeon *The Origins of the English Novel, 1600-1740*（Baltimore：Johns Hopkins UP, 1988），J. Paul Hunter *Before Novels：Cultural Contexts of Eighteenth Century English Fiction*（New York：Norton, 1990など多数。柄谷行人は『日本近代文学の起源』（講談社文芸文庫，1988）で日本文学の「内面」の問題を考察している。

3. 日本人のヨーロッパ文学との出会い——小説という「波」

沼野充義

　ここでは少し視点を変えて，日本人が明治以来，ヨーロッパ文学とどのように出会い，どのように受容してきたかについて振り返りながら，日本人がヨーロッパ文学を読むことについて改めて考えてみたい。

　本講義で扱う「近代」のヨーロッパ文学の範囲はかなり広い。16世紀のセルバンテス，シェイクスピアの時代から20世紀までととりあえず考えるならば，4世紀をゆうに超えるスパンがある。それに対して，これらのヨーロッパ文学に日本人が触れた歴史はまだ浅い。言うまでもなく鎖国時代の日本ではヨーロッパ文学はほとんど何も知られていなかった。明治維新後，鎖国を解いた日本は西洋の文物を急速に吸収するため，法律，政治，経済，歴史から自然科学全般にいたるまで，ありとあらゆる分野の書物を大量にヨーロッパ諸語から翻訳したのだった。加藤周一が『翻訳の思想』の解説で述べているように，「これほど短期間に，これほど多くの重要な文献を，訳者の文化にとっては未知の概念をも含めて，およそ正確に訳し了せたことは，実におどろくべき，ほとんど奇蹟に近い偉業」だったのである。翻訳の際には，そもそも，それまでの日本にない様々な概念を表す日本語の単語を考案しなければならなかった。

　いまから考えると意外なことにも思えるが，ここで何の前提もなしに，当然のように使っている「小説」という言葉も，新造語ではないが，明治以前の日本では普通に使われる言葉ではなかった。この単語は，西洋の小説がどういうものか，近代の小説が西洋文学の「進化」の結果たどり着いた最も高い水準のジャンルであると理解した坪内逍遥

が『小説神髄』(1885-86) においてはじめて，英語のnovelの訳語として定着させたのである。それまでの日本には，もちろん古来，万葉集，源氏物語以来の古い（西洋諸国の近代文学よりもずっと古い）文学の伝統があったのだが，そもそも「文学」「小説」という概念さえなかったのである。

　明治22年（1889年）の夏，西欧からもロシアからもはるかに離れた日本で，ドストエフスキーの『罪と罰』を英訳で初めて読んで，まるで曠野で落雷に会って，「眼眩めき耳聾いたる如き」衝撃を受けた若者がいた。この経験をきっかけに『罪と罰』の翻訳を決心する，内田魯庵である。それは確かに江戸時代までの日本文学にはまったくないような強烈な力を持った，まったく新しい驚くべき「小説」だった。内田青年は作者の偉大な力を「深く感得」し，直ちに「ドストエフスキーの偉大なる霊と相抱擁するような感に充たされた」。それまで小説を「時間つぶし」のくだらないものと軽視していた日本の若者の文学観は，そのとき，一変した。革命的な変化であったと言ってもよい。

　このようにして日本人はヨーロッパの小説と――というよりは，そもそもそれまで知らなかった「小説」と呼ばれる文学作品とその形式に初めて出会ったのである。文明が進んだ地域から遅れた地域にどんどん文物が輸出されるのは，歴史を通じてどこでも起こっていることだが，明治の日本で生じたヨーロッパの文学の輸入のプロセスに関して言えば，他に類を見ない際立った特徴があった。鎖国によって長いこと外国の影響が遮断されていたということと，その状態の中で，自国の文学の古い伝統を世界から孤立した状態で脈々と保ち，発展させてきたという特殊事情ゆえである。かくして日本は，それまで知らなかった西洋文学を恐ろしい勢いで輸入・吸収するとともに，それまで培ってきた日本文学の土台のうえに新たに輸入したものを接ぎ木し，発展させたのである。西

洋の小説の理論に通じていた坪内逍遥にしてもそれは例外ではなく，彼の文学のもともとの素養はむしろ日本の近世文学にあった。

　本講座に直接関係する重要な側面としては，ヨーロッパの文学が，言語も文学史も無視する形でほとんど同時に受け入れられ，明治期の日本におけるヨーロッパ文学が，一種の「世界文学のるつぼ」になったということが挙げられよう。21世紀の現代では，ディヴィッド・ダムロッシュ，フランコ・モレッティなど錚々（そうそう）たる研究者たちが，新たな世界文学論を展開しているが，じつは明治期の日本こそ，「世界文学」を語るに相応（ふさわ）しい場所だった。この時期，シェイクスピアも，ゲーテも，ドストエフスキーも，文学史的前後関係や価値の上下関係を無視するような形でどっと同時に流入した。試しに，西洋文学の重要作家の作品が日本に初めて翻訳（または紹介）された年を，並べて見てみよう。

　　ゲーテ「ライネッケ狐」1884年
　　シェイクスピア『ジュリアス・シーザー』1884年
　　トルストイ『戦争と平和』（第一部）1886年
　　ダンテ『神曲』1887年（森鷗外（おうがい）の日記で初めて言及された年）
　　スコット『アイヴァンホー』1888年
　　ジュール・ヴェルヌ『八十日間世界一周』1888年
　　トゥルゲーネフ「逢引き」（二葉亭四迷訳）1888年
　　ドストエフスキー『罪と罰』（前半，内田魯庵訳）1892-93年

　このような「るつぼ」状態にあって，日本の読者は予め定められた価値体系に従って作品を選んでいく余裕などなかったはずである。様々な国の文学が入り乱れるなか，英文学であれ，仏文学であれ，はたまたロシア文学であれ，面白いものは面白いとして読まれ，選び取られるプロ

セスがあった。それがある程度落ち着いて，世界文学全集という形で体系化されたのは，昭和初期に新潮社によっていわゆる「円本」の『世界文学全集』が刊行されたときのことである（1927〜1930年，第1期38巻，第2期19巻）。

　注意しなければならないのは，この時期，日本では「世界文学」と言う場合，それは実質的には「ヨーロッパ文学」のことであり，日本で古くから親しまれてきた中国文学は「東洋文学」として「世界文学」とは別扱いされていた。新潮社の『世界文学全集』を見ても，全57巻のうち，フランス文学17巻（圧倒的にフランス文学が強い），英米文学12巻，ドイツ文学7巻，ロシア文学7巻，イタリア・スペイン文学5巻，北欧文学4巻，その他諸国5巻という内訳になっている。収録作品の大部分はじつは小説なので，この『世界文学全集』は実質的には「ヨーロッパ小説」傑作選でもあった。

　この段階ですでに日本では，ヨーロッパの主要言語による文学史的傑作にどんなものがあり，何を読むべきなのか，という文学的カノン（規範的作品の目録）ができていたと考えられる。それはじつはその後も引き継がれ，本印刷教材で取り上げている作品のリストもその頃の規範とさほど変わっているわけではない。こういった世界文学の展開のプロセスを考えるうえで，参考になるのが，現代アメリカの文学研究者フランコ・モレッティの提唱している「木」と「波」という考え方である。「木」は文学史の系統樹を表す。つまり一言語による一国の文学史の体系であり，下から上に太い幹が伸び，四方八方に枝が広がっていく。それに対して「波」は，ある特定のジャンルやテーマが国や言語を超えて，伝播していくことを表す。高い文化水準の国・地域が編み出し確立したジャンルは，普遍性と魅力を持ったものとして世界に波及していくわけだが，その最たるものが，西洋近代の生み出した小説というジャン

ルだった。この形式は国を超え，新たに受け入れた国の伝統やその地の読者の好みに応じて変形されながら新たに発展し，現代の世界でもいまだにもっとも有力な文学ジャンルであり続けている。

そうだとすると，近代西洋の小説を考える場合にも，英独仏露といったメジャーな文学大国で書かれた小説だけでなく，それ以外のもっとマイナーな地域にも「波」が伝わった結果，優れた小説が書かれている可能性を無視してはならない。その好例として，最近日本語にようやく翻訳されたポーランドの作家，ボレスワフ・プルスによる堂々たる長編小説『人形』（1887-89）を挙げておこう。これは19世紀末の，列強に分割されたポーランドを舞台に，三つの世代の思想と体験を交錯させ，精密なディテールのうちに同時代ポーランドの生活を活写する一方で，主人公の破滅的で非合理的な情熱を生々しく描いた作品になっていて，おそらくほぼ同時期の西欧諸国やロシアの小説の最高レベルと比べても遜色のない，世界文学の古典と呼んでいいものである。それがつい最近まで日本でまったく知られていなかったのは，大国中心の文学地図の中で，「マイナー」言語で書かれた文学がなかなか国境を越えられなかったという事情による。しかし，21世紀のいま，こういった国の文学にもまなざしを向けながら，近代ヨーロッパ小説が切り開いた可能性と射程を考え直す必要があるだろう。

小説という「波」ははるか東洋の日本という国の岸辺も洗った。それにまず反応して，理論化を試みたのが坪内逍遥だったとすれば，日本という土壌に植え付け，独自の発展をさせたのが夏目漱石や森鷗外だったと言える。漱石や鷗外の書いた小説はヨーロッパ近代小説と，どの程度共通性を持ち，どの程度独自の異なった「日本的」特徴を持つのか。そういったことも考えながらヨーロッパ小説を読むことによって，小説というジャンルの特徴と可能性をより深く理解することができるだろう。

参考文献

デイヴィッド・ダムロッシュ『世界文学とは何か?』秋草俊一郎・奥彩子・桐山大介・小松真帆・平塚隼介・山辺弦訳,国書刊行会,2011年。
坪内逍遥『小説神髄』岩波文庫,2010年(原著1885-86年)。
フランコ・モレッティ『遠読―〈世界文学システム〉への挑戦』秋草俊一郎・今井亮一・落合一樹・高橋知之共訳,みすず書房,2016年。
ボレスワフ・プルス『人形』関口時正訳,未知谷,2017年。
『日本近代思想体系 第15巻 翻訳の思想』岩波書店,1991年(解説加藤周一・丸山真男)。

索引

●配列は五十音順，＊は人名を示す。

●あ行

アーノルド，マシュー＊　54, 177
『アイヴァンホー』　128, 251
「逢引き」　251
アイロニー　189, 198
『青い花』　62
アガンベン，ジョルジョ＊　53, 58
『悪霊』　160, 163
「アスパンの恋文」　221
アダプテーション　242
アプレイユース＊　57
『アマディス・デ・ガウラ』　24
アメリカン・ルネッサンス　215
A Modest Proposal　59
『嵐が丘』　61, 62, 63, 69, 70, 74, 75, 76, 214
『『嵐が丘』を読む―ポストコロニアル批評から「鬼丸物語」まで』　75
アルキコロス＊　184
『ある貴婦人の肖像』　221
アルドンサ＊　13
『アントン・ライザー』　57
『アンナ・カレーニナ』　176, 177, 178, 180〜183, 185, 187
イーグルトン＊　75
異化　186
一休禅師＊　22
イノセンス　214
岩崎宗治＊　42
隠蔽　223
ヴァランス夫人＊　110, 116, 121
Weis, Rene＊　42
ヴェルヌ，ジュール＊　237
『ウォルデン』　215
鵜飼哲＊　58

『失われた時を求めて』　143, 144, 154, 157, 240
内田魯庵＊　250
ウルフ，ヴァージニア＊　232, 247
江川卓＊　170
エマソン，R・W＊　215
『エミーリア・ガロッティ』　80
『エミール』　111, 121
エラスムス＊　23, 25
エリオット，ジョージ＊　245
エル・シド＊　14, 55
『黄金の杯』　219, 221, 226
『黄金の驢馬』　57
オースティン，ジェーン＊　208, 220, 244
大場健治＊　43
大橋洋一＊　75
岡田温司＊　58
小笠原豊樹＊　170
『オシアン』　81
『オセロー』　214
小田島雄志＊　43
『オデュッセイア』　80, 237
小野寺健＊　75
「穏健なる提案」　59

●か行

回心（conversion）　212
回想録（メモワール）　113
『解体新書』　239
「かえるくん，東京を救う」　187
加賀乙彦＊　169
『学問芸術論』　110, 116, 120
カストロ，アメリコ＊　25
ガタリ＊　57

加藤周一＊　249
かもめ　202
『かもめ』　191, 200
カラコ＊　61
『ガラテア』　27
『カラマーゾフの兄弟』　160, 173
『ガリヴァー旅行記』　45, 46, 47, 52, 53, 54, 58, 59
『ガリヴァー旅行記　徹底注釈』　58
ガルシア・マルケス＊　11, 24, 28, 236
カルヴァン＊　110
「かわいい」　189, 195, 199
「かわいい女」　196
「可愛い女」　195
河合祥一郎＊　43
川口喬一＊　75
川島忠之助　237
河島弘美＊　75
姦通　207, 208, 216
『カンツォニエーレ』　32
カンバセレス＊　124
喜劇　189, 202
戯曲　189
キハーノ，アロンソ＊　11, 12, 19, 24
旧約聖書　180
「共感」(sympathy)　245
『教養と無秩序』　54
キリスト＊　136
キリスト教　169
『草の葉』　215
グリム＊　121
クルティウス＊　128
ゲーテ＊　77, 78, 239, 251
源氏物語　250
小泉猛＊　169, 171
『恋に落ちたシェイクスピア』　44

幸徳秋水＊　185
鴻巣友季子＊　75
『高慢と偏見』　208, 244
ゴーゴリ＊　167
『告白』　110～113, 115, 116, 121, 122, 123, 125
個性　243
『孤独な散歩者の夢想』　122
コミュニケーション不全　189, 191
『ゴリオ爺さん』　127, 129, 130, 132, 133, 134, 139, 140, 146
ゴンクール兄弟＊　127

●さ行
『サイラス・マーナー』　245
『桜の園』　191, 200
桜庭一樹＊　75
「サヴォワ人助任司祭の信仰告白」　111
サンクトペテルブルク　160, 161, 164, 166
サン＝シモン公爵＊　113
サンチョ・パンサ＊　13～23, 27, 28
『三人姉妹』　200
シェイクスピア＊　30, 37, 40～44, 46, 61, 239, 249, 251
『Shakespeare's R&J』　61
ジェイムズ，ヘンリー＊　178, 219, 220, 221, 223, 226, 227, 230, 231, 232
『ジェイン・エア』　76
シクロフスキー＊　186
『使者たち』　221
自然主義文学　93
疾風怒濤　79
『失楽園』　213
シデ・ハメーテ・ベネンヘーリ＊　23
志村貴子＊　62
『社会契約論』　111, 123
『ジュリアス・シーザー』　251

シュレーゲル，A・W* 239
ジョイス，ジェイムズ* 46, 49, 232, 247
『小説神髄』 250
書簡体小説 79
シラー，フリードリヒ* 100
『白樺』 185
『神曲』 251
『新説八十日間世界一周』 237
「申命記」 180
新約聖書 168, 180
『新恋愛講座』 153
スウィフト* 45, 47, 51, 55, 58, 59, 60
『スウィフト考』 58
崇高 232
スカエヴォラ* 114
スコット，ウォルター* 128, 251
鈴木聡* 75
スタロバンスキー，ジャン* 124
スタンダール* 114, 150
スティグマ（不名誉の印） 216
ストラーホフ* 180
スヴォーリン* 199
『スワンの恋』 143, 144, 151, 153, 155, 157
聖書 169, 170
世界文学 252, 253
世界文学全集 252
『世界文学全集』 252
『説得』 244
「せつない」 189
セルバンテス* 11, 13, 14, 19, 23, 25, 249
『戦争と平和』 176, 178, 186, 251
「全知の語り手」（omniscient narrator） 244, 247
全知の視点 176
『千のプラトー』 57
漱石*→夏目漱石*

ソフォクレス* 236
ゾラ* 220
ソロー，H・D* 215

●た行
大逆事件 185
『対比列伝』 114
多賀健太郎* 58
高山鉄男* 141
侘美真理* 75
武田将明* 58
ダシエ，アンヌ* 238
田代尚路* 75
タスカー 190, 191, 192
ダムロッシュ，ディヴィッド* 251
『ダロウェイ夫人』 247
ダンテ* 239, 251
短編小説 189
チェーホフ* 189, 191, 192, 193, 195, 196, 198〜203
中国文学 252
「超絶主義」（transcendentalism） 215, 216
「慎ましき提案」 59
『椿姫』 144
坪内逍遥* 249, 251, 253
『罪と罰』 57, 134, 160, 163, 166, 168, 169, 172, 173, 250, 251
ツルゲーネフ（トゥルゲーネフ）* 11, 251
ディケンズ* 166
「ディジー・ミラー」 221
ディドロ* 116, 121
デ・オヨス，ファン* 25
デフォー* 47
デ・マダリアーガ，サルバドール* 22
デュマ・フィス* 144
デリダ* 58

デル・トボソ, ドゥルシネア*　13, 17
『TVピープル』　187
『哲烈（てれまく）禍福（かふく）譚』　237
『テレマックの冒険』　237
『天空の城ラピュタ』　47
『動物を追う, ゆえに私は（動物で）ある』　58
東洋文学　252
ドゥルーズ*　57
トゥルバドゥール*　177
『トーニオ・クレーガー』　92, 94, 98, 99, 100, 108
トスカー　190
ドストエフスキー*　57, 102, 129, 134, 160〜163, 165〜168, 170〜173, 176, 181, 183, 184, 189, 203, 236, 250, 251
富山太佳夫*　58
トルストイ*　102, 176〜187, 189, 199, 203, 251
『ドン・カルロス』　100
『ドン・キホーテ』　11, 23, 27
ドン・キホーテ（・デ・ラ・マンチャ）*　12〜28, 55

●な行
内面　242
中野好夫*　47, 58
『謎解き「嵐が丘」』　75
『謎解き『罪と罰』』　170
『夏の夜の夢』　41, 42, 43
夏目漱石*　53, 58, 253
何か　225
ナボコフ, ウラジミール*　15, 169, 170, 171, 178, 181
『ナボコフのドン・キホーテ講義』　15
ナポレオン*　139, 162
ニーチェ*　55, 57

ニコライ二世*　186
日韓併合　185
『人形』　253
『人間喜劇』　137, 140
「『人間喜劇』総序」　127
『人間不平等起源論』　111, 123, 124
『ねじの回転』　219, 221, 223
ネチャーエフ事件　163
「ねむり」　187
ネルヴァル*　114
「ノヴェル」(novel)　216, 220
ノーベル文学賞　185, 186

●は行
バーリン, アイザア*　184
ハイネ*　11
『バガヴァッド・ギーター』　239
『白鯨』　214, 215
『白痴』　160
パスカル*　112
バフチン, ミハイル*　162
『八十日間世界一周』　237, 251
服部典之*　58
『鳩の翼』　221
ハムレット*　104
『ハムレット』　105
『パメラ』　207, 244
原田範行*　58
パリ　166
『ハリネズミと狐―「戦争と平和」の歴史哲学』　184
バルザック*　127〜130, 132, 133, 135, 136, 139, 140, 146, 166
『バルザック論』　128
パンサ, サンチョ*→サンチョ・パンサ*
『パンセ』　112

『開かれ』 53, 58
『響きと怒り』 247
ヒメネス＊ 57
『緋文字』 205, 207, 212, 216
ヒューストン，ナンシー＊ 236
ピューリタニズム（清教徒主義） 205, 206, 213
『表象のアイルランド』 75
廣野由美子＊ 75
フーコー，ミシェル＊ 13
プーシキン＊ 167, 184
フェヌロン＊ 237
フェルナンデス・デ・アベリャネーダ，アロンソ＊ 26
フェルメール＊ 148
フォークナー，ウィリアム＊ 247
不寛容の罪 213
不条理 189
二葉亭四迷＊ 251
『ブッデンブローク家の人々』 92
『不平等起源論』→『人間不平等起源論』
『プラテーロと私』 58
『フランケンシュタイン』 214
プリュドム，シュリ＊ 185
プルースト＊ 143, 144, 149, 151, 153, 154, 155, 158, 240
プルス，ボレスワフ＊ 253
プルタルコス＊ 114, 116
フローベール＊ 177, 220
ブロンテ，エミリー＊ 75, 76
『ブロンテ三姉妹』 75
『ブロンテ姉妹』 75
ブロンテ，シャーロット＊ 76
『ブロンテ全集』 75
文学的カノン 252
『文学評論』 58

『分別と多感』 244
ベールイ，アンドレイ＊ 167
ペテルブルク 166, 167, 177, 179
『ペテルブルク』 167
ペテルブルク神話 168
ペトラルカ 32
ベルマン，アントワーヌ＊ 239
ベンヤミン＊ 129
ホイットマン，ウォルト＊ 215
ホーソーン，ウィリアム＊ 213
ホーソーン，ナサニエル＊ 205, 206, 213〜217
ボッティチェリ＊ 150
ホメロス＊ 55, 80, 81, 237, 238
ポリフォニー 162
ボルヘス＊ 22
ポンパドゥール夫人＊ 118
『翻訳の思想』 249

●ま行
松岡和子＊ 43
『真夏の夜の夢』 43
『魔の山』 99
『マルゼルブへの手紙』 117
マン，トーマス＊ 92, 93, 96, 102, 103
万葉集 250
三島由紀夫＊ 153
『未成年』 160
「密林の獣」 221, 223
三宅幾三郎＊ 66
宮崎駿＊ 47
宮島春松＊ 237
村上春樹＊ 176, 187
『村の占い師』 118, 124
メトニミー 176
メネンデス・ペラヨ，マルセリーノ＊ 23

目のリアリティ　232
メルヴィル，ハーマン*　215
メレジコフスキー*　183
モーツァルト*　184
モーパッサン*　220
モーリッツ*　57
モスクワ　166, 179
モダニズム　203
森鷗外*　251, 253
モレッティ，フランコ*　251, 252

●や行
大和資雄*　75
「ヤング・グッドマン・ブラウン」　205
『ユリシーズ』　46, 49, 247
『幼年時代』　176
ヨーロッパ小説　252, 253
ヨーロッパ文学　249, 252
米川正夫*　165
ヨハネによる福音書　168
ヨハネ黙示録　170

●ら行
「ライネッケ狐」　251
「ラザロの復活」　168, 172
ラスコーリニコフ*　161〜171
ラ・ロシュフーコー公爵*　113
リアリズム　167, 176, 182, 189, 216
リアリズム小説　166, 176, 203
リチャードソン，サミュエル*　207, 244
リルケ*　236
ルイ15世*　118, 119, 121
ルイ16（十六）世*　138, 139
ルソー*　110〜125
『ルソー，ジャン＝ジャックを裁く―対話』　122
『ルソー　透明と障害』　124

レーヴィン*　181, 182, 183
レ枢機卿*　113
レッシング*　80
レヴィタン*　202
『恋愛論』　150
「ローマ人への手紙」　180
ロシア象徴主義　183
ロシア正教会　186
『ロシア文学講義』　169, 181
ロシア・フォルマリズム　186
『ロビンソン・クルーソー』　47
「ロマンス」（romance）　216, 220
Romeo and Juliet　42
『ロミオとジュリエット』　30, 31, 32, 38, 40〜44, 61, 62, 68
『ロミオとジュリエット―恋に落ちる演劇術（理想の教室）』　43
ロンドン　166

●わ行
ワーズワス*　215
「ワーニカ」　189, 191, 192, 194
『ワーニャ伯父さん』　200
『若きヴェルテルの悩み』　77〜80, 82, 83, 84
『吾輩は猫である』　53

分担執筆者紹介

（執筆の章順）

野谷　文昭（のや・ふみあき） ・執筆章→1

1948 年　神奈川県生まれ
1971 年　東京外国語大学スペイン語学科卒業
1975 年　東京外国語大学大学院修士課程修了
現在　　名古屋外国語大学教授，東京大学名誉教授
専攻　　スペイン語文学・スペイン語文化
主な著訳書

（著書）
『越境するラテンアメリカ』（パルコ出版，1989 年）
『ラテンにキスせよ』（自由国民社，1994 年）
『マジカル・ラテン・ミステリー・ツアー』（五柳書院，2003 年）
（編著書）
『メキシコの美の巨星たち』（東京堂出版，2011 年）
『日本の作家が語る　ボルヘスとわたし』（岩波書店，2011 年）
（翻訳）
ガルシア＝マルケス『予告された殺人の記録』（新潮文庫，1997 年）
マヌエル・プイグ『蜘蛛女のキス』（集英社文庫，1988 年）
ホルヘ・ルイス・ボルヘス『七つの夜』（岩波文庫，2011 年）
『セルバンテス』ポケット・マスターピース13（集英社，2016 年）
ロベルト・ボラーニョ『チリ夜想曲』（白水社，2017 年）　など

大橋　洋一（おおはし・よういち）

・執筆章→2・3・4

1953 年	名古屋市に生まれる
1976 年	東京教育大学文学部文学科英語英米文学専攻卒業
1979 年	東京大学大学院人文科学研究科英語学英米文学専攻修士課程修了
現在	東京大学大学院人文社会系研究科教授
専攻	英文学

主な著訳書

『新文学入門――T. イーグルトン『文学とは何か』を読む』（岩波書店，1995 年）

『現代批評のすべて』（編著）（新書館，2006 年）

イーグルトン『文学とは何か（上・下）』（岩波文庫，2014 年）

イーグルトン『文学という出来事』（平凡社，2018 年）

E.W. サイード『文化と帝国主義1・2』（みすず書房1998, 2001 年）

O. ワイルドほか『ゲイ短篇小説集』監訳・解説（平凡社ライブラリー，1999 年）

ドイル，メルヴィルほか『クィア短篇小説集』監訳・解説（平凡社ライブラリー，2016）

大宮　勘一郎（おおみや・かんいちろう）　　・執筆章→5・6

1960 年	山形市生まれ
1984 年	東京大学教養学部教養学科卒業
1989 年	東京大学大学院総合文化研究科地域文化研究専攻博士課程単位取得退学
現在	東京大学大学院人文社会系研究科教授
専攻	近代ドイツ文学
主な著訳書	

J・W・v・ゲーテ『若きヴェルターの悩み』（集英社『ポケットマスターピース』　第2巻，2015年）

『ベンヤミンの通行路』（未來社，2007年）

ジークムント・フロイト「制止，症状，不安」（加藤敏氏と共訳），「解剖学的性差の若干の心的帰結」，「夢解釈の全体への若干の補遺」他小品（『フロイト全集』第19巻，加藤敏編，岩波書店，2010年）

阿部　公彦（あべ・まさひこ）　　　・執筆章→13・14・15

1966 年	横浜市に生まれる
1989 年	東京大学文学部卒業
1992 年	東京大学大学院人文科学研究科英語英米文学専攻修士課程修了
1997 年	ケンブリッジ大学大学院英語英米文学専攻博士課程修了
現在	東京大学大学院人文社会系研究科・文学部教授
専攻	英米文学，文芸批評
主な著訳書	

『英詩のわかり方』(研究社，2007 年)
『小説的思考のススメ』(東京大学出版会，2012 年)
『文学を〈凝視する〉』(岩波書店，2012 年　サントリー学芸賞受賞)
『善意と悪意の英文学史』(東京大学出版会，2015 年)
『幼さという戦略』(朝日選書，2015 年)
『名作をいじる』(立東舎，2017 年)
『史上最悪の英語政策』(ひつじ書房，2017 年)
マラマッド『魔法の樽　他十二編』(岩波文庫，2013 年)

ホームページ：http://abemasahiko.my.coocan.jp/

編著者紹介

沼野充義（ぬまの・みつよし）

・執筆章→10・11・12・15

1954 年	東京に生まれる
1977 年	東京大学教養学部卒業
1979 年	東京大学人文科学研究科ロシア語ロシア文学専攻修士課程修了
1981～85 年	ハーバード大学芸術科学大学院博士課程にフルブライト給費留学生として留学
1985 年	東京大学教養学部専任講師
2004 年～	東京大学大学院人文社会系研究科・文学部教授
2016 年・2018 年	ハーバード大学世界文学研究所夏期集中セミナー客員教授
専攻	ロシア文学・ポーランド文学，現代文芸論
主な著書	『永遠の一駅手前　現代ロシア文学案内』（作品社，1989 年）
	『夢に見られて　ロシア・ポーランドの幻想文学』（作品社，1990）
	『徹夜の塊　亡命文学論』（作品社，2002 年，サントリー学芸賞）
	『徹夜の塊　ユートピア文学論』（作品社，2003 年，読売文学賞受賞）
	『世界文学から/世界文学へ　文芸時評の塊1993-2011』（作品社，2012 年）
	『チェーホフ　七分の絶望と三分の希望』（講談社，2016 年）

野崎　歓 (のざき・かん)

・執筆章→7・8・9・15

1959 年	新潟県高田市（現・上越市）に生まれる
1981 年	東京大学文学部仏文学科卒業
1985 年	東京大学大学院人文科学研究科修士課程（仏文学専攻）修了
1989 年	東京大学大学院人文科学研究科博士課程（仏文学専攻）中退
1989 年〜	東京大学助手，一橋大学講師，東京大学助教授・准教授
2012 年〜	東京大学教授
現在	東京大学教授（大学院人文社会系研究科・文学部）
専攻	フランス文学・映画論

主な著訳書

『ジャン・ルノワール　越境する映画』（青土社，2001 年，サントリー学芸賞）

『谷崎潤一郎と異国の言語』（2003 年，人文書院，のち中公文庫）

『異邦の香り──ネルヴァル「東方紀行」論』（講談社，2011 年，読売文学賞）

『フランス文学と愛』（講談社現代新書，2013 年）

『翻訳教育』（河出書房新社，2014 年）

『アンドレ・バザン──映画を信じた男』（春風社，2016 年）

『夢の共有──文学と翻訳と映画のはざまで』（岩波書店，2016 年）

『水の匂いがするようだ──井伏鱒二のほうへ』（集英社，2018 年）

スタンダール『赤と黒』上・下（光文社古典新訳文庫，2007 年）

ウエルベック『地図と領土』（ちくま文庫，2015 年）

放送大学教材　1555057-1-1911（ラジオ）

ヨーロッパ文学の読み方 - 近代篇

発　行　2019年3月20日　第1刷
編著者　沼野充義・野崎　歓
発行所　一般財団法人　放送大学教育振興会
　　　　〒105-0001　東京都港区虎ノ門1-14-1　郵政福祉琴平ビル
　　　　電話　03（3502）2750

市販用は放送大学教材と同じ内容です。定価はカバーに表示してあります。
落丁本・乱丁本はお取り替えいたします。

Printed in Japan　ISBN978-4-595-31928-0　C1398